León Bocanegra

ALBERTO
VÁZQUEZ-FIGUEROA

León
Bocanegra

PLAZA & JANÉS EDITORES, S.A.

Primera edición: septiembre, 1998

Printed in Spain – Impreso en España

ISBN: 84-01-32735-0
Depósito legal: B. 35.888 - 1998

Fotocomposición: Lozano Faisano, S. L.

Impreso en Hurope, S. L.
Lima, 3 bis. Barcelona

L 327350

No había resultado empresa fácil rodar durante años por puertos, tabernas y prostíbulos siendo un escuálido grumete y llamándose León Bocanegra.

Le costó más de una bronca.

Y es que aunque su nombre presentase todos los visos de broma de mal gusto, lo cierto es que el apellido Bocanegra era el único que a duras penas podía leerse en el manoseado libro de embarque en el que el sobrecargo lo había consignado como perteneciente a una familia de emigrantes trujillanos que viajaban de Cádiz a Portobello, y que fallecieron por culpa de una feroz epidemia de origen desconocido que a punto estuvo de acabar tanto con los pasajeros como con la dotación del *León Marino*, una desvencijada «carraca» que unía regularmente las costas de la vieja Europa con las del Nuevo Mundo.

Cuando el último de los cadáveres fue arrojado por la borda, y un berreante mocoso que aún no había cumplido el año comenzó a gatear por cubierta buscando algo que echarse a la boca, el aturdido capitán debió asumir, sin razón válida alguna, que aquel minúsculo superviviente debía ser el menor de los hermanos Bocanegra, aunque de la misma manera podía haber pertenecido a cualquier otra de las restantes familias diezmadas durante tan nefasto viaje, ya que incluso el sobrecargo, que era el único que tenía una leve idea de quién era cada cual a bordo, descansaba de igual modo en el fondo de las aguas.

En Portobello las autoridades se negaron a hacerse cargo del huérfano, alegando que debía ser devuelto a sus parientes extremeños, y como para colmo de males los vientos fueron contrarios y la travesía de regreso se prolongó más de lo previsto, cuando al fin las anclas del *León Marino* tocaron fondo en la bahía de Cádiz, la mayor parte de su tripulación se opuso a que Leoncito Cagaverde fuera enviado a Trujillo donde probablemente correría el riesgo de ser internado en un tétrico orfanato.

—Será un buen grumete —alegaron.

Fue, en efecto, un buen grumete, con el tiempo un arriesgado gaviero, años más tarde un magnífico piloto, y por último, ya convertido en León a secas, el mejor capitán que tuvo nunca una nave que se caía a pedazos, pero que aún se empeñaba en cruzar una y otra vez el «Océano Tenebroso» transportando hombres y mercancías de la vieja Europa al Nuevo Mundo.

No obstante, la malhadada noche del once de octubre de mil seiscientos ochenta y nueve, una feroz e imprevista galerna del suroeste impidió a la vetusta «carraca» aproximarse al seguro refugio del archipiélago canario, empujándola violentamente contra las costas del desierto sahariano para acabar por encallarla —despanzurrada y crujiente– sobre las blancas arenas de una playa que no parecía tener límite ni hacia el norte, ni hacia el sur, ni mucho menos hacia el este.

El capitán León Bocanegra tuvo muy claro cuál sería su amargo destino desde el momento mismo en que los montaraces nómadas de la región se percataran de la presencia de la nave en sus dominios, por lo que de inmediato ordenó que se organizara la defensa y se acondicionaran las falúas de salvamento que no habían sufrido daños, con el fin de intentar evacuar a la mayor cantidad posible de pasajeros en cuanto amainara el temporal.

Al amanecer del segundo día un primer beduino hizo su aparición en la cima de una lejana duna, y al observar la alta y desgarbada figura del dromedario y la firmeza con que su dueño aferraba la espingarda que mantenía cruzada sobre el antebrazo, el marino abrigó el convencimiento de que aquella imagen acabaría por convertirse en una auténtica pesadilla.

Y es que para un León Bocanegra al que la tierra firme casi siempre se mostraba hostil, aquel tórrido desierto se le antojaba la más hostil y despiadada de todas las tierras imaginables.

A la mañana siguiente eran diez los jinetes.

Impasibles.

Tan hieráticos como si no fueran más que uno de los tantos matojos del paisaje.

Se limitaban a esperar.

Sabían muy bien que la despanzurrada embarcación jamás iría ya a parte alguna, y que pronto o tarde todo cuanto transportaba –incluidos seres humanos– acabaría por caer en sus manos.

Era una vieja, muy vieja tradición de su pueblo.

Cuando a partir de mediados de septiembre los enormes veleros, que descendían empujados por los vientos alisios que habrían de conducirlos desde la lejana Europa a las aún más lejanas Antillas, se veían sorprendidos por una galerna de las que cada tres o cuatro años azotaban la zona llegando del suroeste, su destino era precipitarse indefectiblemente sobre unas desoladas playas sobre las que los *rguibát* y los *delimí*, principales componentes de la «Confederación de Tribus Tekna», reinaban desde el comienzo de los siglos.

Eternos nómadas, hijos de las arenas y los vientos, ocasionales agricultores, cazadores ocasionales y también a menudo ocasionales pescadores, los naufragios y la desgracia ajena no constituían al fin y al cabo más que una parte importante del patrimonio de unos impenitentes vagabundos que mantenían siempre un ojo en el cielo del que quizá llegara la lluvia, y otro en el mar del que quizá llegara un navío.

Como la gaviota que observa desde una roca cómo el ballenato varado en la arena se dispone a exhalar su último aliento aguardando sin prisas el momento de picotearlo, así permanecían ahora los impávidos jinetes, conscientes de que no valía la pena arriesgarse a derramar una sola gota de sangre con el fin de apoderarse antes de tiempo de algo que ya sabían que les pertenecía.

El sol lucharía por ellos.

La sed les permitiría obtener una fácil victoria.

Al alba del quinto día amainó el viento, el océano dejó de batir con fuerza la arena, y las espumosas olas dieron paso a una mar rizada que permitía concebir la esperanza de que muy pronto se podrían botar las chalupas.

El capitán Bocanegra obligó a embarcar a las mujeres y los niños, seleccionando a los seis tripulantes de más edad para que intentasen conducir las frágiles embarcaciones hasta las no muy distantes islas Canarias.

–Se encuentran justo frente a nosotros –le indicó al veterano oficial que había puesto al mando de la expedición–. En un par de días arribaréis a las costas de Fuerteventura, y si los vientos son propicios volved a buscarnos.

Los beduinos observaban.

No se inmutaron cuando las lanchas salieron a la mar, ni mostraron un especial interés por ver cómo los remeros se esforzaban por abandonar la peligrosa rompiente para alejarse muy despacio hacia poniente.

Permitir que mujeres y niños escaparan parecía formar parte del juego.

A los *rguibát* y los *delimí* tan sólo les interesaban las valiosas mercancías que se ocultaban en el interior de la nave y los hombres jóvenes y fuertes.

En pleno desierto, con poca agua y comida, mujeres, ancianos y niños solían constituir una carga demasiado pesada y lo sabían.

A la caída de la tarde las dos pequeñas velas se habían perdido ya de vista, y más de cuarenta marinos sentados sobre la tibia arena observaban cómo el sol se ocultaba en el horizonte temiendo que aquél fuera uno de los últimos atardeceres que contemplaban en su vida.

Luego, al oscurecer, el capitán León Bocanegra colocó a tres de sus mejores hombres ante los barriles de agua para advertir, muy seriamente, que quien intentara aproximarse a ellos sería apartado del grupo y abandonado de inmediato a su suerte.

–Nuestra única esperanza de salvación se limita a lo que seamos capaces de resistir hasta que vuelvan a buscarnos –puntualizó–. Y lo único que nos puede vencer, de momento, es la sed.

Sabía muy bien que las cuatro culebrinas del navío bastaban para disuadir a cualquier beduino impaciente, por lo que optó por atrincherarse en torno al desvencijado casco del viejo *León Marino* que había quedado desparramado sobre la arena, levemente tendido sobre su banda de estribor y a poco más de diez metros del punto máximo que alcanzaban ahora las olas durante la marea alta.

Por suerte, aquél era uno de los mares más ricos en pesca que pudieran soñarse y la mayor parte de los víveres de a bordo habían conseguido salvarse, por lo que no corrían peligro de pasar hambre y el principal enemigo lo constituiría, por lógica, la falta de agua.

Las islas Canarias siempre estuvieron consideradas como escala de aguada durante las travesías transoceánicas, ya que los navíos utilizaban sus puertos para abastecerse con vistas al largo viaje hasta las costas del Nuevo Mundo.

Lo normal solía ser que en Sevilla abarrotasen sus bodegas de mercancías con destino al archipiélago, trocándolas allí por verduras frescas y enormes barricas de agua que habrían de durar hasta las Antillas.

Las reservas de agua en viaje de ida hacia las islas eran por tanto muy escasas.

—Deberíamos intentar negociar con esos salvajes –aventuró una noche el primer piloto, Fermín Garabote, al que se advertía aterrorizado por la idea de morir de sed–. Tal vez les interese darnos agua a cambio de telas, cubos, picos y palas.

—Nadie compra lo que sabe que es suyo –le hizo notar León Bocanegra–. Y dudo que nos dieran un solo trago de su agua por todos los picos y palas de este mundo.

—¿Y qué ocurrirá si nuestra gente no regresa?

—Que tendremos que entregarnos.

—¿Cree que nos matarán?

—Más bien creo que nos venderán –fue la áspera respuesta.

—¿Vendernos? –Se horrorizó el pobre piloto–. ¿A quién?

—Al mejor postor, supongo.

—¿Quiere decir que nos convertirán en esclavos? –quiso saber un joven gaviero que había escuchado en respetuoso silencio.

—Probablemente.

—Yo siempre había creído que los esclavos eran siempre negros –se lamentó el muchacho.

—Por desgracia para nosotros, a estos salvajes les suele dar igual negro que blanco.

Siguieron interminables días en los que no podían hacer otra cosa que tumbarse a la sombra de la que fuera otrora la vela mayor de la «carraca», con la vista puesta en aquel azul infinito del que habría de llegar una salvación que no llegaba, preguntándose hora tras hora si las frágiles chalupas habían conseguido alcanzar las costas de las Canarias o se habrían adentrado en el gigantesco océano para perderse definitivamente.

Nunca conseguirían averiguarlo.

Abandonados en una ancha playa calcinada por el sol y barrida por el viento, cuarenta y tres hombres vieron agonizar sus esperanzas siempre bajo la atenta mirada de un cada vez más numeroso grupo de silenciosos beduinos para los que el tiempo no parecía contar, y que habiendo montado su campamento a poco más de dos millas de distancia, se limitaban a continuar con su vida cotidiana como si tan sólo estuvieran aguardando a recoger una cosecha a punto de madurar.

–¿Y si les atacáramos? –aventuró en otra ocasión un Fermín Garabote que parecía no resignarse a su destino.

–¿Con qué? ¿Con media docena de viejos pistolones? –argumentó en buena lógica el capitán Bocanegra–. Es todo lo que tenemos, sin contar unos cañones que nunca conseguiríamos hacer avanzar por ese arenal. ¡No! –negó convencido–. Nos queda una ligera oportunidad de defendernos, pero ninguna de atacar.

–¡Odio esta inactividad!

–Pues aprovéchala, puesto que a partir del momento en que nos pongan la mano encima no volverás a tener ni un minuto de descanso.

Al atardecer del noveno día un hombre que tan sólo permitía que se le vieran los ojos y exhibía en la punta de su brillante espingarda un pañuelo blanco, se aproximó montando en un camello vistosamente enjaezado.

León Bocanegra avanzó a su encuentro.

–¿Qué quieres? –dijo.

–Acabar con esta espera –replicó el jinete en un

aceptable castellano–. Os trataremos bien y negociaremos con los frailes vuestro rescate.

–¿Rescate? –Se asombró el español–. ¿Qué clase de rescate? Somos simples marinos y míseros emigrantes. ¿Crees que alguien pagaría un rescate por nosotros?

–Los frailes de Fez se dedican a eso.

–He oído hablar de ellos –admitió su interlocutor–. Pero ¿y si no pagan?

–Os venderemos como esclavos.

–Al menos eres sincero –admitió con un leve ademán de cabeza León Bocanegra.

–Un *rguibát* nunca miente –fue la altiva respuesta–. Mienten los europeos, mienten los moros y mienten los *delimí*, pero los *rguibát* siempre van con la verdad por delante.

El capitán del *León Marino* tardó en responder, pero al fin se volvió para señalar cuanto quedaba de lo que había sido su nave.

–¡Escucha! –dijo–. Mi barco rebosa de valiosas mercaderías que te harán muy rico. Si me das tu palabra de que nos dejarás libres, puedes quedarte con ellas. En caso contrario, las quemaré.

–¿Libres? –Se asombró el beduino–. ¡Qué estupidez! Si os dejo libres os apresará otra tribu que obtendrá a cambio armas y municiones con las que combatirnos. –Hizo un ademán hacia el barco–. Y te advierto que si le prendes fuego al barco os clavaré en la arena y dejaré que el sol os seque el cerebro en una agonía lenta y terrible. ¡Piénsatelo!

Dio media vuelta y se alejó balanceándose sobre su

ágil cabalgadura, dejando al español convencido de que era muy capaz de cumplir su palabra.

Su tripulación aguardaba expectante, y tras escuchar los pormenores de la entrevista, el primer oficial, Diego Cabrera, un malagueño ceceante de nariz torcida y dientes de tiburón, inquirió como si una vez más aguardara sus órdenes:

—¿Y qué vamos a hacer ahora?

—Eso es algo que debemos decidir de mutuo acuerdo —les hizo notar—. Ya no puedo tomar decisiones como cuando navegábamos, puesto que no tengo barco que mandar.

—Pero sigues siendo el capitán.

—¿Capitán de mar en el desierto? —Se escandalizó su interlocutor—. ¡No me hagas reír! Mi obligación era mantener la nave a flote, y desde el momento en que permití que se perdiera, perdí mi autoridad.

—Nadie tuvo la culpa de que se presentara tan de improviso esa galerna.

—¡Naturalmente que no! Pero cometimos un error al navegar tan cerca de la costa. Habíamos convertido la singladura en una mera rutina, y de eso sí que me siento culpable.

—Todos lo somos.

—A bordo tan sólo existe un responsable: el capitán. —Se volvió a los rostros que le observaban ansiosos—. Me gustaría saber vuestra opinión… ¿Le prendemos fuego al barco, o no se lo prendemos?

—¿Y qué importancia tiene que toda esa chatarra aproveche o no a unos salvajes? —protestó Fermín Garabote—. Mientras hay vida, hay esperanza.

–¿De verdad imaginas que algún fraile pagará un solo doblón por nosotros? –intervino en un tono levemente despectivo Diego Cabrera–. Se rescata a los ricos y a los nobles; no a los marinos que no tienen donde caerse muertos.

–Siempre nos queda la posibilidad de escapar.

–¿Escapar? ¿Adónde?

León Bocanegra alzó la mano pidiendo calma.

–No nos precipitemos –señaló–. Aún podemos resistir unos cuantos días. –Sonrió con amargura–. ¡Y tal vez llueva!

Llovió en efecto la tercera noche, pero fue aquélla una lluvia tan miserable y parca –cuatro gotas que apenas bastaron para humedecer los labios– que más que esperanza lo que aportó fue la certeza de que no había esperanzas, puesto que aquel desierto seguiría siendo «la tierra que sólo sirve para cruzarla» durante los próximos cinco mil años, y nadie que no hubiese nacido y se hubiese criado en él conseguiría sobrevivir jamás hiciese lo que hiciese.

Como si el destino se complaciera en contribuir a desmoralizarlos más aún, una blanca vela hizo su aparición sobre la línea del horizonte para mantenerse allí durante horas y alejarse luego hacia el sur sin prestar la más mínima atención a sus gritos y aspavientos.

La libertad se iba con ella y lo sabían.

Más tarde el océano, el amado océano, el tan conocido océano sobre el que la mayoría habían pasado gran parte de sus vidas, se enfureció de nuevo, precipitándose con violencia contra la playa, silbando y rugiendo como si les gritara su adiós definitivo, seguro como estaba de que en cuanto se adentraran en aquel tórrido arenal, jamás volvería a verlos.

—¿Quién sabe rezar?

Únicamente seis hombres alzaron la mano.

León Bocanegra los observó uno por uno.

—Mejor será que nos enseñéis a hacerlo porque me temo que de aquí en adelante vamos a necesitar que el Señor nos preste mucha atención —musitó—. La fe en Dios y la confianza en nuestras propias fuerzas será cuanto tengamos a partir de este instante.

—¿Qué nos ocurrirá? —quiso saber un tímido catalán que había vendido cuanto tenía con el fin de conseguir un pasaje que le permitiera llegar a la tierra prometida aunque fuera en el más miserable de los barcos. ¿Son tan salvajes como cuentan?

Emeterio Padrón, un serviola canario que no llevaba más de un año a bordo, pero que en el transcurso de ese tiempo se había ganado justa fama de ser bastante avaro en el uso de las palabras, pareció decidirse a hablar por primera vez desde que la galerna hiciera su aparición en el horizonte, para replicar roncamente:

—Hasta hace unos años los moros solían atacar Fuerteventura y Lanzarote llevándose a cuantos encontraban en su camino, y se sabe de familias enteras de las que jamás regresó ni uno solo de sus miembros. Hay quien asegura que en las noches de media luna los sacrificaban arrancándoles el corazón para ofrecérselo a Mahoma.

—¡Eso es mentira! —le interrumpió con acritud Diego Cabrera—. El islam prohíbe tajantemente los sacrificios humanos.

–¿Cómo lo sabes?

–Lo sé –fue la seca respuesta del malagueño, pero al poco añadió–: Mi abuelo era musulmán.

–Muy callado te lo tenías.

–Tan callado como la mayoría de los que estamos aquí, porque me juego una oreja a que por las venas de todos corre alguna gota de sangre mora. Y si no es así, levante la mano el que pueda presumir de diez generaciones de cristianos viejos.

Nadie lo hizo, puesto que la mayoría de ellos ni tan siquiera sabían a ciencia cierta quién había sido su padre, y al poco se llegó a la conclusión de que se veían en la obligación de aceptar que cualquier destino era preferible a morir de sed en una asquerosa playa.

A la mañana siguiente León Bocanegra avanzó hasta el pie de la duna, a la que acudió a recibirle el altivo jinete.

–Danos agua y mañana nos entregaremos –dijo.

El beduino señaló un punto hacia al sur en el que se distinguían un grupo de oscuras rocas.

–Allí encontraréis el agua –replicó–. Apartaos del barco y mañana iremos a buscaros.

–¿No habrá muertes?

–¿De qué sirven los muertos? –fue la franca respuesta–. Nadie paga por ellos. –Se diría que sonreía bajo el oscuro velo que ocultaba su rostro–. Tienes mi palabra –concluyó–. Palabra de *rguibát*.

Golpeó con el pie descalzo el cuello de su montura y se alejó hacia su campamento mientras León Bocanegra regresaba sobre sus pasos precedido por el amargo sabor que habría de acompañarle durante cuanto le quedaba de existencia, puesto que era lo suficientemente inteligente como para comprender que desde el momento en que se internaran en el inmenso continente todo habría terminado.

Resultó inútil intentar disimular su amargura, por lo que su negro estado de ánimo se contagió a la totalidad de unos hombres que, echándose al hombro sus escasísimas pertenencias, le siguieron en triste procesión hasta las oscuras rocas en las que les aguardaban varios odres de piel de cabras que rezumaban un agua caliente, sucia y apestosa que apenas bastaba para calmar la sed.

—¿Es éste el precio de nuestra libertad? —quiso saber el catalán que a punto estuvo de vomitar en el momento de beberla—. ¿Esta porquería?

—Esa *porquería* es la línea que separa la vida de la muerte —le hizo notar Bocanegra—. No nos están ofreciendo libertad a cambio de agua, sino libertad a cambio de vida.

—Pues no pienso aceptarlo —replicó el muchacho con sorprendente calma—. He trabajado como una mula desde que tengo uso de razón con la esperanza de conseguir un destino mejor al otro lado del océano, y no me conformo con ser un esclavo por el resto de mis días. —Hizo un leve ademán de despedida—. ¡Suerte a todos!

Se encaminó muy despacio hacia la orilla, se despojó de la ropa que dobló y colocó con exquisito cuidado sobre una piedra y se lanzó de cabeza contra la primera ola, para emerger al poco e internarse en el mar nadando sin esfuerzo aparente.

—¿Es que se ha vuelto loco? —inquirió una voz anónima.

—Quizá sea el único cuerdo —le respondieron de igual modo—. Y quizá muy pronto añoremos un mar en el que poder ahogarnos en paz.

Observaron en respetuoso silencio cómo el decidido nadador se iba convirtiendo en un punto que aparecía y desaparecía entre el oleaje, hasta que alzó una mano que agitó como si pretendiera dar su postrer adiós al mundo antes de perderse de vista bajo las aguas.

—¡Uno! —masculló roncamente Emeterio Padrón.

—¿Qué pretendes, carallo? —le espetó con acritud el primer timonel, que era un portugués huraño y a menudo camorrista—. ¿Desde cuándo te dedicas a contar muertos?

—Desde que hay muertos que contar —fue la agria respuesta—. Siento curiosidad por saber cuántos de nosotros seguirán en pie dentro de un año.

—¡Vete al infierno!

El canario hizo un amplio ademán indicando cuanto les rodeaba.

—¿Acaso no hemos desembarcado ya en él? —quiso saber.

A punto estuvieron de llegar a las manos, y si no lo hicieron se debió al respeto que aún imponía la presencia de su capitán, quien mediando entre ambos los separó con suave firmeza.

—¡Calma! —suplicó—. Nos aguardan tiempos en los que nuestra única esperanza de salvación estriba en la unión y la camaradería. La suerte ha querido que estemos juntos en esto, y juntos debemos seguir hasta el último aliento.

—Sólo existe una forma de conseguirlo —intervino el primer oficial, Diego Cabrera.

—¿Y es?

—Que continuemos considerándonos una tripulación y sigas siendo el capitán.

—¿Una tripulación y un capitán sin barco? —inquirió su interlocutor con una irónica sonrisa.

—He conocido muchos magníficos barcos que no tenían ni una cosa ni otra —sentenció el malagueño—. Pero tú siempre has sido bueno mandando y nosotros obedeciendo. —Agitó la cabeza en un gesto que pretendía recalcar la magnitud de su convencimiento—. Más vale que continuemos así, o acabaremos por naufragar de nuevo en estas sucias arenas.

León Bocanegra se volvió a observar al desmoralizado grupo de hombres que en su mayor parte había tomado asiento sobre las rocas.

—¿Qué opináis? —quiso saber.

—Que tiene razón —fue la desabrida respuesta con que pareció quedar zanjado el tema, ya que la atención de la mayoría de los presentes se había concentrado en el punto, playa arriba, en el que casi un centenar de hombres, mujeres y niños habían caído sobre el *León Marino* con la intención de no dejar más recuerdo de él que el esqueleto.

No obstante, al día siguiente pudieron comprobar que ni tan siquiera ese esqueleto quedaba como testigo de que en alguna ocasión un achacoso navío había acabado en aquel punto su larga singladura. Los hacendosos beduinos arrancaron hasta la tablazón y las cuadernas que cargaron a lomos de pacientes camellos, puesto que para aquellos ascéticos pobladores de la más avara de las tierras, absolutamente todo tenía un valor o podría tenerlo el día de mañana.

La pesada quilla de roble aún empapada y por lo tanto incombustible fue cuanto dejaron atrás en el momento de emprender la marcha, y resultó evidente que la arena y el viento se encargarían muy pronto de enterrarla para siempre.

Una hora después ocho jinetes fuertemente armados rodearon al grupo de náufragos, y sin mediar palabra les dieron a entender que había llegado el momento de adentrarse en el mayor de los desiertos.

Dormían a la intemperie, encadenados, enterrándose a menudo en la arena con objeto de combatir las gélidas temperaturas del amanecer, y una humedad que se metía en los huesos amenazando con dejarlos tullidos para siempre, tan hambrientos que muy pronto se las ingeniaron para atrapar lagartos y ratones que devoraban con avidez tras ahumarlos sobre una diminuta hoguera alimentada con raíces y matojos.

Con el alba se les libraba de sus cadenas, recibían medio cazo de agua sucia, y tras cargar con fardos cada vez más pesados, iniciaban la marcha bajo la atenta mirada de unos jinetes de los que no distinguían más que los ojos y las manos.

Detrás, bastante más atrás, avanzaba el resto de la tribu; una larga caravana de más de cien dromedarios y una treintena de ramoneantes cabras que tan sólo se decidían a apretar el paso cuando algún vociferante chicuelo les lanzaba hábilmente una piedra.

Nomadeaban.

La numerosa familia, los criados y los esclavos del aguerrido caíd Omar El Fasi, perteneciente a la gloriosa tribu de los *rguibát*, nomadeaba tal como venían haciéndolo sus antepasados desde el comienzo de los siglos a todo lo ancho y largo de un extensísimo territorio que no conocía más frontera que el azul del mar que habían dejado a sus espaldas.

Ni el calor, ni la sed, ni el polvo, ni el viento, ni aún la monotonía de un paisaje siempre igual a sí mismo parecía hacer mella en el ánimo de unos seres que jamás conocieron otra forma de existencia, y a los que se advertía felices por el extraordinario regalo que había significado el navío encallado, y el que quizá muy pronto significaría las cabras y los camellos que obtendrían a cambio de un puñado de náufragos.

Había sido un buen año, sin duda alguna; un magnífico año pese a que las pesadas nubes cargadas de agua se resistieran a regar las sedientas llanuras, y trepado en lo alto de su cabalgadura, con los ojos entrecerrados y el corazón contento, Omar El Fasi no podía dejar de pensar en cuánto obtendría a cambio de los picos, las palas, las mesas, las sillas, las cacerolas y los metros y metros de magnífica lona blanca que había conseguido rescatar del *León Marino*.

—¡Un don de Alá! —se repetía una y otra vez sonriendo bajo su velo azul añil—. ¡Un don de Alá, el Misericordioso, al más humilde y creyente de sus siervos!

Agradecido, ascendía cada tarde hasta la cima de las más altas dunas para extender su pequeña estera sobre la arena y rendir pleitesía a su Dios, rogándole de paso que no dejara secar los pozos de que se abastecía su pueblo, y no olvidara enviar de tanto en tanto un poco de lluvia para contribuir a que su felicidad fuera completa.

Y Alá le escuchó.

Una bochornosa noche retumbó un trueno lejano, y cuando el caíd abandonó presuroso su amplia *jáima* de pelo de dromedario advirtió cómo el horizonte se iluminaba por el sureste y segundos más tarde un nuevo trueno que le sonó a gloria llegó como el canto de las hurís del paraíso que había prometido el Profeta.

Aspiró profundo y captó el olor a humedad que flotaba en el ambiente aunque sin decidirse a descender al nivel del suelo, por lo que comprendió en el acto que la lluvia no caería cerca, sino que continuaría su camino hacia el interior del continente para derramar sus infinitas riquezas pasado el mediodía.

—¡Arriba, arriba! —aulló disparando al aire su espingarda—. ¡Alzad el campamento! ¡Vamos tras ella!

«Cazadores de nubes» les llamaban; expertos rastreadores de la invisible huella que iban dejando a su paso por el cielo, o los mil pequeños detalles —una gota sobre las rocas, una piedra humedecida, una flor que había intentado abrir sus pétalos buscando ansiosamente la humedad— que el avisado ojo de un beduino descubría allí donde nadie más descubriría absolutamente nada.

A la luz de hogueras, rayos y relámpagos se recogieron las *jáimas*, se cargaron los adormilados e histéricos camellos, y se arreó a las renuentes cabras que se resistían a abandonar el seguro refugio del aprisco para iniciar una presurosa marcha a través de una llanura en la que acechaban los guepardos, los chacales y las hienas.

—¿Qué ocurre ahora? —quiso saber un malhumorado cántabro en cuyos pies parecían haberse cebado con especial empeño todas las espinas de los incontables matojos del desierto–. ¿Adónde nos llevan?

–A correr tras las nubes –le replicó con su hosquedad de siempre Emeterio Padrón–. Es la única razón por la que a estos hijos de puta les entran las prisas.

–¡Que el diablo los confunda!

–¡No te lamentes! –le animó el canario–. Si alcanzamos a esas malditas nubes al menos tendremos agua.

A trancas y barrancas, encadenados y arreando ante sí a las inquietas cabras, se precipitaron en pos de los relámpagos que se alejaban hacia el oeste, tropezando y cayendo, resoplando y maldiciendo, aunque rogando al propio tiempo para que las generosas nubes decidieran dejar caer de una bendita vez su maravillosa carga.

Fue un amanecer oscuro y diferente, puesto que el sol no hizo su aparición como solía sobre la línea de un monótono horizonte, sino que se ocultó cansado y triste tras unas oscuras nubes que comenzaban a reducir su rápida carrera a medida que avanzaba la mañana.

–¡No hay viento!

El jubiloso grito recorrió de un extremo al otro la ansiosa caravana, para regresar repetido por más de cien gozosas gargantas a las que apenas les quedaba ya ni el más ligero aliento.

–¡No hay viento!

–¡No hay viento!

Y si el viento dormía a ras de tierra, probablemente también dormiría allá en lo alto, dejando con ello de impulsar a unas nubes que acabarían por vomitar sus preciados tesoros.

El invisible sol debía encontrarse ya en su cenit

cuando al coronar un otero desembocaron en una extensa hondonada que se perdía de vista en la distancia; tal vez el viejo lecho de un lago prehistórico, o tal vez el cauce de un ancho río que millones de años atrás corrió hacia el mar llegando desde el lejano confín del inexplorado continente.

–*¡Dáora!*

–¡Alá sea alabado! ¡*Dáora*!

Ningún otro lugar existía en miles de millas alrededor, en el que la tierra fuera tan agradecida y fértil como en aquel paraíso en que antaño moraron millones de bestias salvajes; olvidados testigos de que hubo un tiempo en que el Sáhara no era tan sólo «la desolada tierra que sólo sirve para cruzarla».

–*¡Dáora!*

Hasta el último beduino saltó de su montura, besó el suelo y se quedó allí, con la frente humillada, rogando a su Dios que tuviera a bien ofrecerle una vez más el fastuoso milagro de su infinita misericordia.

Y Alá les escuchó.

Su voz resonó, imponente, y al poco un agua cálida y dulce se derramó con furia sobre las espaldas de cuantos se arrodillaban, así como sobre los ansiosos rostros, alzados al cielo, de los sedientos náufragos.

Tambores, panderos y chirimías abandonaron de inmediato sus escondites en el fondo de pesadas alforjas y a su son se inició una frenética danza de alegría en la que incluso el circunspecto caíd Omar El Fasi se despojó del velo para permitir que el agua empapara su rostro por primera vez en muchísimo tiempo.

Y también por primera vez en sus treinta y dos años

de existencia, el capitán León Bocanegra tuvo conciencia de lo que significaba en verdad el poder de ese agua.

Agua dulce.

El mar, su adorado océano, era otra cosa.

El agua que resbalaba ahora sobre su piel y trataba de empujar con el cuenco de las manos hacia el interior de su reseca garganta era como sangre fresca que corría locamente por sus venas, obligando a su corazón a latir con más fuerza, como si le urgiera enviar al último rincón de su cuerpo aquel inesperado regalo caído de los cielos.

Cambió el olor del mundo transformándose en olor a tierra empapada; a eclosión de la naturaleza; a confianza en que la pardusca llanura se transmutaría muy pronto en una espesa alfombra de verdor.

Seguía lloviendo.

¡Alá es grande!

Tan grande era Alá, que permitió que continuara lloviendo todo el día, y esa noche, y a la mañana siguiente, y la magnitud de su grandeza fue tal que la lluvia no cesó hasta que la gigantesca cuenca de *Dáora* se convirtió –tantos años después– en una hermosa laguna en la que el agua alcanzaba más de un metro de profundidad.

De todos los cielos acudieron las aves.

De todas las madrigueras surgieron las bestias.

Y en cada rincón del horizonte hizo su aparición una caravana.

Omar El Fasi ordenó a sus criados que delimitaran con estacas el terreno que calculó que podía plantar con las semillas que conservaba como el más preciado de sus tesoros, enfundó sus armas, y se sentó a aguardar la visita de los restantes caídes.

Sabía muy bien que fueran quienes fueran, y por enemigos que antaño hubieran sido, acudirían en son de paz, visto que ningún creyente osaría ensuciar con estúpidas rencillas el preciado regalo que el Creador acababa de otorgar a todos los seres vivos del planeta.

Hombres, gacelas, antílopes, avestruces, liebres, un millón de aves, e incluso la odiada hiena y el temido guepardo de valiosísima piel podrían acudir sin miedo a disfrutar del agua que rebosaba *Dáora*, puesto que una vieja ley no escrita del desierto dictaminaba que hasta el último habitante de las cálidas llanuras debería compartir con sus vecinos tan inesperada riqueza.

Si nadie tenía derecho alguno sobre el aire, ¿a quién se le podía ocurrir que tuviera derecho sobre el agua?

Al atardecer del día siguiente el caíd Omar El Fasi mandó llamar al capitán Bocanegra.

—Éstos son días de alegría —dijo—. Días de paz y de concordia, y por lo tanto, si me das tu palabra de que no intentaréis escapar, podréis consideraros libres hasta el momento en que se recoja la cosecha. —Le apuntó firmemente con el dedo—. Pero si uno solo de tus hombres, ¡sólo uno!, trata de huir, morirá él y morirán cinco más que elegiré al azar. ¿He hablado claro?

—Muy claro.

—¿Y qué me contestas?

—Que tengo que consultarlo con mi tripulación.

—Pero tú eres quien manda —le hizo notar un hasta cierto punto desconcertado beduino.

—Nadie tiene autoridad suficiente como para mandar sobre el corazón de un hombre que se niega a ser esclavo –fue la respuesta–. No puedo comprometerme por todos sin haber obtenido con anterioridad el compromiso de cada uno, ya que estaré poniendo en peligro la vida de muchos.

–¡Lo entiendo! –admitió el otro–. Ve, habla con tu gente y tráeme su decisión.

León Bocanegra reunió a sus compañeros de fatigas para transmitirles de inmediato y sin rodeos la generosa oferta de su «amo».

–¿Cuánto tiempo? –fue lo primero que quisieron saber.

–Lo que tarde en crecer la cebada.

–¿Y cuánto tarda en crecer la cebada?

–¡Y yo qué coño sé! –protestó–. Soy capitán de barco, no campesino.

–¿Alguien tiene alguna idea?

No hubo respuesta, por lo que al fin fue Diego Cabrera quien optó por encogerse de hombros al tiempo que señalaba.

–¿Y qué importa un día, un mes, o un año? El caso es que nos permitirán dormir sin cadenas. Yo acepto.

–¿Estás seguro?

–¿Y cómo no voy a estarlo? –ceceó más marcadamente que nunca mientras abarcaba con un amplio ademán del brazo a su alrededor–. ¿Adónde iría? ¿Al este, para acabar de nuevo frente al mar? ¿Al oeste para internarme cada vez más en el desierto? Si estos hijos de puta son capaces de seguir el rastro de una serpiente entre las rocas, ¿cómo no encontrarían el mío sobre la arena?

–¡De acuerdo! –admitió su capitán–. Me basta con tu palabra. Que alcen la mano todos aquellos que estén dispuestos a no escapar.

Hubo ciertas dudas, cuchicheos y más de una tibia protesta, pero al fin se fueron alzando las manos en señal de aceptación de un hecho irremediable: aquélla era una inmensa cárcel de la que jamás conseguirían evadirse.

Nadie se arrepintió de la decisión tomada, ya que los días que siguieron fueron en verdad inolvidables.

Cantos y bailes, carreras de camellos, pruebas de habilidad y fuerza, banquetes pantagruélicos y una hospitalidad sin límites, puesto que cabría asegurar que en aquellos momentos no había tribus, ni razas, ni familias, y ni tan siquiera amos y esclavos, visto que incluso los aborrecidos cristianos eran bien recibidos en todos los campamentos.

Por fin se dio inicio a la siembra.

Y fue toda una ceremonia.

En cuanto resultó evidente que el nivel del agua descendía, el muecín entonó un monótono cántico que se prolongó durante horas, y las mujeres se remangaron las faldas introduciéndose en la laguna para ir enterrando con exquisito mimo cada una de las semillas que guardaban, como si se tratara de oro en polvo, en un diminuto saco de piel vuelta.

Empujaban cada granito hasta unos cinco centímetros de profundidad, apenas separados uno de otro por idéntica distancia, de tal forma que no quedara un solo espacio libre en cada parcela delimitada por las distintas familias, y una vez concluida la tarea, hombres, mujeres, niños y ancianos se reunieron –cosa extraña en ellos– para elevar al unísono sus oraciones e intentar conseguir que Alá les escuchase una vez más y tuviera a bien concederles una magnífica cosecha.

La tierra sedienta durante años, y el sol, tan inclemente como siempre, hicieron que el agua fuera desapareciendo velozmente, y llegó a ser tan cálida cuando ya apenas cubría con una fina película la gran llanura, que las semillas germinaron con inusitada rapidez y muy pronto *Dáora* se transformó como por arte de magia en un mullido y esponjoso tapiz.

El milagro de la nueva vida se había producido.

León Bocanegra, que apenas había pisado más tierra firme que sucios puertos y ciudades inmundas, no daba crédito a sus ojos al advertir cómo cada amanecer aquella enorme alfombra lucía más alta y espesa, al tiempo que un olor nuevo y desconocido inundaba el ambiente.

Aquí y allá hacían su aparición millones de flores de todas las clases y colores que llevaban años aguardando pacientes a que la generosa lluvia las despertara de su triste letargo.

Hasta donde alcanzaba la vista todo era hermoso.

Verde brillante; más verde que las más verdes aguas del Caribe, aunque salpicado de notas rojas, violetas y amarillas, lo que obligaba a imaginar que algo semejante debió de ser el paraíso antes de que Adán y Eva tuvieran que abandonarlo.

Los beduinos no cabían en sí de gozo.

Y a consecuencia de ello, en lo más profundo y oscuro de las noches, algunas atrevidas muchachas acudieron a tomar de la mano a los más apuestos cristianos con el fin de arrastrarlos hasta la mullida pradera sobre la que se tendían como lo hubieran hecho sobre el más lujoso de los colchones.

Cabría imaginar que era tal la embriaguez de felicidad que inundaba a aquel pueblo siempre perseguido por la desgracia, que incluso las más severas reglas de conducta se transgredían sin que nadie pareciera concederle a tal hecho demasiada importancia. Fue así como durante casi dos semanas, León Bocanegra disfrutó plenamente del más embriagador de los cuerpos, pese a que su dulce amante jamás permitiera que le despojara del velo con que se cubría el rostro.

De día buscaba entre las figuras femeninas tratando de adivinar cuál de ellas había sido su compañera en las locas correrías de la noche anterior, pero ni un gesto, ni una palabra, ni tan siquiera una mirada le permitieron abrigar el absoluto convencimiento de que ésta o aquélla hubiera sido en verdad su apasionada pareja.

Todo era perfecto.

Incluido tan incitante misterio.

Por desgracia, una aciaga mañana, el caíd Omar El Fasi ordenó que el grupo de cristianos se congregara en la pequeña explanada que se abría en mitad del campamento, para obligarle a aguardar bajo un sol inclemente hasta que hizo su aparición un hombre altísimo que montaba el más veloz y resistente *mehári* que hubiera surcado nunca el desierto, y que lucía al cinto una larga espada muy recta que contrastaba con las curvas cimitarras que solían utilizar los beduinos.

Su porte era de una altivez casi insultante, y se diría que a su lado el resto de la humanidad no era más que basura.

A través de la estrecha ranura del velo que le cubría el rostro, observó uno por uno a los cristianos, pareció estar calibrando sus fuerzas y su condición, y no aventuró gesto alguno hasta que Omar El Fasi hizo su aparición en la entrada de la *jáima* para saludarle en un tono servil y desacostumbrado en él:

–*Rahinat ullahi Allahín* (La paz de Alá sea contigo) –dijo–. *Keif halah* (Todo lo de mi casa es tuyo).

–*Aselam Aleikúm* –respondió secamente el recién llegado al tiempo que chistaba a su montura para que se arrodillase.

Saltó a tierra, dirigió una larga mirada a León Bocanegra como si hubiera comprendido de inmediato que se trataba del cabecilla de la tropa de cautivos, y penetró en la *jáima* seguido por el solícito *rguibát* al que se podría considerar como apabullado ante la presencia de tan distinguido visitante.

–¡Un targuí! –exclamó un excitadísimo Emeterio Padrón en cuanto hubieron desaparecido.

–Y eso, ¿qué significa? –quiso saber con cierta acritud Fermín Garabote.

–Que pertenece a la tribu de los tuareg. Todos les temen y los llaman «Los Reyes del Desierto», aunque hay quien opina que tan sólo son salteadores de caravanas, rebeldes o bandidos.

–Lo cierto es que impresiona –admitió el piloto–. ¿A qué habrá venido?

–A nada bueno, sin duda –sentenció seguro de sí mismo el canario.

—¿Estás pensando en lo que yo estoy pensando?

—Prefiero no pensarlo.

Pero sus peores temores se confirmaron una hora más tarde, en el momento mismo en que Omar El Fasi y su huésped reaparecieron en la puerta de la enorme tienda de pelo de dromedario.

El primero se encaró sin rodeos a León Bocanegra para señalar con desconcertante naturalidad:

—A partir de este momento, el jeque Yuba ben-Malak el Saba, «Señor del Pueblo de la Lanza», es vuestro nuevo amo. Te aconsejo que le obedezcas ciegamente, puesto que se trata de un auténtico príncipe targuí, y es bien sabido que los tuareg son gente severa y de poca paciencia. —Le colocó una mano sobre el hombro en un gesto que tanto podría significar amistad como conmiseración—. ¡Que Alá te proteja! —concluyó.

Giró sobre sí mismo para regresar al interior de su vivienda como si con ello diera por concluido el tema, y León Bocanegra no pudo hacer otra cosa que alzar el rostro hacia el jinete que se encontraba de nuevo a los lomos de su cabalgadura.

El jeque Yuba ben-Malak el Saba, «Señor del Pueblo de la Lanza», aventuró un levísimo ademán de la cabeza ordenando que le siguieran, y se limitó luego a fustigar el cuello de su *mehári* que emprendió de inmediato un cansino trote rumbo al sureste.

Los cautivos le siguieron cabizbajos y en silencio, y durante más de tres horas rodearon la verde depresión de *Dáora* sin que su impasible amo se volviera ni tan siquiera una vez con intención de comprobar si le habían obedecido, como si ello fuera algo de todo punto de vista incuestionable.

–¡No me gusta! –refunfuñaba una y otra vez un ceceante Diego Cabrera–. Este moro no me gusta nada.

–A mí tampoco.

Mediaba la tarde cuando al fin distinguieron en la distancia un numeroso grupo de *jáimas* oscuras, y al poco acudió a su encuentro un anciano de larguísima barba gris, que renqueaba visiblemente de la pierna izquierda.

Se inclinó en muda señal de respeto al paso del jinete, para aguardar la llegada del grupo e inquirir ansiosamente:

–¿Cristianos? ¿Españoles?

–La mayoría –admitió León Bocanegra.

–¡Dios sea loado! –exclamó el viejo abrazándole como si acabara de reencontrarse con familiares muy cercanos–. Hacía años que no hablaba con un compatriota.

–¿Cuánto tiempo llevas aquí? –quiso saber un murciano que seguía negándose a aceptar que se hubiera convertido en esclavo.

El cojo se encogió de hombros como queriendo dejar bien patente su ignorancia.

–¡Treinta años…! Tal vez más. En el desierto se pierde la noción del tiempo.

–¡Treinta años! –Se horrorizó Fermín Garabote–. ¿Y nunca ha intentado escapar?

–¿Escapar de los tuareg…? –Pareció asombrarse el otro–. Te siguen el rastro y cuando te encuentran, que siempre te encuentran, te cortan la cabeza. Algunos de mis antiguos compañeros lo intentaron pero ni uno solo lo consiguió.

–¿También naufragaste?

El anciano, que más tarde dijo llamarse Sixto Molinero y ser natural de Écija, observó con aire desconcertado a quien le había hecho la pregunta, y por último negó con firmeza.

–¿Naufragar? ¡No! En absoluto. Formaba parte de la guarnición de Santa Cruz de la Mar Pequeña.

–¿Y dónde queda eso?

–¿Santa Cruz de la Mar Pequeña? Al norte; en la costa.

–¿Y qué hacíais allí?

–Era una especie de fuerte; una factoría desde la que comerciábamos con los nativos, a los que comprábamos oro, pieles de guepardo y plumas de avestruz. Pero una noche nos atacaron. –Chasqueó la lengua–. No dejaron piedra sobre piedra y nos convirtieron en esclavos. Soy el único superviviente de más de sesenta hombres.

Llegó el tiempo de recoger la cebada.

Se acabaron las fiestas y hombres, mujeres, ancianos y niños se rompieron la espalda bajo el sol del desierto cortando las altas espigas como si en ello les fuera la vida, y de hecho gran parte de su vida futura dependía de la espléndida cosecha que Alá había tenido a bien concederles, puesto que habría de durar hasta que una nueva nube, gruesa y repleta, decidiera regar, tal vez muy lejos de allí, las resecas tierras.

Los esclavos no recibieron un trato, ni mejor ni peor que los hombres, puesto que éste era ya de por sí un trato lo suficientemente duro, pero ahora sí que, al caer la tarde, se veían de nuevo encadenados visto que los beduinos no se encontraban con fuerzas como para perseguir fugitivos.

Yuba ben-Malak el Saba, «Señor del Pueblo de la Lanza», jamás se dignaba dirigir una palabra o una mirada a los cautivos, como si fueran seres fantasmales que ni siquiera dejaban sombra sobre la arena, dando la impresión de que a su modo de ver tenían infinitamente más importancia sus camellos e incluso la más escuálida de sus cabras, que el más fornido y servicial de sus esclavos.

Podría creerse que no sentía el menor interés por conocerlos o experimentar por alguno de ellos un asomo de aprecio, como si tan sólo se trataran –y así era en el fondo– de una valiosa mercancía de la que muy pronto se vería obligado a desprenderse.

En cuanto los sacos de cuero se encontraron repletos de grano y sobre la superficie de la gran depresión de *Dáora* no quedaron más que los tristes despojos de la hierba que cabras y dromedarios habían sido incapaces de devorar, las mujeres levantaron en un abrir y cerrar de ojos los campamentos, y cada familia emprendió la marcha en un rumbo distinto, con esa costumbre tan propia de los habitantes del desierto de no decirse adiós pese a que, tanto hombres como mujeres, pasaran largos minutos saludándose cada vez que se encontraban.

Los nómadas odiaban por tradición las despedidas, como si el simple hecho de mostrar tristeza por la separación constituyera un símbolo de debilidad impropio de unos seres que habían aprendido, desde el momento mismo de nacer, que la fortaleza interior era la más valiosa de las armas con que podían enfrentarse al duro entorno en que les había tocado vivir.

Podría creerse que la palabra «adiós» no tenía cabida entre los habitantes de las arenas, que contaban, no obstante, con mil formas de darse la bienvenida y poner cuanto tenían al servicio del recién llegado.

Para unos marinos acostumbrados a las cariñosas y con frecuencia exageradas despedidas desde la cubierta de una nave en la que brazos y pañuelos se agitaban hasta que la persona amada se convertía en un punto en la distancia, aquel aparente desarraigo constituía motivo de asombro, incapaces de aceptar que quienes se comportaban como hermanos, y de hecho en ocasiones lo eran, se dieran de pronto la espalda para alejarse sin tener nunca plena conciencia de si algún día volverían a verse.

El mar de arena poco o nada tenía que ver con el mar de agua.

Ni sus hombres con sus hombres.

Sudor y llagas en los pies para quienes estaban acostumbrados a viento en el rostro y callos en las manos.

El horizonte era, no obstante, semejante.

Una línea infinita de la que surgía de improviso un cielo de un azul implacable.

–¿Hacia dónde nos dirigimos?

–Hacia el sudeste. Hacia el corazón mismo del continente.

–¿Y qué hay allí?

A León Bocanegra no le quedaba otra solución que encogerse de hombros.

–No tengo ni la menor idea –solía responder–. No conozco a nadie que haya estado allí.

El cojo Sixto Molinero sí que había estado pero resultaba evidente que evitaba mencionar el tema, como si le preocupara la reacción que sus compañeros de infortunio pudieran tener si se le pasaba por la mente la ocurrencia de hablarles del destino que les aguardaba al final de tan fatigoso viaje.

Tan sólo en una ocasión, y a solas, el capitán del *León Marino* consiguió hacerle olvidar su ostracismo bajo la firme promesa de que jamás revelaría al resto de los cautivos lo que estaba a punto de confesarle:

—Nos dirigimos al infierno —musitó al fin muy quedamente, como si le aterrorizara la idea de que alguien más pudiera oírle pese a que se encontraban a más de trescientos metros de la *jáima* más cercana—. Un infierno en el que nunca he estado, pero del que he oído contar cosas terribles. —Agitó la cabeza pesaroso—. Aseguran que el calor hace hervir la sangre y no existe una sola sombra, un matojo o un bicho viviente, puesto que hasta los lagartos se deshidratan.

—¿Y qué vamos a hacer allí?

—No lo sé. Por lo general nos detenemos a unos cuantos días de distancia, donde esperamos a los traficantes de esclavos. —Lanzó un leve lamento—. Son gente cruel y sin entrañas que abusa del látigo y a la que gusta imponer el terror desde el primer momento.

—Pero ¿por qué?

—Lo ignoro, ya te lo he dicho. Nadie habla nunca de ellos. Incluso a Yuba le asustan, y te garantizo que no es empresa fácil asustar a un tuareg.

—¿Crees que deberíamos intentar huir antes de llegar allí? —quiso saber el capitán Bocanegra.

—No estoy en disposición de aconsejarte —fue la sincera respuesta del anciano—. Sería como darte a elegir entre el fuego y la sartén. Si escapas, Yuba te seguirá el rastro, y si por una casualidad entre un millón consiguieras burlarle, cualquier otro tuareg del desierto te atraparía y arrancaría los ojos. —Abrió las manos como mostrando impotencia—. Es la ley del *Grí-Grí*.

—¿*Grí-Grí*? —Se sorprendió su interlocutor—. ¿Qué significa eso?

—No es más que una superstición destinada a aterrorizar a los esclavos, pero muy efectiva para los señores del desierto. Según ellos, el *Grí-Grí* es una especie de demonio que persigue a los fugitivos donde quiera que se encuentren. En realidad es un pacto entre caídes, según el cual, cuando tropiezan con un esclavo fugitivo le arrancan los ojos antes de devolvérselo a su amo.

—¡Qué barbaridad!

—Es la mejor forma de evitar que huyan. Saben que pronto o tarde acabarán ciegos.

—¡Hijos de la gran puta!

—Lo son, en efecto, pero ¿qué otra cosa pueden hacer si éste es el mundo en que nacieron? Sin esclavos no sobrevivirían, y en el desierto impera, como en todas partes, la ley del más fuerte. Sólo una cosa se puede alegar en su favor: no poseen más de los que necesitan y les suelen dar un trato justo.

El otro mostró las llagas que las cadenas habían dejado en sus tobillos.

—¿Es esto un trato justo? —quiso saber.

—¿Acaso es mejor el que les damos a los negros? —inquirió a su vez el otro—. Y en las Antillas nadie se contenta con media docena de esclavos. Los compran a centenares y los explotan de sol a sol hasta que mueren derrengados. —Le miró directamente a los ojos—. ¿O ya no es así? —quiso saber.

—¡Sí, desde luego! —admitió el marino—. Aún continúa siéndolo.

—En ese caso, ¿qué derecho tenemos a acusarlos cuando nos pagan con la misma moneda?

Aquélla era, evidentemente, una pregunta de difícil

respuesta para alguien que había recalado infinidad de veces en puertos antillanos en los que los negros eran tratados mil veces peor que las bestias, y que en ocasiones había sido testigo, desde la cubierta del *León Marino*, de cómo se alzaban en las playas rústicos tinglados en los que cientos de muchachos se ofrecían al mejor postor como si de ganado se tratase.

Y los enfermos, aquellos a los que la travesía del océano había dejado exhaustos y nadie se decidía a comprar, quedaban abandonados allí, sobre la arena, hasta que el hambre, la sed o la disentería acababan con ellos, momento en que se les arrojaba a los hambrientos tiburones.

¿Era acaso un trato más justo o más humano que arrancarle los ojos a un fugitivo?

El atribulado capitán Bocanegra meditó cabizbajo y por último se volvió al cojo.

—Según tú, ¿qué posibilidades tengo de escapar para regresar a nuestro mundo?

—Ninguna.

—¿Y de salir con vida de ese infierno hacia el que nos dirigimos?

—Menos aún.

—Difícil me lo pones.

—Difícil es, aunque yo más bien diría que imposible —argumentó el otro con naturalidad—. Hace muchísimos años me contaron, no sé si es cierto, que sobre el dintel de la Prisión de los Plomos, en Venecia, habían grabado una leyenda: «Quien por aquí pase que deje fuera toda esperanza.» Si eso ocurre en la ciudad más civilizada del planeta, ¿qué se puede esperar del más cruel de los desiertos?

Cruel era más y más cada día, puesto que a medida que se iban alejando de la costa, las refrescantes brisas perdían fuerza, y ahora el aire comenzaba a secarse en cuanto el sol ascendía una cuarta en el horizonte, por lo que los vientos del este abrasaban la piel como si a cada paso se estuvieran asomando a la boca de un horno.

El inmenso Sáhara mostraba ya su rostro más temible.

Los «ríos» de altas dunas, que días atrás rompían con suaves y hermosas curvas la monotonía del paisaje, habían quedado también en la distancia y ya no se distinguía ante ellos más que el *reg*, una áspera planicie de tierra resquebrajada y yerma sobre la que se desparramaban, como arrojadas por una gigantesca mano caprichosa, millones y millones de rugosas rocas que quemaban tan sólo de tocarlas, y que destrozaban los pies rasgándolos como afiladas cuchillas.

Sonámbulos, los hombres y las bestias avanzaban, tropezando y cayendo, renegando y maldiciendo, alzándose una y otra vez para caer de nuevo unos metros más allá; legión de fantasmas condenados a vagar sin rumbo fijo, con la mente siempre puesta en otra parte –en realidad en parte alguna–, pues era tanto el calor y tan agobiante la fatiga, que ni siquiera quedaba espacio en el cerebro para acoger una sencilla idea o un pequeño recuerdo.

El primero en intentar la huida, contraviniendo las recomendaciones de su capitán, fue el herrero, Cándido Segarra, el hombre más fuerte que pisara nunca la cubierta de la vetusta nave, un cacereño más ancho que alto, de manos como mazas y piernas que semejaban columnas, y que desapareció una noche sin que nadie se explicara cómo diablos se las había ingeniado para librarse de las cadenas que le mantenían unido a Fermín Garabote.

No había dejado señal de sus huellas en parte alguna, puesto que, astutamente, se había dedicado a saltar de piedra en piedra, sin poner ni tan siquiera una sola vez el pie en tierra, pero aún así el «Señor del Pueblo de la Lanza» tardó apenas una hora en encontrar su rastro.

Poco después, y llevando del ronzal al altivo *mehári* del que no parecía separarse ni para dormir, Yuba ben-Malak el Saba emprendió la marcha con la vista fija en el suelo, como si las mudas rocas le hablaran, y de hecho lo hacían, o más bien, murmuraban, puesto que algunas de ellas, inmóviles por siglos, se habían desplazado bajo el peso del fugitivo lo suficiente como para que el ojo de un tuareg, al que nada de cuanto ocurriera en el desierto se le escapaba, fuera capaz de percibirlo.

Se perdió de vista hacia poniente, con la cabeza gacha, buscando y rebuscando a su alrededor, atento a cada detalle del terreno, levantando algunas piedras para comprobar en sus bordes las marcas de tierra vieja y nueva, seguro de sí mismo, y tan impasible e indiferente, que cabría imaginar que lo único que le incomodaba de aquel absurdo juego era el tiempo que le hacía perder y las molestias que le producía la pesada caminata.

Sentados bajo el sol el resto de los cautivos aguardaban.

Y los que habían aprendido a rezar, rezaban.

Cada uno de ellos se había convertido por unas horas en Cándido Segarra, y cada uno de ellos se veía a sí mismo buscando una imposible libertad en un paisaje dantesco.

¡Suerte, muchacho!

¡Corre, corre!

Sabían que el herrero no podía escucharles, pero de igual modo sabían que les estaba oyendo por lejos que estuviese, consciente de que su victoria sería en realidad la victoria de todos, que ansiaban, más que nada en este mundo, que consiguiera la libertad definitivamente.

Fue un día muy largo.

Y una noche interminable.

León Bocanegra observaba las estrellas y cada vez que una de ellas cruzaba velozmente el horizonte, le rogaba que intercediera por el bravo cacereño permitiéndole encontrar el mejor de los caminos.

Pero en el fondo de su alma sabía que en esta ocasión las estrellas jamás le atenderían.

Aquélla era sin duda una cárcel en exceso segura.

Su espíritu, al igual que el de la inmensa mayoría de sus compañeros, se encontraba en íntima comunión con el del hombre que se esforzaba en buscar la libertad, pero su razón le gritaba que pese a su increíble fuerza y resolución, el herrero no tenía la más mínima oportunidad de eludir a su implacable cazador.

Quien demostraba ser capaz de seguir el débil rastro de una serpiente o vencer al guepardo en su propio terreno, pocas posibilidades de fracaso tenía persiguiendo a un pesado mastodonte que había comenzado ya a girar en círculo, incapaz de caminar en línea recta.

Cándido Segarra, hombre de ciudad y más tarde de mar por largos años, no tenía ni idea de que en el desierto, al carecer de puntos de referencia, el hombre que avanza en lo que supone línea recta, tiende a desviarse a la izquierda, ya que suele tener esa pierna ligeramente más corta que la otra, de tal forma que –de no corregir su rumbo– acaba por trazar un enorme arco que le devuelve pronto o tarde al punto de partida.

Yuba ben-Malak el Saba, nacido y criado en las grandes llanuras, sí que tenía plena conciencia de ello, por lo que, en cuanto cerró la noche, se desvió hacia el suroeste, avanzó en la oscuridad poco más de tres horas y concluyó por obligar a su montura a arrodillarse, para recostar la espalda en ella y limitarse a aguardar con la irritante paciencia propia de un beduino, que el alba le entregara a su víctima.

El cacereño, sediento y agotado tras todo un día y una noche de pesada caminata, vio amanecer con la esperanza de que el nuevo día le ofrecería al fin la ansiada libertad que tanto esfuerzo le estaba costando, pero lo único que pudo hacer fue lanzar un ronco sollozo de desesperación al advertir que la glauca luz que se anunciaba por levante iba a incidir sobre la figura de un tuareg que le observaba impasible con la larga espingarda terciada sobre las rodillas.

¿Cómo era posible?

¿Qué explicación tenía que el sol estuviera surgiendo frente a sus ojos cuando abrigaba el firme convencimiento de que había pasado el día y la noche avanzando en sentido contrario?

Nunca llegó a saber que tenía una pierna apenas unos centímetros más corta que la otra.

De un solo disparo el «Señor del Pueblo de la Lanza» le voló la cabeza, que cortó luego de un seco tajo de afilada y recta espada.

Al verla rodar a sus pies, Emeterio Padrón se limitó a comentar con voz ronca:

—¡Dos!

El tercero murió reventado, contemplando con los ojos muy fijos las miríadas de estrellas de la fría noche sahariana, y al cuarto le picó una víbora cornuda, lo que le obligó a quedar tendido en mitad del pedregal, con la pierna amoratada, aguardando su fin entre horribles dolores, sin tan siquiera el consuelo de unos sorbos de agua con los que mitigar la insoportable sed de la agonía.

Los tuareg opinaban que el agua era un bien demasiado precioso allí, tan lejos del siguiente pozo, como para malgastarla en alguien que no vería ya la luz del nuevo día.

La siguiente víctima fue una niña, la hija menor del «Señor del Pueblo de la Lanza», quien ordenó enterrarla bajo un montón de rocas para que los chacales y las hienas no tuvieran acceso a su escuálido cuerpecito. Asistió al sepelio con la misma impasibilidad con que demostraba enfrentarse a todo en esta vida, ya que la tuberculosis que había arrastrado a la tumba a la pequeña era, a su modo de ver, una de las tantas e inevitables circunstancias adversas con las que se veía obligado a enfrentarse a diario su pueblo.

Únicamente la grasa giba de camello podría haber librado a la pequeña de tan terrible mal, pero su padre era consciente de que no estaba en disposición de poner en peligro al resto de su familia sacrificando un valioso animal cada cuatro días con el fin de intentar salvarle la vida al más pequeño e indefenso de sus miembros.

Si la voluntad de Alá había sido que muriese, nada más se podía hacer.

Al *reg* pedregoso siguió un mar de arena con dunas tan altas que más parecían montañas fosilizadas que otra cosa, y éstas dejaron paso a un macizo rocoso que atravesaron en pos de las huellas de antiguas caravanas para enfrentarse, por enésima vez, a una llanura infinita y desesperante ante cuya presencia el pinche de cocina decidió poner fin a sus cuitas desgarrándose las venas con sus propias cadenas.

–Cinco.

Al alejarse de un cadáver sobre el que ya habían comenzado a trazar círculos los buitres, sus compañeros volvieron el rostro, no con pena, sino casi con envidia, puesto que aunque tenían la certeza de que el destino de aquellos despojos era el de acabar en las tripas de las bestias, incluso tan trágico fin les parecía en cierto modo preferible a la amarga realidad de seguir avanzando hacia la más absoluta soledad.

El sol era el dueño de los días.

Y tan sólo hizo dejadez de sus derechos la semana en que el viento le ocultó bajo su manto, puesto que aliado con su fiel amante, la arena, el *harmattán* borró de la faz de la tierra todo rastro de vida, pregonando con voz abrasadora y ronca, que en cuanto se dignaba hacer su aparición sobre el desierto, nada más existía, ni nadie conseguiría sobrevivir a no ser que él mismo decidiera poner coto a su furia inigualable.

Encerrados en sus frágiles tiendas alzadas bajo la leve protección de una alta duna, los dueños del desierto se transformaron de improviso en sus esclavos, y a la intemperie, sus propios esclavos se transformaron a su vez en parias que se negaban a aceptar que sus desgracias pudieran ir incluso más allá de cuanto habían padecido hasta el presente.

La sexta y séptima víctimas quedaron sepultadas bajo un manto de caprichosa arena que se entretuvo en ir modelando sus cuerpos, como si de cambiantes estatuas se tratase, hasta que de su recuerdo no quedó más que un leve montículo bajo el que dormirían para siempre los sueños de libertad de quienes ya nunca serían libres.

Los que sobrevivieron, si es que se podía llamar sobrevivir a lo que quedaba de ellos cuando de nuevo el sol se apoderó del paisaje, permanecían como idiotizados, incapaces de mover un músculo o articular tan sólo una triste palabra, con la garganta tan seca y los labios tan cuarteados y costrosos que el simple hecho de abrir la boca para intentar respirar parecía exigir el mayor de los esfuerzos.

Viéndoles no podía por menos que evocarse la imagen de un pez fuera del agua que intentara desesperadamente atrapar un poco de oxígeno, y si en esos momentos Yuba ben-Malak El Saba hubiese tenido la estúpida ocurrencia de obligarles a emprender la marcha tendría que haberlos ejecutado allí mismo, puesto que ni tan siquiera media docena de ellos se encontraban con fuerzas como para avanzar más de cien metros.

Por fortuna el tiempo parecía carecer de importancia.

Necesitaron dos días para encontrarse con ánimos suficientes como para ponerse en camino, y cinco más hasta alcanzar un viejo pozo de aguas salobres que a duras penas permitían calmar la sed, pero junto al cual el tuareg decidió acampar para que hombres y bestias recuperasen un remotísimo aspecto de seres vivientes.

–¿De verdad pretendes hacerme creer que puede haber algo peor que todo esto? –quiso saber León Bocanegra un atardecer en que consiguió encontrarse de nuevo a solas con el cojo–. ¿Un martirio más insufrible aún que ese *harmattán* o la interminable marcha que nos vemos obligados a soportar?

—Eso dicen.

—¿Y por qué permite Dios que existan lugares semejantes?

Sixto Molinero se encogió de hombros, pero de pronto se quedó observando a su interlocutor, y cambiando el tono de voz, señaló con una ligera sonrisa casi burlona.

—En cierta ocasión, hace ya muchos años, escuché a un viejo beduino contar una curiosa historia sobre las razones por las que el Sáhara es lo que es... ¿Te gustaría oírla?

—¿Por qué no? Tal vez me sirva para entender el por qué de este paisaje.

—¡Bien...! —admitió el otro animadamente—. Esto es, casi palabra por palabra, lo que me dijeron.

Cerró los ojos esforzándose por avivar su memoria y al poco comenzó a recitar como si se tratara de una monótona letanía que sin duda había repetido en más de una ocasión.

—Cuentan —musitó— que muchísimo tiempo atrás, tanto que su recuerdo casi se ha perdido en la tradición de muchos pueblos, cruzaba muy al sur un ancho río, el Níger, tan caudaloso y fértil, que convertía todo este inmenso desierto en un vergel de mil prodigiosas maravillas del que disfrutaban por igual hombres y bestias. —Carraspeó levemente—. También cuentan que habitaba entonces a la orilla de ese río un gigante de extraordinaria fuerza; un héroe o un semidiós, amable y bondadoso, que había desposado a una hermosísima mujer que le había dado una única hija de igual modo adorable...

El cojo hizo ahora una corta pausa como si con ello contribuyera a aumentar el interés por su relato, para añadir al poco:

–Y cuentan que un día en que la mujer y la hija de Tombuctú –que así se llamaba el gigante– se encontraban bañándose en su orilla, el Níger, encaprichado de aquellas prodigiosas criaturas, las arrastró al fondo de sus oscuras simas donde las violó de la forma más sádica y cruel que quepa imaginar para devolver al fin sus cuerpos maltrechos y deshonrados.

Sixto Molinero abrió ahora los ojos para calibrar el efecto que sus palabras hacían en el capitán León Bocanegra, y al comprobar que respondía a lo que había imaginado, siguió con su relato:

–Loca fue la desesperación de Tombuctú, y tanta su ira, que juró venganza, y durante ocho larguísimos años fue acarreando piedra tras piedra con el fin de construir un dique con el que domeñar al río. –Agitó la cabeza como mostrando su propia incredulidad–. En un principio el poderoso Níger se burlaba de los esfuerzos de su empecinado enemigo, complaciéndose en arrastrar una y otra vez las piedras, pero sucedió que llegaron tres años de terribles sequías, y al volver de nuevo la época de las lluvias, las aguas se encontraron ante el sorprendente hecho de que les resultaba imposible superar el portentoso dique que el vengativo Tombuctú había conseguido alzar sin más ayuda que su ira. Aunque la batalla estaba ya perdida el río trató de luchar lanzándose una y otra vez contra la barrera de piedras, pero cuanto consiguió fue desparramarse sobre la llanura hasta el punto de que al fin, humillado y vencido, se vio obligado a buscar un nuevo cauce dirigiéndose en esta ocasión al sur para acabar por arrojar toda su riqueza al mar, con lo que las antaño fértiles llanuras pasaron a convertirse en el más inhumano de los desiertos del planeta.

—Es una hermosa historia —admitió el marino—. Increíble en verdad, pero significativa, puesto que nos enseña que, cuando se lo propone, el hombre vence a cualquier enemigo. A mí este desierto no conseguirá aniquilarme —añadió convencido—. ¡Saldré de aquí!

—¡Dios te oiga! —fue la sincera respuesta—. Aunque a mi modo de ver no te va a resultar tarea fácil.

—Necesito un mapa.

—¿Un mapa? —repitió el otro con evidente desconcierto—. No creo que exista ni haya existido nunca un mapa de esta región. —Se golpeó la frente con un ademán harto elocuente—. Los tuareg son los únicos que lo llevan aquí dentro.

—¿Y tú?

—Apenas tengo una idea.

—¡Dibújamela!

—¿Es que te has vuelto loco? Me juego la vida.

León Bocanegra le aferró de la muñeca con inusitada fuerza.

—¡Dibújame un mapa de África aquí sobre la arena! —suplicó—. Me lo aprenderé de memoria y luego lo borraré.

El anciano dudó, buscó a su alrededor como si temiera que alguien pudiera espiarles y resultó patente que el terror le invadía.

—¡Lo borraré, te lo juro! —insistió su interlocutor en

tono de ansiedad, y fue ello lo que le decidió a alisar la arena para trazar con el dedo un tosco contorno del continente.

–Aquí está Marruecos –musitó en voz muy queda–. Aquí las islas Canarias y aquí Santa Cruz de la Mar Pequeña. –Trazó una línea recta–. Éste fue el punto en que nos conocimos, y desde allí hemos avanzado siempre hacia el sudeste, en dirección al lago Chad.

–¿Un lago…? –Se sorprendió León Bocanegra–. ¿Qué clase de lago?

–¡Pues un lago…!

–¿Muy grande?

–Tengo entendido que enorme, aunque muy poco profundo y casi completamente cubierto de juncos y nenúfares, lo que lo convierte en un auténtico laberinto –sentenció el cojo–. Hay quien asegura que era allí donde desembocaba el Níger, y que se encuentra en el centro exacto del continente.

–¿Cómo que el centro del continente? –no pudo evitar exclamar el estupefacto marino–. Yo creía que deberíamos estar a punto de llegar al Índico.

–¿Al océano Índico? –fue la burlona pregunta–. ¡Pues sí que estás tú bueno…! Por lo menos nos faltan tres semanas de marcha hasta llegar a las proximidades del Chad, y desde allí a las costas del Índico debe haber por lo menos otro tanto o más de lo que hemos recorrido hasta el momento.

–¡No es posible!

–Si no me crees no sé para qué diantres pretendes que te dibuje un mapa. Me estoy arriesgando a que me corten la cabeza.

–Perdona –replicó su amigo con sinceridad–. No he pretendido molestarte. Es que cuesta aceptar que África sea tan grande.

–Lo que ocurre es que las distancias no parecen las mismas cuando se recorren empujado por un fresco viento de popa, que paso tras paso –le hizo notar el otro–. Imagina que tuvieras que ir a pie desde Canarias a Cuba. Ésa es, más o menos, la distancia que calculo que debe haber desde la costa en la que naufragaste, al Índico.

–¡No jodas!

–No jodo. Pero te aseguro que la mitad de ese camino lo he recorrido unas veinte veces, lo que significa que le debo haber dado un par de vueltas al mundo arrastrando la pata.

–¿Y cómo has podido soportarlo?

–Tengo miedo a morir.

–¿Tanto?

Sixto Molinero asintió con un sincero y firme ademán de cabeza.

–¡Tanto! –admitió–. La vida es lo único que me han dado desde que yo recuerde... –masculló como masticando las palabras–. ¡Lo único!, y pienso conservarla con la misma avidez con que un avaro conserva sus tesoros. Muy pronto me la arrebatarán, lo sé, pero no pienso entregarla de buen grado aunque tenga que continuar renqueando por todos los desiertos del planeta.

–¡No vale la pena!

–Aún eres demasiado joven como para comprender cuánto vale. La ambición y el miedo son las dos únicas cosas que continúan creciendo en el hombre en cuanto pasa de los treinta. El resto, incluida la pasión, comienza a mermar a partir de ese momento. –Hizo un leve ademán hacia la arena–. Pero sigamos con el mapa. Como te he dicho esto es el lago Chad, y una vez me aseguraron que al oeste, nunca he sabido exactamente a qué distancia, el Níger tuerce hacia la Costa de los Esclavos, a la que acuden docenas de barcos negreros. A mi modo de ver, ésa sería tu única vía de escape, puesto que el camino hacia el océano Índico es demasiado largo y peligroso.

–¿Y qué hay más allá del Chad?

–Desiertos, praderas, selvas, caníbales, e infinidad de leones y leopardos que te estarán acechando en cada recodo del camino… –Se puso muy lentamente en pie dispuesto a regresar al cercano campamento–. Es todo cuanto puedo hacer por ti –dijo–. Y te garantizo que es más de lo que he hecho nunca por nadie.

León Bocanegra se quedó por tanto a solas, con la mirada clavada en el tosco e impreciso dibujo, tratando de grabárselo en la mente, y preguntándose una y otra vez si realmente podía darse el caso de que aquel continente que mil veces había visto de lejos, pero en el que jamás había puesto con anterioridad los pies, pudiera resultar tan absurdamente extenso.

Toda su vida anterior, los años de navegación y las infinitas ocasiones en que había cruzado el océano soportando bochornosas calmas o terribles tormentas, parecía ir quedando en el olvido, como si la travesía del desierto, aquel dar un paso tras otro, hora tras hora, día tras día y semana tras semana, tuviera la virtud de borrar un pasado que se desparramaba por el camino como jirones de piel sobre las arenas y las rocas, o como si el inclemente sol que le taladraba el cerebro hubiera conseguido secar su memoria sin haber logrado, no obstante, secar por completo y de igual modo sus ideas.

Algunas noches conseguía pensar, pero ya raramente se encontraba con fuerzas como para recordar, tal vez por el hecho de que en el fondo de su alma había llegado a la conclusión de que no existía nada que mereciera realmente la pena ser recordado.

Su infancia había transcurrido en un sucio barco, su juventud en el mismo sucio barco y sucios puertos, y su madurez en un sucio barco, sucios puertos y aún más sucias tabernas y prostíbulos.

La inmensa mayoría de las mujeres con las que mantuvo alguna relación no eran más que hediondas barraganas, y cuando en una sola ocasión, allá en Veracruz, creyó haber encontrado el amor, resultó tan frustrante y efímero, que aún sentía en la boca del estómago el triste sabor a hiel de tan nefasta experiencia.

La vida que le quedaba por vivir no era más que el amargo presente y al parecer más amargo futuro, por lo que cabía preguntarse si no demostraban ser mucho más inteligentes aquellos que habían decidido poner fin a sus sufrimientos de una vez por todas.

Le vino de pronto a la memoria el grupo de peregrinos que transportara cuatro o cinco años atrás a Nueva Granada, y que huían de España por el hecho de que formaban una extraña secta a la que denominaban «Temporalista», inofensiva al parecer, pero a la que, no obstante, la Inquisición se dedicaba a perseguir con inusitada saña.

Preconizaban aquellos hombres y mujeres, algunos de ellos realmente inteligentes pese a sus absurdas creencias, que el único Dios existente era El Tiempo, ya que demostraba ser el único capaz de morir y resucitar eternamente, regenerándose a sí mismo una y otra vez y constituyendo el eje sobre el que giraba el Universo.

«Sin El Tiempo –aseguraban– nada tiene razón de ser. Es El Tiempo el que lo ha ido creando todo a medida que se perfecciona a sí mismo en cada reencarnación, y el día que no exista, nada más existirá en parte alguna. Cada ser viviente es tan sólo una pequeña parte de ese creador que nos da la vida, a la par que se alimenta de nuestras propias vidas. Es por ello por lo que tenemos que aspirar a ser cada día más perfectos, para que de ese modo los días del futuro sean de igual modo mejores.»

León Bocanegra sospechaba que aquellas buenas gentes no eran a decir verdad más que una pobre pandilla de chiflados a la que se sintió feliz de desembarcar definitivamente en Urabá, y de la que nunca volvió a oír hablar, puesto que su intención era internarse en las selvas del Darién, y sabido era que quien se aventuraba por semejantes lodazales jamás salía con vida de tan terrorífico pantanal.

Ahora, sentado allí, junto a un rudimentario mapa que la brisa del atardecer comenzaba a borrar muy lentamente, se preguntó qué opinarían aquellos pobres locos al comprender que en el corazón del desierto, El Tiempo parecía haber muerto, y de seguir vivo, no demostraba el más mínimo interés en regenerarse, y mucho menos en mejorarse a sí mismo.

Dios o Demonio, lo que sí demostraba El Tiempo era ser el auténtico vencedor en todas las batallas, puesto que hombres, bestias e incluso ideas desaparecían y se olvidaban mientras él permanecía impertérrito y lozano.

Al cabo de dos semanas hizo su aparición en el horizonte un macizo rocoso que se elevaba, desafiante, oscuro y solidario en el corazón de la llanura, y se les antojó absurdo el capricho del tuareg, que se empeñó en que hasta el último hombre y la última cabra coronaran su cima.

–¿Qué hay allá arriba? –quiso saber volviéndose a Sixto Molinero.

El cojo se limitó a encogerse de hombros.

–Nada –señaló.

–Entonces… ¿Para qué diantres subimos?

–Ya lo sabrás.

Treparon por un sendero infernal en el que a cada paso corrían el peligro de despeñarse, para alcanzar, a rastras, agotados y sudorosos, una amplia explanada de piedra recalentada por el sol, desde la que se distinguía hasta el más lejano rincón del horizonte.

Pero todos aquellos horizontes eran idénticos a sí mismos, lo que convertía en inútil tamaño esfuerzo.

Yuba ben-Malak el Saba ordenó, no obstante, montar el campamento aferrando muy bien las *jáimas* para que no se las llevase el viento de las alturas y, tras colocar una bruñida bandeja de cobre entre dos piedras en tal ángulo que el sol de la mañana le sacara dorados destellos que pudieran percibirse a enormes distancias, se sentó a esperar.

–¿Esperar a quién?

–A los *fenéc*.

–¿Y quiénes son los *fenéc*?

–Los hijos de Lucifer en persona –fue la áspera respuesta de Sixto Molinero–. Incluso los tuareg les temen y por ello Yuba tan sólo acepta negociar con ellos aquí arriba, donde resulta imposible una emboscada. Esos cerdos necesitan tantos esclavos, que serían capaces de raptar incluso a niños de tres años.

–¿Y para qué los necesitan?

–No lo sé.

León Bocanegra abrigó el convencimiento de que mentía, por lo que no pudo por menos que intercambiar una mirada con Diego Cabrera que en esta ocasión se encontraba presente. Fueran cuales fueran las razones por las que el cojo prefería guardar tan inquietante secreto, estaba claro que si se le presionaba lo único que se conseguiría sería sumirle más aún en su mutismo.

Optó por tanto por no ahondar en el tema, para limitarse a inquirir con sorprendente naturalidad:

–¿De modo que hemos venido tan lejos para que tu amo nos venda a esos misteriosos *fenéc*?

–Exactamente.

–¿Y tanto pagan, como para que amerite un viaje tan largo y fatigoso?

–Con lo que obtenga por vosotros Yuba se convertirá en el caíd más rico del «Pueblo de la Lanza». Los *fenéc* acostumbran a pagar cinco veces más por un esclavo europeo que por uno africano.

–¿Por qué?

–Por lo visto los negros tienen la mala costumbre de

suicidarse demasiado pronto. —El anciano se encogió de hombros con un gesto que parecía no querer significar nada en concreto—. Ni siquiera intentan escapar; simplemente, se suicidan.

—Yo me escaparé.

El viejo se volvió a Diego Cabrera que era quien, pese a su habitual y casi cómico ceceo, había hecho tan rotunda aseveración, y tras unos instantes concluyó por encogerse de hombros al señalar:

—Supongo que la esperanza de recuperar la libertad duerme siempre en lo más profundo de todo aquel que la ha perdido. —Chasqueó la lengua con una especie de desprecio a sí mismo—. Incluso en alguien que, como yo, ya casi ni recuerda que alguna vez fue libre. Pero te garantizo que si pocas posibilidades tenías de escapar de los beduinos y los tuareg, menos tendrás de escapar de los *fenéc*.

—¿Crees que sería mejor intentarlo ahora?

Su mirada reflejaba incredulidad o más bien abierto desprecio.

—¡No seas estúpido! —fue la áspera respuesta—. Aunque a primera hora de la noche consiguieras liberarte de las cadenas y descender por esos acantilados, el amanecer te sorprendería en mitad de una llanura en la que desde aquí destacarías como una mosca en la sopa.

—Soy muy capaz de correr toda la noche...

—Observa aquellas huellas... —le indicó el viejo con un leve ademán de cabeza—. Revelan, con toda claridad, la ruta que hemos seguido hasta aquí, y permanecerán visibles hasta que el *harmattán* las borre. ¿Crees que alguien como Yuba ben-Malak tendría el más mínimo problema a la hora de seguirlas?

—¿Por qué te esfuerzas por contagiarnos tu pesimismo? —se lamentó con amargura el primer oficial del *León Marino*—. El hecho de que sigas siendo esclavo no quiere decir que los demás no podamos obtener la libertad.

—No pretendo contagiarte nada —sentenció su interlocutor evidentemente molesto—. Me limito a ser realista. Si durante treinta años no he sido testigo de ningún milagro, no puedes pretender que crea en ellos. Y menos ahora, en que casi puedo oler los *fenéc*.

El desierto allá arriba no olía a nada, puesto que la sequedad, la arena y el polvo se habían instalado en las fosas nasales desde hacía meses, pero cabría imaginar que todo el campamento «hedía a *fenéc*», o al menos, al terror que parecía inspirar el simple hecho de saber que se encontraban cerca.

«El Señor del Pueblo de la Lanza» había demostrado mucha astucia y prudencia a la hora de elegir el día de su llegada al macizo rocoso, ya que en cuanto oscurecía hacía su aparición sobre el horizonte una gigantesca luna que iluminaba la llanura con una claridad casi irreal, y que le hubiera permitido distinguir hasta los sigilosos movimientos de un guepardo que vagabundeara a la búsqueda de una desprevenida presa.

Sentado en el borde del abismo se pasaba las noches, vigilante y tan hierático como una roca más del macizo, indiferente al viento del amanecer que helaba hasta los huesos, y tan silencioso que podría creerse que cada palabra tenía más valor para él que una gota de sangre.

Con el alba se retiraba a descansar mientras sus hombres hacían el resto de las guardias, por lo que docenas de ojos permanecían clavados durante horas en aquel vacío horizonte del que se diría que por siglos que pasasen nunca podría llegar nada.

–¿Y si no vienen?

–¡Vendrán!

–¿Por qué estás tan seguro?

–Porque siempre han venido. Alguien allá delante, lejos, percibe el destello de la bandeja, y lo comunica de igual modo a alguien que, de igual modo, también se encuentra muy lejos, y que a su vez le pasa el mensaje a los *fenéc.* La luz corre muy rápido, pero los camellos suelen ser muchísimo más lentos.

–¡Pues ojalá aparezcan de una maldita vez! –masculló el siempre impaciente Fermín Garabote–. Me enerva esta incertidumbre.

–¡Tendrás tiempo de lamentar que hayan llegado! –fue la amarga respuesta–. ¡Tendrás tiempo…!

Pero pasaban los días, la luna alcanzó su máximo diámetro colgada sobre el límpido cielo del desierto, tan cercana que se diría que casi se le podría escupir, y como el viento se había calmado, era tanta la paz y el silencio de aquellas noches en uno de los lugares más remotos y desolados del planeta, que León Bocanegra no pudo evitar echar de menos el amable rumor del agua acariciando el casco del *León Marino.*

Ni siquiera en aquella malhadada singladura en que una calma chicha y las traidoras corrientes le empujaron hasta el corazón mismo del mar de los Sargazos convenciéndole de que el pulso de la vida se había detenido para siempre, experimentó una sensación de vacío y abandono semejante a la que le invadía en la cima de aquel rocoso otero de las llanuras africanas.

Por qué razón Dios se había empeñado en crear aquella «tierra que sólo sirve para cruzarla», que era la caprichosa traducción que podía darse al término beduino «sáhara», era algo que jamás conseguiría entender, y se preguntaba una y otra vez a qué se debería el hecho de que los húmedos vientos que empujaban las beneficiosas nubes que tantas veces le impulsaron desde las costas portuguesas hasta las proximidades del archipiélago canario, se mostraran tan renuentes a penetrar en un continente que tan cerca tenían y que tan necesitado estaba de un agua que con demasiada frecuencia se desperdiciaba en mitad del océano.

Era como si una muralla de cristal se alzara a todo lo largo de las costas del sur de Marruecos, muralla contra la que chocaban esas nubes, y durante las largas horas que pasaba contemplando el vacío paisaje que se abría ante sus pies no podía por menos que plantearse qué ocurriría si en alguna ocasión, y de alguna forma que se escapaba por completo a su entendimiento, se consiguiera el milagro de derribarla para que tan interminables pedregales se convirtieran en vergeles tan prodigiosos como aquel *Dáora* en el que había pasado los momentos más hermosos de los últimos años.

Otros serían los hombres y otra su forma de comportarse, si en lugar de estar compuesto de arena y viento, su mundo fuera en verdad un mundo de agua y cebada.

Otros serían los hombres, que no tendrían entonces necesidad de esclavizar a cuantos desgraciados naufragaban en sus costas, ni recorrer miles de leguas sobre los ardientes pedregales con el fin de vender a sus cautivos a unos sucios traficantes a los que parecían odiar a muerte.

¿Dónde estaban?

¡Dios de los cielos!

¿Dónde estaban?

Las sombras comenzaron ya a roer los bordes de la luna, las noches fueron de nuevo noches que anunciaban que muy pronto esas noches tan sólo serían tinieblas, y únicamente una triste manada de pacientes *ónix* de cuernos de cimitarra cruzó a lo lejos para perderse de vista rumbo al norte.

Dos jornadas de espera más y, al fin, una bochornosa mañana, el hijo mayor del «Señor del Pueblo de la Lanza» dejó escapar un grito al tiempo que señalaba un punto en la distancia.

–¡Ya vienen! ¡Ya vienen!

Tenía sin lugar a dudas ojos de águila.

Ni Guzmán Cifuentes, el serviola de más larga experiencia a bordo, acertaba a distinguir siquiera un leve movimiento en la llanura, pese a que el muchacho insistía una y otra vez sin dejar de marcar un punto hacia levante.

–¡Allí están! –insistía una y otra vez–. ¡Son ellos!

Ellos eran, en efecto, aunque la mayoría de los presentes tardara casi una hora en avistarlos, y eran seis, de blancas y holgadas ropas, blancos turbantes, blancas capas y altivos dromedarios igualmente casi blancos, que avanzaban sin prisas como el guepardo que se aproxima a su presa con la absoluta seguridad de que no tiene escapatoria.

Un temblor recorrió la cima del montículo.

El rostro de Sixto Molinero semejaba una verdosa máscara, e incluso en los ojos del imperturbable Yuba ben-Malak el Saba, que había abandonado precipitadamente su *jáima*, podía leerse una clara nota de inquietud.

Aquellos hombres venían a negociar en son de paz, pero el tuareg sabía, mejor que nadie, que en el fondo de su alma eran como hediondas hienas que a la menor oportunidad se lanzarían sobre su yugular con la intención de esclavizar también a su familia.

Progresaban centímetro a centímetro sobre el tapiz de la llanura, sin perder ni por un instante la formación o la distancia, y a León Bocanegra le sorprendió el hecho de que pese a moverse bajo un sol inclemente, ni sus armas, ni los arreos de sus monturas despidieran el más mínimo destello al ser heridos por el sol.

−¿Acaso vienen desarmados? −quiso saber.

−¿Los *fenéc*…? −Se sorprendió el cojo−. ¡Ni locos! Lo que ocurre es que cubren los metales para evitar que brillen. ¡Son listos! ¡Condenadamente listos!

Cuatro horas después los jinetes alcanzaban el pie del otero donde se detuvieron, entreteniéndose largo rato en alzar una amplia tienda de campaña de color arena bajo la que ocultaron sus monturas.

La curiosa *jáima* no acababa en punta, como la de la inmensa mayoría de los beduinos, incluidos los tuareg, sino que se alzaba sobre dos largos arcos de escasa altura, de tal forma que −dado su color y su forma− desde cierta distancia podía confundirse con una duna más del desierto.

–Son como sombras –musitó apenas Sixto Molinero–. Saben muy bien que las sombras en el desierto deben ser blancas, y cuando tienden una emboscada a una caravana no se les distingue hasta que surgen de la tierra, justo bajo los pies de los camellos.

Los tuareg estaban considerados desde el principio de los tiempos los auténticos dueños del Sáhara; sus mejores guerreros o sus más feroces salteadores, pero aquella estirpe mil veces maldita de los *fenéc* se habían convertido poco a poco en sus más temidos merodeadores, hábiles maestros en el arte del camuflaje, la traición y el asalto nocturno.

Su nombre –justo nombre sin duda– significaba literalmente «zorro de las arenas» y, aunque nadie podría determinar a ciencia cierta cuál era su auténtico origen, se aseguraba que eran mahometanos y que por sus venas corría sangre haussa, libia y sudanesa.

Fueran quienes fueran y vinieran de donde vinieran lo único cierto es que durante siglos estuvieron considerados como la «raza más temida y aborrecida de África», y sin llegar a alzar una ciudad digna de tal nombre, ni poseer unos territorios delimitados y concretos, extendieron sus dominios por regiones tan vastas que pocos emperadores europeos hubieran soñado con ser dueños de semejantes posesiones.

Y todo su inmenso poder se basó siempre en la explotación masiva de tres materias primas de importancia vital en el continente: los esclavos, el oro, y sobre todo, la sal.

Al caer la tarde, cuando el sol ya en declive permitió que la larga sombra del macizo rocoso se extendiera por la llanura, uno de los jinetes abandonó la inmensa tienda de campaña para ascender sin prisas por la escarpada ladera que conducía a la cima.

Era fuerte, macizo, de piel clara, nariz aguileña, barba muy negra y ojos que parecían más atentos a percibir lo que estaba ocurriendo a sus costados que justo frente a él, lo que le confería el aspecto de un pez que tuviese la capacidad de captar el más mínimo movimiento que se efectuase a sus espaldas.

Al llegar a unos diez metros de la cumbre abrió los brazos para dar a entender que no ocultaba arma alguna, y cuando se encaró a Yuba ben-Malak ni siquiera se molestó en saludar con el ceremonial propio de los habitantes del desierto, como si diera por sentado que el hecho de negociar la venta de un puñado de esclavos no cambiaba en absoluto el desprecio o la animadversión que experimentaban el uno por el otro.

Inclinó por tanto la cabeza dando a entender a su huésped que se consideraba bienvenido, para volver de inmediato su atención al grupo de cristianos que aparecía sentado sobre las rocas, encadenados entre sí, silenciosos y expectantes.

Por último musitó muy quedamente una cifra al oído del tuareg, y éste asintió con un casi imperceptible ademán de la barbilla.

No hubo más, ni palabras, ni gestos, ni despedidas, puesto que el hombre vestido de blanco dio media vuelta y regresó tal como había venido.

Sixto Molinero parecía haberse quedado sin habla y cuando al fin León Bocanegra le golpeó con el codo, masculló roncamente:

–¡Dios nos asista! ¡Era Marbruk en persona!

–¿Y quién es Marbruk?

–Marbruk es Marbruk; la máxima autoridad de los *fenéc* a este lado del continente; un sádico hijo de puta al que ni un millón de palabras podrían describir.

Tan sólo al final de su vida el capitán del *León Marino* se vio en la obligación de admitir que su viejo amigo tenía razón, y ni siquiera todas las palabras que conocía hubieran bastado para esbozar una ligera idea de hasta qué punto aquella bestia de los avernos con apariencia humana era un ser temible y abominable.

Esa noche, Sixto Molinero se fue despidiendo uno por uno de cuantos habían sido sus compañeros de desgracia durante aquellos meses, y pese a que se advertía que se esforzaba por mostrarse esperanzador, a nadie se le escapaba que los observaba a todos y a cada uno de ellos con la triste expresión de quien sabe muy bien que está contemplando por última vez el rostro de un reo condenado a la más horrenda de las muertes.

No lloraba porque el desierto había secado años atrás hasta su última lágrima, pero resultaba evidente que el hecho de saber que iba a quedarse una vez más sin amigos le helaba el corazón y le apretaba con fuerza la garganta.

Acabó por esconder el rostro en el pecho del capitán León Bocanegra, para inquirir con apenas un hilo de voz:

–¿Por qué continúo aferrándome a una vida tan miserable? ¿Por qué?

–Porque como tú mismo dijiste, es lo único que tienes.

–Podría haberme ahorrado tantísimos sufrimientos con un solo gesto de valor.

–Quitarse la vida nunca me ha parecido un gesto de valor –argumentó el marino–. El auténtico valor se demuestra, tal como has hecho hasta ahora, manteniéndote firme día tras día.

–¿Y de qué sirve?

–A mí me ha servido –fue la sincera respuesta–. Me has enseñado cosas que desconocía, y me has dado consejos que pueden serme de gran utilidad el día de mañana. Incluso me has dibujado un mapa con el que tal vez consiga la libertad. –Hizo un amplio gesto indicando al resto de sus compañeros–. Y al igual que a mí, les has ayudado a muchos. Y a otros, antes que a nosotros. –Le colocó con profundo afecto la mano sobre el hombro y apretó con fuerza–. Tal vez tu destino sea ése: servir de consuelo a los más desgraciados.

–¡Triste destino!

–No más triste que el mío, probablemente.

No obtuvo respuesta ya que Sixto Molinero era consciente de que el terrible destino de su interlocutor no admitía comparación posible con el suyo propio por más que le obligaran a pasarse veinte años más arrastrando su cojera por las arenas y los pedregales del desierto.

Se limitó por tanto a dejar que transcurriera el resto de la noche observando en silencio a aquellos que al amanecer se apartarían de su vida para siempre, y con la primera luz del alba se ocultó tras la mayor de las *jáimas* como si se negara a asistir a la partida de quienes tal vez serían los últimos rostros amigos que habría de contemplar en este mundo.

El primer rayo de sol rozaba la cima del otero en el momento en que un *fenéc* ascendió para entregar al tuareg una pesada bolsa repleta de monedas, y casi al instante los cautivos se pusieron en pie para iniciar con sumo cuidado el arriesgado descenso por el intrincado senderillo.

—¿Adónde nos llevan? —quiso saber un gaviero esquelético que parecía haberse convertido en la sombra del mozarrón alegre y vitalista que fuera tiempo atrás—. ¿Hasta cuándo nos van a obligar a caminar estos sucios hijos de la gran puta?

No obtuvo respuesta, ya que la única persona que quizá hubiera podido aclarárselo les observaba ahora desde lo alto del farallón, tan mustio y derrotado que cabría pensar que era a él a quien conducían al matadero.

Cuando la caravana alcanzó al fin la llanura el resto de los *fenéc* se encontraban listos para emprender la marcha, y lo primero que llamaba la atención en ellos eran los larguísimos látigos de trenzada piel que manejaban con tanta habilidad, que con frecuencia partían en dos una culebra a tres metros de distancia sin tan siquiera inclinarse sobre el lomo de sus monturas.

Y les gustaba utilizarlos.

Les encantaba escuchar su restallar en el aire o sobre las espaldas de los esclavos, como si aquel chasquido fuese una especie de marcha triunfal que les permitía sentirse poderosos frente a la debilidad de la doliente cuadrilla que avanzaba apretando los dientes no se sabía bien si de ira o de desesperación.

Comenzaba el auténtico calvario.

Meses de atravesar el gran *erg* con sus agotadoras dunas, las interminables altiplanicies rocosas, o el obsesivo *reg* de vientos constantes siguiendo las huellas de los camellos de los tuareg no había constituido al parecer más que un mero entrenamiento, y empezaban a hacerse realidad los temores de Sixto Molinero, que siempre había preconizado que lo peor aún estaba por llegar.

Y es que lo peor eran sin duda alguna los *fenéc*.

A media tarde del día siguiente el esquelético gaviero se desplomó incapaz de dar un solo paso pese a que le azotaron con saña, por lo que fue el propio Marbruk quien, sin apenas inmutarse, se inclinó para cortarle la cabeza de un solo tajo de su afilado alfanje.

Le ordenó luego a Fermín Garabote que anudara una larga cuerda a los ensangrentados cabellos de su víctima, para poder arrastrar tras de sí el macabro trofeo como muda advertencia del destino que le aguardaba a todo aquel que flaquease en su andadura.

Resultaba estremecedor observar cómo un rostro amigo se iba convirtiendo en una masa informe a medida que golpeaba contra las rocas y matojos, y tal vez, de no encontrarse tan agotada, la práctica totalidad de la tripulación del viejo *León Marino* se hubiera precipitado sobre tan brutal verdugo aunque fuera lo último que tuviesen la oportunidad de hacer en esta vida.

–¡Seis!

–¡Para ya de contar!

Emeterio Padrón mostró unos amarillentos dientes que comenzaban a desprenderse por efecto del escorbuto al tiempo que mascullaba:

–¡No te preocupes! Pronto tendrá que ser otro el que lleve la cuenta.

Cinco días más tarde avistaron un diminuto oasis en el que les permitieron descansar durante una semana proporcionándoles todo el agua y los alimentos que les habían sido negados durante largos meses.

En las proximidades abundaban los *addax* y las gacelas, y como los *fenéc* demostraron saber utilizar sus espingardas con la misma precisión con que usaban los látigos, pronto abastecieron de sabrosa carne el campamento, lo cual estuvo a punto de provocar más de una indigestión entre los famélicos marinos.

Marbruk sabía bien lo que hacía, puesto que de no haberles concedido tan necesario reposo tal vez ninguno de sus esclavos hubiese conseguido sobrevivir, con lo que de poco les habría servido tomarse tantas molestias y gastar en ellos tanto dinero.

Dormitar a la sombra, sin hambre y sin sed, pese a que sudaran a chorros y se encontraran encadenados entre sí, se convirtió sin lugar a dudas en el último de los «placeres» de que disfrutaría la práctica totalidad de los tripulantes de la vetusta «carraca», puesto que cabía imaginar que aquel puñado de flácidas palmeras, aquellos polvorientos matorrales, y aquel mísero charco de agua lodosa marcaban la frontera entre el mundo «habitable» y el auténtico averno.

Pese a ello, no fue en absoluto un descanso perfecto, ya que al atardecer del tercer día Marbruk eligió al único imberbe de los cautivos, un pañolero que en la vida no había hecho otra cosa que doblar y remendar velas, ordenó a sus hombres que lo atasen abrazado a una palmera, y exhibiendo con manifiesto orgullo un descomunal miembro viril, lo violó salvajemente entre las risas y las bromas de sus subordinados.

Los alaridos del pobre muchacho hubiesen conmovido a las mismísimas rocas del *reg*, pero tan sólo parecieron servir para excitar la libido del resto de los *fenéc*, que se complacieron en concluir la tarea iniciada por su jefe, a tal punto que, al amanecer del día siguiente, el infeliz pañolero moría desangrado.

Ese día León Bocanegra llegó a la conclusión de que ya lo había visto todo en este mundo, aunque el tiempo se preocuparía de demostrarle que aún no había visto gran cosa.

Emeterio Padrón dejó definitivamente de contar.

Debió ser a sí mismo, a quien contara por última vez antes de exhalar el postrer aliento, aunque probablemente ya no tenía ni idea de cuántos compañeros le habían precedido, ni quiénes conservarían las fuerzas necesarias como para continuar hasta el final.

Se había perdido meses atrás la noción del tiempo, del rumbo e incluso del espacio, y la mejor prueba de que el mundo había dejado de tener sentido se produjo en el momento mismo en que alcanzaron su destino.

No existía.

–¡Dios de los Santos!

–¿Qué es esto?

–¿Dónde nos han traído?

Aquél era, a buen seguro, el confín del universo.

El vacío absoluto.

La nada sin límites.

Lo que se abría ante los ojos de los incrédulos cautivos era sin lugar a dudas un mar, pero no un mar cualquiera, sino un extenso mar que millones de años atrás debió bañar aquellas tierras, pero que aparecía ahora muerto y petrificado, transformado en una pulida costra blanca que refulgía bajo el sol como el más bruñido de los espejos.

El desierto de arena y rocas por el que habían llegado se alargaba hacia el oeste, pero al norte, al sur y al este no se distinguía ahora ni tan siquiera el horizonte, puesto que llegaba a ser tan cegadora la luz que se reflejaba en cientos de miles de millones de granos de sal, que sus destellos impedían mirar por más que se entrecerraran los ojos.

Un intenso resplandor constituía el único paisaje existente, y su poderosa violencia tan sólo parecía ser compartida por un viento ardiente que arrastraba muy lejos un seco vaho de calor que abrasaba la piel.

Tuvieron que aguardar a la caída de la tarde, y a que el sol cruzara sobre sus cabezas alargando hasta el infinito sus sombras sobre la nívea llanura, para que León Bocanegra tomara conciencia del lugar al que habían llegado, y de qué era lo que al parecer se pretendía de ellos.

—Creo que quieren que saquemos la sal de esas salinas.

—¿Cómo has dicho? —se asombró Fermín Garabote.

—Que por lo visto, nos han traído hasta aquí para que trabajemos ahí dentro.

—¿Pero qué clase de locura es ésa? —casi sollozó Diego Cabrera—. ¿Cómo imaginan que conseguiremos sobrevivir en semejante horno?

Su capitán se limitó a señalar dos diminutos puntos que se distinguían en el horizonte.

—Aquéllos sobreviven —musitó.

—Pero no pueden ser personas.

—Lo son.

Al oscurecer les obligaron a avanzar bordeando el petrificado mar que pronto quedó en tinieblas, hasta alcanzar un altozano en el que se alzaba una especie de fortín construido a base de enormes bloques de sal, en el que aguardaban una veintena de *fenéc*.

Les encerraron en una oscura mazmorra que apestaba a orines, excrementos y muerte, y al amanecer del día siguiente hizo su aparición un ser peludo y monstruoso, cuya piel semejaba cuero curtido un millón de veces, y uno de cuyos ojos destacaba completamente blanco, mientras que con el otro apenas debía distinguir más que sombras.

Chapurreaba portugués y español como si apenas recordase ninguno de ambos idiomas, y todos los presentes temieron que en cualquier momento dejara de hacerlo definitivamente.

—Me llamo Leandro Dantas, y soy de Coimbra —susurró apenas—. Lamento que estéis aquí; lo lamento en el alma.

Se interrumpió para buscar aliento, se dejó caer en un rincón, y aguardó a que cuantos se encontraban en la estancia se aproximaran, puesto que estaba claro que su ronca voz no alcanzaba más allá de un metro de distancia.

Al poco continuó:

—Me han hecho venir para que os explique en qué consiste vuestro trabajo, y os advierta que todo intento de evasión resulta inútil.

—¿Nadie ha escapado nunca de aquí?

–No, que yo sepa. –El portugués hizo una nueva pausa–. Muchos lo han intentado, pero nadie lo ha conseguido. Esto es el fin –añadió casi con un sollozo–. ¡El final de todos los caminos!

–¿Y qué es, exactamente, lo que tenemos que hacer ahí dentro?

–Arrancar «panes» de sal –fue la trabajosa respuesta–. Te marcan un cupo y cuando no lo cumples te azotan hasta dejarte inconsciente. –Se alzó los harapos que le cubrían para que hasta el último de los presentes pudiera comprobar que tenía el pecho y la espalda marcados por profundas cicatrices–. ¡Son unos malnacidos! –masculló–. ¡Sádicos malnacidos!

Se hizo un silencio que casi se podía cortar, tal era la impresión que producía en los presentes la contemplación de aquel cuerpo tan terriblemente maltratado, y al fin fue un aterrorizado contramaestre el que aventuró casi con un susurro:

–Pero si es cierto que nadie consigue escapar, más vale morir…

–Ésa es una decisión que cada cual debe adoptar por sí mismo –fue la pausada respuesta de aquella especie de cadáver ambulante–. Cuantos llegaron conmigo hace tiempo que se suicidaron.

–Suicidarse es pecado mortal –sentenció convencido Fermín Garabote–. Significa condenarse al infierno por toda la eternidad.

Podría asegurarse que en los casi invisibles labios de Leandro Dantas se dibujaba una mueca irónica:

–¿Infierno…? –repitió–. Ya has llegado a él, y la única forma de salir es el suicidio. Por mi parte, cada día me arrepiento por no haberlo hecho. –Se inclinó hacia adelante como si se esforzara por distinguir los rasgos de alguno de aquellos ansiosos rostros–. Pero si alguien prefiere esperar, lo primero que tiene que hacer es acostumbrarse a trabajar de noche, dormir de día, y vendarse siempre los ojos con un trapo. Los ojos son lo primero que la sal se come.

–¡Dios nos ayude! –exclamó una voz anónima–. Necesitaremos un milagro para sobrevivir.

–Aquí Dios jamás ha hecho acto de presencia –sentenció el portugués–. Y nunca ha habido un milagro.

Guardó silencio, como si el esfuerzo hubiera resultado excesivo y necesitara tiempo para recuperar las escasísimas fuerzas que le quedaban, y aunque lloraba abiertamente, no podía establecerse si tal llanto se debía al sufrimiento, o al ardor que le producía la sal en los ojos.

Viéndole con tan lamentable aspecto, incluso aquel puñado de infelices que había atravesado a pie el desierto se negaba a aceptar que pudieran alcanzarse tales cotas de penuria, puesto que Leandro Dantas –que debió ser hombre de notable fortaleza en su juventud– no era ya más que un despojo; el último escalón a la más profunda de las fosas, y la más demoledora imagen de la desesperanza y la agonía.

Sin duda alguna, el único milagro ocurrido en aquellas salinas debía centrarse en el hecho de que seres tan destruidos continuasen respirando, y cuando al toser dejó escapar un espeso hilo de sangre, a León Bocanegra no le cupo la menor duda de que la sal que se había adueñado de sus ojos se había apoderado de igual modo de sus pulmones.

Durante más de diez minutos el portugués permaneció muy quieto, acurrucado y con la frente apoyada en las huesudas rodillas, como dormido o inconsciente, y durante todo ese tiempo nadie hizo otra cosa que mirarle, convencidos de que se estaban viendo a sí mismos en un futuro no demasiado lejano.

Al fin Leandro Dantas alzó de nuevo el rostro como si el hecho de levantar la cabeza le supusiera un tremendo esfuerzo y tras dejar caer un ancho salivazo rojizo señaló:

–Nunca aceptéis comer carne.

–¿Por qué?

–Porque os estaréis comiendo a vuestros propios compañeros.

–¡No es posible!

–Lo es.

–¡Ninguna abominación diabólica llegó nunca tan lejos!

El portugués lanzó un hondo suspiro con el que tal vez pretendía expresar que le fatigaba discutir algo que a su modo de ver no aceptaba discusión.

–Aquí, sí… –añadió al fin–. Para los *fenéc* no somos más que animales; menos que perros. –Escupió de nuevo–. Mi último consejo es que trabajéis siempre en las horas que preceden al amanecer, puesto que de ese modo el agotamiento os obligará a dormir todo el día sin consumir agua. –Giró su único ojo sano como si estuviera observándoles pese a que tan sólo distinguía contornos, y por último concluyó con una cierta ironía–: Ésa será la mejor forma de alargar vuestros padecimientos.

Se acurrucó de nuevo en posición fetal y se quedó tan profundamente dormido que cabría imaginar que no deseaba volver a despertar nunca.

Los hombres del *León Marino* se miraron.

—¿Cree que lo que ha dicho es cierto, capitán? —quiso saber al poco uno de ellos.

—¿Por qué habría de mentir?

—Porque me niego a aceptar que exista tanta maldad... ¡Dar de comer carne humana!

—¡No pienses en ello!

—¿Y en qué otra cosa quiere que piense?

—¡En nada! En estos momentos, lo mejor que podemos hacer es no pensar en nada.

Durante los años que siguieron, el capitán León Bocanegra dedicó la mayor parte de sus esfuerzos a intentar no pensar en nada.

Y es que pensar en algo significaba tanto como arriesgarse a volverse loco, ya que la existencia en el corazón de la salina era mil veces peor que lo que el infeliz Leandro Dantas pronosticara.

Les permitieron descansar todo un día, pero a la mañana siguiente, con la primera luz del alba, cada hombre fue engrilletado por ambos tobillos a un grueso perno al rojo vivo que era retorcido luego en la punta antes de ser enfriado con agua, de tal forma, que las piernas de la víctima se transformaban en una única extremidad, por lo que para avanzar se veía obligada a hacerlo a pequeños saltos o arrastrándose como un paralítico.

Al oscurecer, les cargaron como fardos en tres destartaladas carretas tiradas por cansinos dromedarios, y escoltados por la práctica totalidad de los *fenéc*, se adentraron en el petrificado mar cuya superficie devolvía, multiplicada por mil, la luz de las antorchas.

Los mismísimos hijos de Belcebú conduciendo hasta lo más profundo de los avernos a un puñado de almas perdidas no hubiesen podido proporcionar un espectáculo más dantesco que el que ofrecía en aquellos momentos una silenciosa caravana que se hundía paso a paso en las tinieblas para ir dejando a sus espaldas, paso a paso también, nuevas tinieblas, ya que el más negro de los vacíos era el único dueño de un paisaje por el que circulaban, como meros fantasmas, esclavos y captores.

Si Marbruk, que iba en cabeza, conseguía orientarse debía hacerlo por un sexto sentido de hombre nacido en el desierto, o por un perfecto conocimiento de las estrellas, aunque en ese aspecto el capitán del *León Marino* también llevaba ventaja, puesto que era capaz de calcular, con bastante aproximación, en qué lugar se encontraban y hacia dónde se dirigían.

Tenía clara conciencia de que habían llegado mucho más al sur de lo que navegara nunca en sus múltiples travesías del océano, y que de igual modo se habían desviado casi mil millas al este de la costa atlántica.

No habían superado, no obstante, la línea del Ecuador, y en cierto modo eso le tranquilizaba, consciente de que mientras se mantuviera en el hemisferio norte, seguiría teniendo un aliado en el firmamento.

Dos horas antes de que la primera luz del día se anunciara por el horizonte le arrojaron al suelo junto a una pequeña construcción de bloques de sal, que no contaba más que con tres gruesas paredes, un techo de juncos, y una angosta entrada cubierta con una vieja piel de antílope.

Los muros apenas alcanzarían metro y medio de altura por dos de largo y otro tanto de ancho, y a decir verdad el mísero refugio no constituía más que una especie de nicho en el que protegerse de los violentos rayos de un sol que, en semejante lugar, con cincuenta grados de temperatura en las horas del mediodía, deshidratarían a cualquier ser viviente en escasísimo tiempo.

Le proporcionaron un odre de agua, un saco de mijo, tres pescados secos y una larga barra de hierro acabada en punta, y a los pocos minutos se alejaron rumbo al sur.

A poco más de dos kilómetros a sus espaldas había quedado Diego Cabrera, y con la primera luz del alba advirtió cómo a igual distancia abandonaban a otro de sus hombres.

Como el sol se había alzado ya más de una cuarta en el horizonte enviándole cegadores destellos que le obligaban a entrecerrar los ojos, optó por refugiarse en la ardiente penumbra del nicho, para permitir, acurrucado como un niño en el vientre de su madre, que las más ardientes horas del día cruzasen muy lentamente sobre su cabeza.

Fue aquél el día que más cerca estuvo de la muerte.

Del suicidio, más bien.

El convencimiento de que aquél sería su único destino por años que viviese, y que todo cuanto hiciera tan sólo serviría para aumentar su desgracia le impulsaba a arrojarse de bruces sobre la punta de la barra de hierro para permitir que le partiera el corazón poniendo punto final a lo que presuponía iban a ser terribles padecimientos.

Cuando el sol alcanzó su cenit, incluso el simple hecho de respirar exigía un tremendo esfuerzo o un sacrificio, ya que cada bocanada llevaba a los pulmones un aire tan ardiente que obligaba a imaginar que pronto o tarde se abrasarían definitivamente.

Aquél fue, también, y sin lugar a dudas, el día más largo en la vida del capitán León Bocanegra.

Y el más amargo.

Y el más desesperante.

Siguieron muchos, ¡cientos!, semejantes, pero aquél, el primero, fue el más duro, y el único en el que un hombre que había pasado por infinitas vicisitudes sabiendo conservar su entereza, se derrumbó hasta el punto de no acertar a reprimir los sollozos.

Suplicó a la muerte que acudiera a su encuentro sin tener que ser él quien corriera en su busca, pero la muerte debía tener excesivo trabajo en aquellos momentos; probablemente en aquella misma llanura en la que algunos de los tripulantes del *León Marino*, menos valerosos que su capitán, habían decidido buscar refugio para siempre en su negro regazo.

Con la llegada de las primeras sombras abandonó su guarida.

Un viento cálido transportaba en volandas millones de granos de sal que se le incrustaron, como diminutos dardos, en la piel, por lo que le volvió la espalda y haciendo pantalla con las manos se protegió los ojos y trató de distinguir algún rastro de presencia humana en dirección contraria.

No vio a nadie.

Muy a lo lejos destacaba apenas un diminuto refugio semejante al suyo, pero si se encontraba habitado y su ocupante seguía con vida ni siquiera se dignó a hacer acto de presencia.

Cerró la noche en cuestión de minutos.

Durante mucho tiempo, tal vez horas, permaneció muy quieto, sentado sobre un grueso bloque de sal que habían dejado allí los *fenéc* como muestra del tamaño y forma que debían tener los que arrancase, observando las estrellas y tomando conciencia de lo monstruosa que llegaría a ser su soledad.

Al amanecer tiritaba.

Y le dolían las piernas.

Al mediodía creía morir de asfixia.

Y el dolor de los encadenados tobillos se volvía insoportable.

Y de nuevo la noche.

Y otro día.

Y una semana.

Y un mes.

Y un año.

Apenas veía la luz del día, y la mayor parte de la noche procuraba seguir los consejos del portugués y permanecer con los ojos vendados, picando la dura costra hasta obtener ovalados «panes» de sal de unos treinta kilos de peso, sin más compañía que el viento y la odiosa presencia de los *fenéc* que de tanto en tanto, y siempre de forma inesperada, se presentaban a recoger el fruto de su trabajo, dejándole a cambio un nuevo odre de agua y un saco de provisiones.

Jamás intercambió con ellos ni una sola palabra.

Cuando quería recordar el sonido de una voz humana hablaba solo pese a que no hubiera allí una serpiente, un lagarto, ni tan siquiera una hormiga o una mosca que pudieran escucharle, y los únicos seres vivientes que osaron aventurarse hasta el corazón de la salina, fueron los gusanos de un hediondo trozo de carne que en cierta ocasión hizo su aparición entre las viandas.

Apenas sobrevivieron cuatro días, que fue el tiempo que tardó la carne en convertirse en casi un pedazo de madera, ya que por mucha que fuera su hambre no se sentía con ánimos como para probarla por si se daba el caso de que perteneciera a alguno de sus antiguos compañeros.

Durante el día ni la más osada de las aves se aventuraba a adentrarse en un refulgente mar petrificado en el que el bochornoso calor y la densidad del aire les impedía volar, pero algunas noches las oía graznar cuando cruzaban de norte a sur, o de sur a norte –jamás en otra dirección– siguiendo antiquísimas rutas de emigración que tal vez las conducirían hasta el mismísimo corazón de Europa.

También los vientos solían soplar del norte aunque cuando un par de veces al mes volaban del noroeste, aumentaban de intensidad hasta el punto que le espantaba la idea de que acabaran por arrastrar muy lejos su miserable refugio.

En ocasiones, muy pocas, una brisa suave llegaba del sur, y en ese caso venía cargada de humedad, lo que le permitía desnudarse para pasar la noche con los brazos abiertos, dejando que diminutas gotas de rocío desprendiesen los granos de sal que se le habían incrustado en la piel hasta curtirla como si se tratara de cuero viejo y cuarteado.

La larga barba y el espeso cabello habían formado ya una compacta masa con la sal, lo que le confería, descalzo, desnudo y mugriento, el extraño aspecto de un salvaje homínido que tan sólo supiera arrastrarse.

Le dolían las piernas.

En un par de ocasiones le trasladaron de lugar, lo cual no significó en absoluto cambiar de paisaje.

Desde el primer momento había quedado muy claro que los *fenéc* necesitaban gruesos y resistentes «panes» que pudiesen transportarse a enormes distancias sin romperse, y por ello desplazaban a los esclavos obligándoles a extraer la sal en aquellos lugares en los que aparecía más gruesa y compacta.

Su comercio, en el corazón mismo del continente, era por aquellos tiempos tan importante o más que el comercio de esclavos, y desde los ricos yacimientos de la cuenca del Chad partían cada año caravanas de cientos de camellos hacia los cuatro puntos cardinales.

Hombres, y muy especialmente el ganado, necesitaban de esa sal para sobrevivir a miles de kilómetros de la costa más cercana, y aquel viejo mar petrificado, así como algunos *chotts*, o lagunas saladas, que se esparcían aquí y allá por la inmensidad del Sáhara, constituían –y en buena parte aún hoy continúan constituyendo– la única fuente de abastecimiento de un elemento tan absolutamente primordial para la salud de los seres humanos y las bestias.

La sal, más importante para los africanos que el azúcar para los europeos, valía en ciertos lugares casi su peso en oro, y tanto mejor se pagaba cuanto más compacta se ofreciera, ya que ésa era la única forma que existía de que el ganado pudiera lamerla fácilmente y en sus proporciones justas.

No obstante, y pese a estar considerada un producto esencial, su comercio se encontraba de hecho monopolizado por un todo poderoso gremio que extendía sus redes de distribución por una vastísima región de la que se desconocían los límites.

La comodidad a la hora de transportarla a lomos de camello era otra de las razones por las que los *fenéc* preferían obtener su mercancía del centro mismo del mar petrificado, allí donde años de inclemente sol habían convertido la superficie en una dura roca, sin tener en cuenta el hecho de que quienes la obtenían estuviesen condenados por ello a morir en muy corto espacio de tiempo.

Según sus cálculos, el esclavo que sobreviviera a un año de trabajo amortizaba sobradamente su precio, y se sentían más que satisfechos por el hecho de que la mayor parte de los tripulantes del *León Marino* hubieran superado con claridad dicho período de tiempo, y algunos aún se empeñaran en continuar respirando y por lo tanto rindiendo beneficios.

Y entre los supervivientes destacaba por su capacidad de resistencia quien parecía comandarlos, pese a lo cual, cada vez que llegaban a donde se encontraba, sus propios dueños se sorprendían por el hecho de que continuara respirando.

En efecto, León Bocanegra se las había arreglado

para sobrevivir, aunque ni él mismo entendía el porqué de tamaño empecinamiento.

Carecía de sentido resistir cuando su cuerpo había quedado reducido a un simple montón de piel y huesos, y su mente pasaba la mayor parte del tiempo desbarrando.

El silencio, la soledad y la oscuridad en que se veía obligado a vivir para evitar quedarse ciego le estaban volviendo loco.

No obstante, cada amanecer se lavaba cuidadosamente los ojos con un poco de agua que luego se bebía antes de tumbarse a dormir, y cada atardecer lanzaba una larga ojeada al exterior intentando descubrir si «algo» había cambiado en su entorno, comía un poco, se arrastraba hasta el punto en que estuviera picando en esos momentos y volvía a vendarse los ojos.

Trabajaba luego a tientas, y había desarrollado una especial habilidad para clavar la barra trazando un óvalo que profundizaba poco a poco hasta meter el hierro por abajo y desprender por completo el bloque que quedaba a la espera de la llegada de los *fenéc*.

Así día tras día.

Mes tras mes.

Y en todo ese tiempo ni una sola vez llovió, ni tan siquiera una nube cruzó sobre su cabeza.

¿Qué no hubiera dado por contemplar una de aquellas terribles tormentas que a menudo le sorprendían en mar abierto?

¿Qué no hubiera dado por ver cómo densas cortinas de agua caían sobre los verdes árboles de una lejana selva?

¿Qué no hubiera dado por presenciar el grandioso

espectáculo del río Ozama desbordándose hasta anegar las calles de la vieja Santo Domingo?

Pero el agua parecía ser el enemigo natural de aquel rincón del planeta, o quizá León Bocanegra no se hubiera dado cuenta y se encontrara ya en un planeta en el que no existieran ríos, ni océanos, ni tan siquiera nubes.

Quizá estaba muerto.

Pero le dolían las piernas.

Quizá había traspasado tiempo atrás la gran línea divisoria y aquélla era la condena que debía padecer durante el resto de la eternidad.

Tan sólo la presencia de sus verdugos le devolvía a la realidad, consciente de que el odio que sentía no podía ser en modo alguno un sentimiento que se experimentase en la otra vida.

Ese odio y el ansia de venganza le impulsaban a continuar respirando contra toda lógica, pero por más que pasara horas tramando una forma de sorprender a sus enemigos jamás la encontró, puesto que cuando se aproximaban lo hacían fuertemente armados y dispuestos a volarle la cabeza a la menor señal de peligro.

Los *fenéc* sabían, mejor que nadie, hasta qué punto la desesperación podía llevar a sus víctimas a intentar un ataque suicida, y debido a ello no solían dar un paso si no estaban absolutamente seguros de sus consecuencias.

¿Qué podía hacer un hombre solo, encadenado y sin más arma que una barra de hierro, frente a media docena de expertos tiradores que disponían de magníficas espingardas?

¿Cómo emboscarlos en mitad de una planicie sin accidentes?

Una sorda ira se había apoderado del corazón de León Bocanegra, ira alimentada por el fuego de la desesperación y la impotencia al comprender que no podía ni tan siquiera dar un paso, abrir los ojos a la cegadora luz del día, o gritar con la esperanza de que pudieran escucharle.

Se encontraba miserablemente solo y sin más alternativa que la de entrever desde muy lejos la soledad de otros cautivos que sufrían idéntico calvario, y a los que habían despojado de igual modo de toda condición de ser humano.

Ni tan siquiera las mulas de noria soportaban diariamente diferencias de temperatura de casi cuarenta grados, sin la menor ropa de abrigo ni más consuelo que un sucio odre de agua cada dos semanas.

Ni tan siquiera a los bueyes que arrastraban pesadas carretas les quemaba los ojos la sal del camino.

Ni tan siquiera los perros más hambrientos eran alimentados con puñados de mijo y pescado seco.

¿Para qué seguir viviendo?

Aquélla era la machacona pregunta que se repetía cada mañana y cada noche, cada ardiente mediodía y cada helado amanecer, y al cabo de tanto tiempo tan sólo había sabido encontrar una respuesta:

«Los muertos nunca pueden vengarse.»

Y León Bocanegra ansiaba venganza.

Le dolían las piernas.

¡Dios cómo llegaban a dolerle!

La imposibilidad de andar; el simple hecho de que el herrumbroso cepo le impidiera mover los pies le producía calambres que le obligaban a tenderse de espaldas para flexionar una y mil veces las rodillas con el fin de conseguir que la sangre corriera por unas extremidades tan escuálidas, que la mayor parte de las veces se negaban a sostenerle.

No eran ya más que piel y huesos y cabría pensar que en cualquier momento los grilletes, que parecían bailar en torno a los tobillos, se saldrían por sí solos, pero por desgracia eso nunca sucedería puesto que quienes colocaron tales cepos sabían muy bien que los huesos del talón jamás se encogerían lo suficiente como para permitir que se escurrieran.

Aborrecía aquellos grilletes.

León Bocanegra odiaba los grilletes más aún que la salina, el calor o la sed, porque eran ellos los que le mantenían clavado allí, incapaz de escapar del calor y la sed de la salina.

Un hombre que tiene que arrastrarse raramente llega a parte alguna.

Y no llega porque el simple hecho de arrastrarse le impulsa a perder su orgullo y la confianza en sí mismo.

Los *fenéc* debían tener muy claro que al impedir mantenerse en pie a sus esclavos quebraban su entereza y los condenaban a trabajar para ellos hasta el día en que exhalaban su último aliento.

¿Por qué se empeñaba entonces en continuar respirando aquel aire abrasador y cargado de minúsculas partículas de sal que le destrozaban los pulmones?

¿De qué servía vivir?

En ocasiones, canturreaba interiormente durante días y días una obsesionante canción marinera con el único fin de no tener que responder a esa eterna pregunta.

Una helada noche de luna llena –habrían pasado ya casi dos años desde el momento en que pisó la salina– creyó escuchar un lejano lamento, y aunque en un principio imaginó que no era más que el viento del noroeste que se anunciaba, al poco llegó a la conclusión de que se trataba de una voz humana.

Decidió desprenderse de la venda que le protegía los ojos y tras lanzar una larga ojeada a su alrededor le pareció distinguir una sombra que apenas destacaba sobre la llanura, a unos trescientos metros de distancia.

–¿Quién anda ahí? –gritó sorprendiéndose del sonido de su propia voz.

No obtuvo respuesta.

Observó de nuevo y no le cupo duda de que no se trataba de una sombra –imposible en un lugar en el que nada podía hacer sombra– y por un instante sintió pánico y aferró con fuerza la barra de hierro imaginando que tal vez una hiena hambrienta o un desesperado chacal había decidido aventurarse en el mar petrificado en busca de una fácil presa.

–¿Quién anda ahí? –repitió.

–¡Cristianos!

No era más que un susurro entrecortado; una palabra absurda que se deslizaba sin fuerzas por la blanca llanura, pero le llegó muy clara, y más que una palabra se le antojó la desesperada llamada de auxilio de alguien que se sentía incapaz de emitir ningún otro sonido.

Se echó al suelo, y arrastrándose como un pobre paralítico al que hubieran despojado de un mísero carrito, avanzó ayudándose únicamente de los brazos, en dirección al bulto que había hecho ahora un ligero movimiento.

Se despellejó las rodillas en el intento, pero al fin se aproximó, exhausto, al hombre que le observaba con los ojos casi fuera de las órbitas.

Trató de descubrir en aquel rostro cubierto de vello algún rasgo conocido, pero le resultó imposible.

–¿Quién eres? –inquirió.

–Fermín Garabote –fue la casi inaudible respuesta.

–¿Fermín Garabote…? –Se asombró–. ¿El piloto?

–El mismo.

Dejó escapar un ronco lamento:

–¡Dios sea loado! ¿En qué te han convertido?

–¿Quién eres tú?

–El capitán Bocanegra.

–¡Capitán…! –sollozó el pobre hombre permitiendo que las lágrimas corrieran sin pudor alguno por la enmarañada barba costrosa de sangre y sal–. ¡Capitán! ¿Qué daño hicimos para merecer semejante castigo?

Se abrazaron.

Allí tendidos, sin fuerzas para ponerse en pie, se abrazaron como dos niños perdidos en mitad de la noche, lloraron el uno por el otro y cada uno por sí mismo, puesto que en aquellos momentos el llanto era lo único que podía expresar con cabal exactitud la magnitud de sus sentimientos.

–¿Qué daño hicimos? –repitió al cabo de un largo rato un infeliz al que costaba un sobrehumano esfuerzo pronunciar cada palabra.

–Ninguno.

–¿Está seguro?

–Completamente.

Se hizo un silencio, pues se diría que el piloto del *León Marino* necesitaba tiempo para aceptar la idea de que tanto sufrimiento no era el precio que tenían que pagar por algún espantoso crimen, sino tan sólo culpa del azar que un malhadado día se complació en colocar su nave en el camino de una imprevista galerna.

–¡No es justo! –susurró de nuevo–. ¡No es justo!

Sufrió un violento ataque de tos y permitió que la sangre le corriera libremente barba abajo, para ir a teñir de rojo la blanca llanura.

–No quería morir solo –musitó al poco–. Tenía miedo.

–No vas a morir.

–¡No mienta, capitán! –protestó el otro–. No sería piadoso. Sería cruel. Lo único que le pido es que me entierre. –Le aferró el brazo con lo que no era más que una garra de huesos descarnados–. No quiero secarme al sol como un perro abandonado. ¡No lo permita, señor! ¡Por favor!

¿Qué podía responderle?

Apretó contra su pecho aquellos despojos que parecían necesitar mil estremecimientos para conseguir que un poco de aire le llegara a los pulmones, y no pudo por menos que preguntarse cómo era posible que aún respirara, o que hubiera sido capaz de arrastrarse en busca de un alma caritativa que le enterrara.

La agonía fue larga.

Pero tranquila.

Sintiendo junto al suyo un cuerpo amigo, Fermín Garabote pareció encontrar la paz que con tanta crueldad le habían arrebatado, y tal vez convencido de que el hombre a cuyas órdenes había navegado durante años cumpliría su promesa, permitió que la muerte acudiera en silencio a liberarle de todas sus cadenas.

Cerca ya del amanecer recuperó por unos instantes la conciencia, extendió la mano para acariciar con extraña ternura el rostro de su capitán, pareció sentirse feliz al comprobar que seguía allí, y entregó su alma a Dios convencido de que le trataría mejor de lo que le habían tratado los hombres.

León Bocanegra se arrastró hasta su chamizo, antes de que el sol le abrasara en mitad de la planicie, y se acurrucó una vez más a llorar en su guarida, pero a la noche siguiente se apoderó de la barra de hierro y regresó a sepultar al último de sus hombres en una dura tumba de sal.

El abrasador viento del noroeste se presentó en esta ocasión de improviso, sorprendiendo de frente y en pleno vuelo a cientos de ánades negros que se dirigían a Europa durante su larga emigración anual, razón más que suficiente para que comenzaran a precipitarse sobre la salina como auténtica lluvia de plumas acompañada de lastimeros graznidos.

Ese mismo viento los arrastraba luego, jugueteando con ellos, y León Bocanegra se las veía y deseaba para atraparlos cuando cruzaban a su lado, pues era tal la violencia del vendaval que incluso él mismo corría peligro de seguir idéntico camino.

Fue un banquete.

Un suculento e inesperado banquete, ya que tras amontonar cientos de plumas en un rincón de su chamizo se concentró en hacer saltar chispas golpeando la barra de hierro contra el perno de sus grilletes con tanta fuerza e intensidad que al fin consiguió que prendieran un hermoso fuego que le permitió comer carne, y comer caliente, por primera vez en dos años.

Se sentó luego a observar cómo la blanca llanura

aparecía salpicada de pardas manchas que se deslizaban rumbo al sur, y al poco cerró los ojos y se quedó dormido.

Tuvo un hermoso sueño.

Soñó que navegaba en su vieja «carraca» y que una fresca brisa le empujaba hacia las costas de una tierra verde y húmeda que se perfilaba apenas en la distancia.

Al despertar, temblaba.

Temblaba de excitación y casi de indignación consigo mismo por no haber sido capaz de pensar antes en ello.

Quedaba una esperanza.

Una remotísima esperanza.

Pero se trataba al fin y al cabo de una esperanza, y eso era más de lo que había tenido desde el día en que el *León Marino* fue arrojado contra las costas africanas.

Esa misma noche, y aprovechando que una luna en creciente brillaba sobre su cabeza, comenzó a trabajar sin preocuparse de vendarse los ojos, ya que necesitaba ver muy bien lo que hacía y abrigaba el convencimiento de que si su plan no daba resultado, todo habría acabado en muy poco tiempo.

Le exigió una tensa noche y un enorme esfuerzo extraer un bloque de sal de dos metros de largo por uno de ancho y casi medio de espesor, y a la tarde siguiente se destrozó los codos y las rodillas a la hora de arrastrarlo hasta ocultarlo en lo más profundo de su chamizo.

Al concluir se encontraba agotado, pero aun así se empeñó en volver al trabajo completando su cuota de «panes» de sal para evitar ser azotado cuando llegaran sus verdugos.

Cinco días más tarde, y una vez que los *fenéc* se hubieron alejado comentando, asombrados, la casi milagrosa capacidad de resistencia que demostraba aquel infeliz del que hacía tiempo que ya no esperaban nada, regresó junto al enorme bloque de sal para redondearle los bordes de la parte inferior, y taladrarle en la «proa» un agujero en el que ajustaba con exactitud la barra de hierro.

Por último, y con la vieja piel de antílope que le servía de puerta improvisó una tosca vela cuyos extremos podía aferrar con cuerdas que había trenzado utilizando tiras de cuero del saco que contenía las provisiones.

Cuando dos días más tarde se sintió satisfecho de su labor, se dedicó a rezar la única oración que sabía, suplicando a los cielos que hiciera volver al viento del noroeste antes que a los *fenéc*.

Por primera vez en muchísimo tiempo sus ruegos fueron atendidos.

A la semana siguiente roló el viento, ganó en intensidad a media tarde, aulló al oscurecer, y era ya noche cerrada cuando amenazó con llevarse el mundo por delante.

Pero en esta ocasión León Bocanegra no buscó refugio en su frágil chamizo.

Por el contrario, se concentró en sacar de su interior el bloque de sal, y al amanecer tomó asiento en él colocándose entre las piernas el odre de agua y las provisiones que aún le quedaban, encajó en su lugar la barra de hierro, e izó con delicadeza y un cierto temor la rígida vela, aferrándola con todas sus fuerzas.

Por unos instantes que al marino le parecieron increíblemente largos no ocurrió nada, pero luego el viento comenzó a hacer su trabajo tomando la pesada «embarcación» en sus manos para empujarla muy despacio, a través de una pulida llanura que apenas ofrecía oposición a su avance, como si aquél fuera –y no cabía duda de que lo era– el más tranquilo y navegable de los océanos del mundo.

Fue un hermoso viaje.

Desesperantemente lento, pero hermoso.

El más hermoso que emprendiera ser humano alguno, puesto que era un viaje hacia una libertad tiempo atrás perdida, y un viaje repleto de esperanzas, ya que si de algo estaba seguro León Bocanegra, era que nunca más volvería a ser esclavo.

Al final de aquella incierta y casi absurda aventura le aguardaba la salvación o la muerte –aún no podía saberlo– pero ambas se le antojaban de todo punto preferibles al cautiverio, y lo único que lamentaba en tales momentos era el hecho de no haber podido exterminar a quienes tanto mal le habían causado.

–¡No pienses en ellos! –Se repetía una y otra vez–. No pienses en ellos. Piensa que ahí delante existe una inmensa extensión de agua en la que podrás sumergirte hasta el cuello, aunque sea lo último que consigas hacer en esta vida.

Agua era lo único que le exigía un cuerpo que llevaba años sin recibir más que la imprescindible para subsistir, y la simple evocación de lo que significaba introducirse en ella le obligaba a rogarle al viento que soplara con mayor intensidad.

Se esforzó por mantenerse a considerable distancia de los aislados refugios de otros esclavos, y a pleno día, y con el sol cayendo a plomo sobre la salina no consiguió distinguir a nadie, ya que sus posibles ocupantes deberían encontrarse durmiendo.

Atardecía cuando le pareció vislumbrar una línea ligeramente ondulada en el horizonte, y con la llegada de la noche se detuvo por miedo a un tropiezo en las tinieblas, seguro como estaba de que aquel maravilloso viento del noroeste se mantendría aún durante por lo menos dos días.

Y dos días debían constituir tiempo más que suficiente para llegar adonde quiera que tuviese que llegar por grande que fuera aquel maldito mar petrificado. Lo que en verdad tenía que preocuparle era que su trineo de sal no se partiera, o la fricción acabara por desgastarlo, dejándole abandonado en mitad de la llanura.

Lo revisó a fondo y llegó a la conclusión de que pese a que el rozamiento le había hecho perder buena parte de su espesor, aún resistiría otro día de marcha.

A medianoche le venció el agotamiento.

Los brazos se le habían agarrotado, no sentía las piernas, le atenazaban los calambres, y llegó a la conclusión de que necesitaba descansar pese a que los nervios le impidieran conciliar el sueño.

Esquelético, deshidratado y moralmente destrozado tras años de cautividad y penurias, aquel lento avance sobre una refulgente pista de sal y bajo un sol implacable era cuanto necesitaba para acabar de «romperse», y debido a ello, en cuanto cerró los ojos fue como si le hubieran golpeado con un mazo.

Por enésima vez soñó que navegaba a bordo de su vieja «carraca» rumbo a las costas de Venezuela.

Por enésima vez soñó que era libre, y tan sólo recuperó la consciencia cuando advirtió que se estaba abrasando.

El sol, en mitad de la salina y sin la más mínima sombra bajo la que protegerse, era como un hierro al rojo clavado en la frente, y cualquier otro ser humano menos acostumbrado al calor o que no tuviera la piel tan curtida, hubiera carecido de capacidad de reacción.

Pero León Bocanegra había decidido sobrevivir al infierno, por lo que se irguió a duras penas, consumió muy despacio hasta la última gota de agua que le quedaba, convencido como estaba de que había llegado el día de vencer o morir, y reemprendió la marcha hacia la tenue línea ondulada que se distinguía en el horizonte.

Cuatro horas más tarde llegó a la conclusión de que eran dunas; altas dunas de color entre plateado y oro viejo, lo que significaba que se encontraban casi petrificadas y debían llevar siglos sin cambiar de forma o de lugar.

Tal descubrimiento le obligó a temer que tal vez estaba consiguiendo abandonar la desesperante llanura de sal para adentrarse de nuevo en la infinidad aún más desesperante del mar de arena del *erg*.

Pero ya no había elección.

La suerte estaba echada, y tenía la absoluta certeza de que si al otro lado de aquella barrera natural no se extendía el ansiado lago del que Sixto Molinero le hablara años atrás, su corta y amarga historia habría llegado a su fin.

Comenzaba a declinar la tarde cuando se detuvo al pie del extenso «río de dunas» que se perdía de vista en dirección nordeste-suroeste, y al aproximarse a ellas descubrió que más que de arena parecían estar hechas de roca, debido a que durante siglos el viento las bombardeaba día y noche con minúsculos granos de sal que conformaron sobre su superficie una dura costra de tres o cuatro dedos de espesor.

Por fortuna, esos mismos vientos dominantes las modelaron de tal forma que la cara ante la que se encontraba ascendía en una suave pendiente, mientras que –como ocurría siempre en el desierto– por el lado opuesto se precipitaba de forma abrupta y sin posibilidad de ser escalada.

Cerró la noche.

León Bocanegra comprendió al instante que a pesar de lo poco pronunciado del declive, no conseguiría ascender erguido ni tan siquiera un metro con los pies encadenados, por lo que optó por trepar a base de clavar con fuerza la barra de hierro en la costra de sal y alzarse apoyándose en los codos y las rodillas para detenerse luego a descansar un buen rato antes de reanudar la marcha.

Constituía un esfuerzo de titanes, ya que con frecuencia se veía obligado a aferrarse con furia a la barra de hierro para no resbalar perdiendo en cuestión de segundos todo el terreno ganado en horas, y un testigo imparcial se hubiera visto obligado a admitir que cuando un ser humano se propone sobrevivir, es capaz de conseguir los objetivos más insospechados.

Dolorosamente solo en un perdido rincón del universo, desnudo, encadenado, exhausto, hambriento y sin agua, aquella piltrafa humana trepaba centímetro a centímetro por la ladera de una duna prehistórica, con la vana ilusión de que al coronarla, una remotísima esperanza de salvación se abriera ante sus ojos.

Pero llegó a lo alto.

¡Dios de los cielos!

¡Llegó!

Ni él mismo se explicaría nunca cómo lo consiguió, pero poco antes del alba tomó asiento en la cima de la vieja duna y aguardó impaciente a que la primera claridad del día hiciese su aparición frente a sus ojos.

Evitó preguntarse qué ocurriría si lo que ocultaban las tinieblas no era más que un monótono paisaje de arenas rojizas, de la misma forma que el condenado a muerte evita preguntarse que será lo último que conseguirá ver en el momento en que se encuentre colgando de una soga en el cadalso.

León Bocanegra había superado ampliamente los límites de su resistencia y su capacidad de sacrificio, por lo que ya nada dependía de él.

Ahora todo estaba en manos de Dios, o del destino.

Al fin el sol anunció su presencia con la exagerada puntualidad con que solía hacerlo en aquellas latitudes, y la primera claridad se extendió sobre una vasta llanura pardusca y sin accidentes que en apariencia apenas se diferenciaba del resto del desierto.

No obstante, a los pocos minutos y cuando había lanzado ya el primer sollozo de desesperación, León Bocanegra descubrió que muy a lo lejos, casi en la misma línea del horizonte, el disco del sol parecía reflejar su imagen en un espejo que no podía ser más que agua.

Pero se trataba de un agua tan increíblemente distante, que comprendió en el acto que jamás conseguiría llegar a ella en sus actuales condiciones.

Si aquel espejo en que el sol se miraba era en efecto el lago Chad, todos sus esfuerzos habían resultado estériles.

Poco más tarde, y ya a plena luz, se percató de que la gran planicie que se extendía al pie de las dunas, y que iba a morir a la distancia, estaba constituida por una especie de limo oscuro recubierto en su mayor parte por un espeso cañaveral con el que el viento jugueteaba ondulando los juncos como si tan sólo se tratara de oscura hierba sobre un prado gigante.

Necesitó un largo rato para hacerse una clara idea de lo que en realidad estaba viendo, y al fin llegó a la conclusión de que debió existir un tiempo —no demasiado lejano— en el que las aguas del lago lamían la base de la barrera de dunas, aunque dichas aguas habían acabado por alejarse dejando a la vista un lodoso cañaveral que no tardaría en secarse.

A sus pies no se extendía por tanto más que una infinita llanura de oscuro fango.

¡Dios Misericordioso!

¡Tanto sufrir para nada!

No obstante, el sol, al tomar mayor altura, extrajo reflejos plateados de un pequeño charco que no debía encontrarse a más de un kilómetro de la base de la duna.

¡Agua!

¡Santa Madre de Dios!

¡Agua!

Casi al instante León Bocanegra se dejó caer rodando por la ladera de arena suelta, siempre aferrado a su inseparable barra de hierro.

–¡Agua! –mascullaba roncamente una y otra vez–. ¡Agua!

Se arrastró de rodillas hasta alcanzar el barro y le sorprendió descubrir que aún se encontraba tan húmedo como si esa agua lo hubiera empapado hasta pocos días antes.

A saltos, cayendo, girando sobre sí mismo o reptando sobre los codos, se aproximó al pequeño charco hasta dejarse caer de bruces para beber con ansia.

–¡Agua!

Era agua en efecto; sucia y lodosa, pero agua al fin y al cabo, y era más de la que había visto en años.

Cuando se tendió boca arriba casi le cubría por completo y se quedó muy quieto experimentando un placer casi sensual, hasta que advirtió que algo viscoso le rozaba la pierna.

Era un pez.

Un pez vivo; una carpa del tamaño de una mano que se dejó atrapar sin grandes dificultades, y a la que devoró en el acto mientras aún coleteaba desesperadamente.

Y había más.

Cuatro más a las que acorraló para empujarlas al fango, y precipitarse sobre ellas engulléndolas de igual modo aún a sabiendas de que semejante exceso después de tan prolongado ayuno podía causarle mucho daño.

Por último se arrastró hasta el pie de una alta mata de espesos papiros, se acurrucó a su sombra y se quedó dormido.

Le despertó un inquietante rumor.

Abrió los ojos temiendo que fuera el viento que arreciaba, pero le sorprendió advertir que el viento había cesado y los plumeros de los papiros ya no se inclinaban, pese a lo cual el extraño sonido aumentaba de segundo en segundo.

Tal vez se trataba de lejanas voces de los temidos *fenéc* que venían en su busca, por lo que optó por ocultarse entre los juncos sin atreverse ni tan siquiera a alzar la cabeza temiendo que el más mínimo gesto pudiera delatarle.

El rumor seguía en aumento y se aproximaba tan aprisa que le obligó a aplastarse contra el suelo aguardando un violento golpe que viniera a destruirle.

Pero se limitó a pasarle por encima.

Desconcertado se puso en pie de un salto para descubrir que el agua le llegaba a la cintura y continuaba ascendiendo.

¡El lago!

Aquel enorme lago que apenas había conseguido entrever en la distancia, regresaba como por arte de magia amenazando con ahogarle, puesto que con los pies encadenados pocas posibilidades tenía de escapar o de mantenerse a flote.

Por suerte, esa agua ni tan siquiera le alcanzó el pecho.

Chapoteó hasta la orilla y tomó asiento en ella para observar, perplejo, la magnitud del mar de agua dulce que nacía ahora ante él, y que los innumerables bosquecillos de cañaverales convertían en un laberinto de intrincados canales y recovecos.

León Bocanegra tardó mucho tiempo en averiguar

por sí mismo que el Chad no era en verdad un lago propiamente dicho, sino más bien una enorme masa de agua desparramada sobre una superficie tan plana, que de continuo se desplazaba a un lado u otro siguiendo los caprichos del viento.

Según soplara ese viento sus límites variaban –y aún hoy continúan variando– en varios kilómetros en una u otra dirección.

Eran por tanto ésos los kilómetros que había perdido durante los días en que arreció el temporal del noroeste, y al calmarse, las aguas se apresuraban a recuperar un espacio natural cuyas orillas se encontraban en aquellos momentos al pie de las dunas.

Un siglo más tarde esas mismas dunas estarían ya a tres días de distancia, puesto que lo que durante la Edad de Piedra había sido casi un mar dulce interior se desecaba con inusitada rapidez año tras año.

De hecho, durante las cuatro últimas décadas el Chad ha perdido profundidad a tal velocidad, que pronto llegará el día en que no sea más que un fangoso charco que pueda atravesarse de parte a parte sin apenas mojarse las rodillas.

No obstante, a finales del mil seiscientos, contaba aún con una superficie similar a la de Italia, alcanzando los confines de la salina, y por lo tanto León Bocanegra se limitaba a contemplarlo con los incrédulos ojos de quien no acaba de aceptar que se encuentra sentado en la mismísima frontera del desierto.

Allí, junto a aquellas viejas dunas y al borde de aquellas oscuras aguas, moría el Sáhara y nacía un nuevo mundo de ríos, selvas y sabanas.

Allí acababa la pesadilla de los eternos vientos y las interminables arenas.

Allí empezaba la vida, salvaje y maravillosa, de un continente del que había oído contar increíbles historias durante las oscuras noches de travesía del océano.

Un prodigioso paisaje de leones, elefantes y cómicas jirafas de larguísimo cuello debía nacer en la orilla opuesta del lago, y León Bocanegra se juró a sí mismo que algún día acudiría a verlo.

De momento se conformó con el hecho de constatar que con el agua habían llegado miríadas de peces e infinidad de aves, y era tal la abundancia de vida que pululaba a su alrededor, que apenas tenía necesidad de esforzarse para atrapar una gruesa carpa o un bien cebado pato, ya que durante las bochornosas horas del mediodía se agolpaban a la sombra de los cañaverales para permanecer como aletargados, incapaces de reaccionar por evidente que fuera el peligro que corrieran.

Él mismo pasaba largas horas inmerso en un agua tan caliente que con frecuencia emitía un denso vaho que dificultaba la visión, y también él buscaba la necesaria protección de unos juncos sin cuya sombra hubiera muerto.

Le agradaban en gran manera tales baños, por muy prolongados que pudieran parecer, y a menudo le asaltaba la sensación de que aquel permanecer durante horas flotando boca arriba era como regresar a la paz del vientre de su madre, o una especie de cuidadosa gestación destinada a volver a nacer después de haber estado muerto durante largos años.

Y es que el agua del lago Chad alcanzaba durante

gran parte del día una temperatura muy similar a la del cuerpo humano.

Comenzó a recuperar fuerzas.

Su piel dejó de parecer viejo cuero cuarteado para ir tomando poco a poco el aspecto de auténtica piel humana.

La larga cabellera dejó de ser de igual forma una costra grasienta y salitrosa, pero como carecía de instrumento alguno con que cortársela, optó por aferrarla en una compacta coleta que le caía hasta media espalda.

Se entretejió luego con delgados bejucos la negra y canosa barba, lo cual contribuyó a conferirle un aspecto absurdo y pintoresco, y como los últimos jirones de taparrabos que aún conservaba habían decidido deshacerse al tomar contacto con el agua, hubiera resultado difícil encontrar un ser humano más absolutamente incongruente con el paisaje que le rodeaba.

Se trataba en efecto de León Bocanegra, capitán de navío, español, desnudo, encadenado e ignorante de la geografía, el idioma y las costumbres africanas, pero que se esforzaba por sobrevivir perdido en el corazón del más desconocido y hostil de los continentes.

En apariencia, sus posibilidades de salir con bien de tal aventura eran escasas, pero había, sin embargo, un detalle importante que trabajaba a su favor: sabía muy bien que nunca había tenido ni hogar ni familia; que ya ni siquiera le quedaban amigos, y que por no tener, no tenía ni siquiera recuerdos que merecieran la pena ser recordados.

Tal como asegurara de sí mismo el viejo Sixto Molinero, su única propiedad era la vida, y al igual que el cojo, se había propuesto conservarla a toda costa.

Y la vida, considerada como un bien esencial, simple y no dependiente de cualquier otra consideración, era algo de lo que tan sólo se podía disfrutar minuto a minuto, sin mirar ni atrás ni adelante, regodeándose al máximo al saborear un buen muslo de pato, un pez a la brasa, o el supremo placer de una silenciosa noche contemplando los millones de estrellas del cielo africano, sin añoranzas de amados muertos o lugares lejanos.

La añoranza y la nostalgia suelen ser los peores enemigos del ser humano que atraviesa momentos difíciles, al igual que la imaginación suele ser el peor enemigo de quien cree estar en peligro.

En el primero de los casos, porque su mente le retrae a tiempos que recuerda mejores de lo que en verdad fueron, y en el segundo porque el miedo obliga a imaginar sufrimientos mucho más dolorosos de lo que en realidad llegan a ser.

León Bocanegra se encontraba a salvo en ambos casos, dado que en su memoria no se escondían días especialmente felices, ni el más calenturiento de los cerebros concebiría un suplicio peor del que había padecido en las salinas.

Y de lo que se encontraba absolutamente convencido era de que a las salinas jamás regresaría.

Ni vivo, ni muerto.

Por el momento no se distinguía rastro de presencia humana en cuanto alcanzaba a la vista; ni una choza, ni una embarcación, ni tan siquiera una lejana columna de humo, y ello le llevó al convencimiento de que lo mejor que podía hacer por el momento era dedicarse a comer, dormir, descansar e imaginar que se había convertido en el único hombre vivo del planeta.

Al cabo de dos semanas de absoluta inactividad, decidió que había llegado el momento de buscar la forma de quitarse los grilletes para lo cual contaba con la ayuda de su inseparable barra de hierro, aunque le constaba que no le bastaría a la hora de conseguir su objetivo.

Siempre había tenido muy claro que para liberarlos del grueso perno que los unía necesitaba una fragua, pero temía que el humo de su fuego proclamara su presencia en docenas de millas a la redonda, y eso era la última cosa que deseaba en aquellos momentos.

Su mejor arma para mantenerse con vida era estar muerto.

La única forma de continuar existiendo, no haber existido nunca.

Y la fórmula ideal para que nadie volviera a esclavizarle pasaba por el hecho de que nadie volviera a verle.

Sopesó con sumo cuidado los pros y los contras, se convenció de que no sobreviviría eternamente encadenado, y se afanó en la tarea de recoger hasta la última rama seca que el agua había arrojado a las orillas.

Con ayuda de la barra de hierro cavó un hoyo de poco más de un metro de profundidad rodeándolo de altos y espesos juncos hasta estar seguro de que no dejaban escapar el más mínimo resplandor, y ya de noche cerrada, encendió una hoguera en el fondo.

Se colocó hierba húmeda y trozos de caña entre los grilletes y los tobillos para intentar aislarse del calor que transmitiera el metal, y lanzando un resoplido de resignación tomó asiento en el borde del hoyo y afirmó ambos pies sobre la arena, procurando que el remate del extremo del perno se introdujera en las brasas.

Con el viejo odre de piel de cabra había improvisado una especie de rústico fuelle que le permitía avivar los rescoldos, pero aún así el cruel cepo se resistía a ceder, y pese a que de continuo se mojaba la piel de las piernas, tuvo que hacer un sobrehumano esfuerzo para no cejar en su empeño.

Fue tal la fuerza que empleó al morder un palo con el fin de evitar lanzar alaridos o retirar las piernas, que se partió una muela, y hasta cierto punto ese nuevo dolor le sirvió de mucho, puesto que reclamó su atención hacia otra parte del cuerpo, permitiéndole olvidar por unos instantes que se estaba abrasando.

Cuando, tras lo que se le antojó una eternidad, el metal cedió y pudo retirar el pasador que unía ambos grilletes rompió a llorar de alegría al advertir que después de tanto tiempo podía andar nuevamente.

Pero no resultaba empresa fácil.

Era como si los músculos se le hubieran atrofiado o el cerebro no fuera ya capaz de enviar órdenes coherentes, por lo que en cuanto se distraía, se descubría arrastrándose.

No le importaba, puesto que por primera vez se sentía auténticamente libre.

Libre en lo más profundo de la más gigantesca prisión que nadie hubiera diseñado, pero libre.

Libre a miles de millas de distancia de la costa más cercana, pero libre.

Libre tan lejos de su patria como no concebía que lo hubiera estado nadie, pero libre.

Y se sentía libre por el simple hecho de que podía dar zancadas de más de un metro de largo y abrir los ojos a la luz sin temer que le abrasaran la retina lanzándole puñados de sal.

Era como si a un parapléjico le ofrecieran la oportunidad de andar, o a un ciego le hubieran devuelto la vista.

Lógicamente se sintió dueño del mundo, pero muy pronto tomó la decisión de aprender a ser dueño de ese mundo.

Para ello, lo primero que hizo fue acondicionar un seguro refugio en el interior del más espeso de los cañaverales, a unos doscientos metros de la orilla y a salvo de miradas indiscretas.

Su angosta entrada se encontraba bajo el nivel de las aguas, y por ella se accedía a una especie de cubil oscuro y relativamente fresco en el que disponía del espacio suficiente como para tenderse por completo y dormir, tanto semicubierto de agua durante las horas más calientes del día, como en seco durante unas noches en las que las temperaturas descendían de forma notable, aunque no tanto como en el interior del desierto o la salina.

Se acostumbró también a no dejar nunca huellas en la arena, borrando cualquier rastro de su paso y procurando que ni un solo detalle permitiese adivinar que aquel perdido rincón del gigantesco lago era su «reino».

Por fin, cuando llegó a la conclusión de que había recuperado en buena parte su capacidad de movimientos trepó de noche a lo más alto de las dunas, con lo que al amanecer pudo comprobar que tanto las salinas como la amplia extensión de agua que alcanzaba a distinguir, continuaban siendo un lugar desolado, inhóspito, y carente de la más mínima muestra de presencia humana.

En apariencia no tenía nada que temer, pero no por ello dejó de mostrarse precavido, puesto que sabía muy bien que aún necesitaría tiempo para volver a encontrarse en plenitud de facultades.

Con buena alimentación y mucho descanso, no sólo ganaba peso y fuerza en las piernas, sino que incluso su mente, en cierto modo abotagada durante el cautiverio, recuperaba paulatinamente su capacidad de raciocinio.

Hacía planes y se entretenía en dibujar una y otra vez sobre la arena el burdo mapa de Sixto Molinero en un vano intento por hacerse una idea de a qué distancia y en qué dirección correría el caudaloso Níger.

Presentía que si alcanzaba las márgenes del río, podría ingeniárselas para seguir su curso hasta el mar, y con un poco de suerte en ese mar encontraría un barco negrero que le devolviese a la civilización.

No se le ocultaba que tendría que enfrentarse a un peligrosísimo viaje que podía durar meses e incluso años, pero tras haber escapado de la salina y los *fenéc* cualquier barrera se le antojaba superable.

Sus actuales prioridades se concentrarían en prepararse a conciencia, conservar la fe en sí mismo y no dejarse sorprender.

Este último punto era el que más dedicación le exigía, pero pese a las infinitas precauciones que solía tomar, un tranquilo amanecer se llevó un susto de muerte.

Había tenido –como siempre– sumo cuidado a la hora de cerciorarse de que no se advertía presencia extraña alguna en las proximidades, pero en el momento de abandonar su guarida y emerger a la superficie, se topó a menos de un metro de distancia con las fauces de un gigantesco cocodrilo que le observaba con unos saltones ojillos que sobresalían apenas sobre la superficie de las aguas.

Se consideró hombre muerto.

Durante sus múltiples viajes al Nuevo Mundo había visto innumerables caimanes, y había oído contar mil historias sobre su voracidad o la facilidad con que eran capaces de partir de una sola dentellada a un ser humano, y aquel que ahora parecía olisquearle con curiosidad medía por lo menos el doble que el mayor que hubiera visto nunca.

Se quedó muy quieto.

Heladamente quieto.

Un escalofrío de terror le ascendió desde la base de la columna vertebral a la nuca, mientras buscaba en algún recóndito rincón de su cerebro la mágica fórmula que le permitiera evitar el ataque de una bestia que le triplicaba en tamaño y peso.

Allí, con un agua lodosa que le cubría el ombligo y a casi doscientos metros de la orilla, se encontraba a merced de un hambriento saurio que no tenía más que agitar la cola, avanzar medio metro, abrir una inmensa bocaza de afilados dientes y arrancarle un brazo de un mordisco.

Ni parpadeó siquiera.

Ni se atrevió a respirar.

La fiera agitó la cola, avanzó medio metro, entreabrió las enormes fauces, dejó escapar un sonoro erupto y cruzó despectivamente a su lado arañándole apenas con sus gruesas escamas.

¡No podía creerlo!

Había eruptado.

En lugar de arrancarle un brazo, aquel monstruo antidiluviano se había limitado a eruptarle en el rostro, y si al alejarse no le había tirado un apestoso pedo se debía sin duda a que ocultaba el culo bajo el agua.

León Bocanegra continuaba sin saber cómo reaccionar.

Jamás se le había pasado por la mente la idea de que un cocodrilo despreciase una fácil y apetitosa presa, y menos aún que fuese capaz de eruptar.

Por su parte la enorme bestia continuaba su placentero deslizarse sobre la superficie de las aguas rumbo a la orilla con la pacífica intención de espatarrarse sobre el barro a tomar el sol, con una actitud tan displicente y despectiva hacia su inerme presa que resultaba en cierto modo ofensiva.

Para la desconcertada víctima de tan incomprensible desplante, lo sucedido parecía carecer de toda lógica, pese a lo cual muy pronto llegó a la conclusión de que la reacción del saurio respondía más bien a una actitud absolutamente lógica.

Eran tantos los cientos, miles e incluso millones, de peces de todas las especies y tamaños que infestaban el lago, que a cualquier animal que se alimentara de ellos le bastaba con abrir la boca para ver de inmediato satisfechas todas sus necesidades, sin tener que recurrir al engorroso fastidio de triturarle los huesos a un individuo de una especie poco conocida y escasamente apetitosa, que dado su respetable tamaño, parecía incluso capaz de oponer resistencia.

¿Para qué molestarse?

Pasarían meses antes de que León Bocanegra consiguiera habituarse a convivir con los enormes saurios de terrorífico aspecto que vagabundeaban a centenares a todo lo largo y lo ancho del lago, pero lo cierto fue que jamás, y bajo ninguna circunstancia, se mostraron hostiles ni aún tan siquiera curiosos en lo que se refería a su persona.

Lo veían como si no existiese.

Muy distinto solía ser el molesto problema que constituían las abundantes rayas eléctricas cuya descarga le dejaba las piernas paralizadas durante largo rato, e incluso el de unos moteados pececillos que se ocultaban en el barro mostrando tan sólo una espina dorsal cuyo activo veneno le amorataba un pie durante toda una semana.

Ésos parecían ser, de momento, sus únicos enemigos.

El resto era paz y bonanza.

Y un calor húmedo que le obligaba a sudar a chorros en cuanto abandonaba el agua, y le sorprendió descubrir que pese a ser menos rigurosas las temperaturas a orillas del lago que en el interior de la salina, acusaba más su efecto, como si la sequedad del mar petrificado tuviera de algún modo la virtud de impedirle transpirar con la misma intensidad con que ahora lo hacía.

O quizá tal fenómeno se debía al hecho de que antaño su cuerpo no contaba con líquido alguno que transpirar.

Su piel, libre ya de sal, aparecía oscura y curtida por

el sol, y visto de espaldas se le tomaría más por un africano que por un europeo, aunque de inmediato la poblada barba y la lisa melena delataran de forma inequívoca su procedencia.

A los tres meses de su llegada al lago, León Bocanegra había conseguido convertirse en un hombre fuerte, seguro, animoso y perfecto conocedor del mundo que le rodeaba y sus habitantes.

Volvió el viento del noroeste que se llevó el agua muy lejos, pero no le preocupó despertarse y comprobar que se encontraba aislado en mitad de un sucio lodazal en el que coleteaban centenares de peces de los que cormoranes, marbellas, cigüeñas, patos y silbones se apresuraban a dar buena cuenta.

Sabía que, al cabo de dos o tres días, esa agua regresaría.

Y regresó.

Pero en esta ocasión venía acompañada.

Se trataba de una extraña embarcación –una gran balsa en realidad– aparentemente construida con haces de juncos unidos entre sí, pero dotada de tan extraordinaria flotabilidad que un simple soplo de viento o los empujones del hombre que con el agua al pecho caminaba tras ella bastaban para hacerla avanzar sin oponer la más mínima resistencia.

Oculto en su refugio, León Bocanegra observaba tenso y silencioso.

Aparte del hombre –delgado y atlético– que vadeaba el lago empujando la *kadeya*, ésta se encontraba ocupada por una mujer y cuatro niños que se protegían del violento sol bajo un techo de palma que se extendía a todo lo largo de la popa, y tanto el hombre como la mujer y los niños lucían la piel más negra y brillante que nadie hubiese imaginado.

No es que fueran negros; es que eran retintos, lustrosos y con una espesísima mata de esponjoso cabello muy rizado que les cubría por completo la cabeza, puesto que no en vano los *budúma* –habitantes del Chad desde tiempos prehistóricos– se habían adaptado a vivir sobre las aguas y a combatir de la forma más lógica y natural las elevadísimas temperaturas habituales en el centro del lago.

Aparecían totalmente desnudos, y a no ser por un par de arcos, media docena de vasijas de barro y algunas viejas gumías que descansaban junto al fuego que ardía sobre una gran loseta de piedra en el centro de la embarcación cabría imaginar que eran seres surgidos la tarde anterior de la mismísima Edad de Piedra.

Al borde del laberinto de cañaverales se detuvieron para que el hombre comenzara a nadar muy despacio, pero con notable soltura, hacia la orilla.

Apenas agitaba la superficie del agua al tiempo que parecía estar atento a cuanto ocurría a su alrededor, tal vez sospechando que un millón de peligros le acecharan.

Antes de poner el pie en tierra se cercioró de que no distinguía a nadie en cuanto le alcanzaba la vista, y tras intercambiar una significativa mirada con la mujer que aferraba una larga pértiga y parecía dispuesta a internarse entre los juncos a la menor señal de peligro, trepó por la más cercana de las dunas y asomó con precaución la cabeza atisbando hacia el otro lado.

Lo que vio debió tranquilizarle puesto que casi al

instante se irguió y agitó los brazos dando a entender que el camino estaba despejado.

La mujer se introdujo entonces en el agua, y de inmediato los niños le alargaron un cuerpecillo inerte que hasta ese momento había permanecido bajo el chamizo de palma.

Con el cadáver en brazos la mujer vadeó hasta la orilla seguida por los chicuelos que portaban cada uno una ancha, curva y herrumbrosa gumía.

Los ojos de León Bocanegra se clavaron en aquellas maravillosas armas, convencido de que una gumía que le permitiera destripar peces y cortar cañas constituiría el más preciado tesoro a que pudiera aspirar un ser humano en el corazón del continente negro.

Volvió el rostro hacia la *kadeya*, pero por más que se esforzó no alcanzó a distinguir si en su interior había quedado o no alguna más.

Mientras tanto, el triste cortejo alcanzó la orilla a la que había descendido ya el hombre, que se apresuró a tomar en sus brazos el cadáver como si se tratara de un preciado tesoro.

La íntima ceremonia fue muy austera aunque conmovedora para quien espiaba cada gesto de unos seres terriblemente primitivos, pero que no por ello dejaban de mostrar un profundo dolor a la hora de despedir a uno de sus miembros.

No lloraban, pero se les advertía cabizbajos y entristecidos sin cesar de acariciar una y otra vez el negro cuerpecito, como si aún conservaran una remota esperanza de que su contacto obraría el milagro de retornarlo a la vida.

Para los *budúma* del lago Chad, eternos «nómadas de las aguas» que no contaban ni con la más primitiva forma de convivencia social como podría ser una simple aldea, la familia lo significaba todo, puesto que cada una de esas familias constituía un núcleo aislado que pasaba la mayor parte de su vida a bordo de una balsa oculta entre los cañaverales, sin más contacto con los miembros de otras familias que el que tenía lugar durante las tradicionales fiestas en que se reunían una vez al año con el fin de circuncidar a los niños y ablanar el clítoris a las adolescentes.

Tales ceremonias solían aprovecharse para concertar futuros matrimonios que tan sólo se consolidarían al año siguiente y en el momento en que el novio hiciese su aparición empujando dos *kadeyas* nuevas que había construido con ayuda de sus hermanos.

La primera se convertiría en el futuro hogar de la pareja, y la segunda constituía la dote que habría de recibir la familia de la novia.

Tres días más tarde, los recién desposados se perdían de vista entre papiros y nenúfares con objeto de iniciar una nueva vida en la que no acostumbraban a mantener contacto con sus parientes hasta que tenían hijos en edad de ser circuncidados.

Por ello, la pérdida de uno de esos hijos significaba la pérdida de una parte esencial de su comunidad y su mayor fuente de alegría.

Ahora una pacífica familia *budúma* se encontraba cavando una fosa en tierra firme en la que enterrar a una pobre criatura, y León Bocanegra se avergonzó por el hecho de intentar aprovecharse de tan dolorosa circunstancia, pero no por ello cejó en su empeño de apoderarse de una de aquellas anheladas gumías.

Al poco abandonó con el máximo sigilo su escondite, se deslizó bajo el agua hasta la entrada de uno de los tortuosos canales que se abrían paso entre los cañaverales, y lejos ya de la vista de los nativos, buscó el modo de aproximarse a su embarcación.

A unos cinco metros de distancia se detuvo para cerciorarse de que la ceremonia seguía su curso con lo que sus protagonistas no se habían percatado de su presencia, y durante largos minutos se dedicó a examinar la singular balsa tratando de hacerse una idea lo más exacta posible de la forma en que estaba construida.

Por último buceó hasta ella, alargó una mano por el costado en que no podían verle y tanteó con infinito cuidado.

De regreso a su refugio, aferrando con inusitada fuerza la primitiva y herrumbrosa arma, el capitán del *León Marino* no podía por menos que dar gracias a Dios por lo increíblemente generoso que se estaba mostrando con él.

Tenía que ocultarse, desnudo, en lo más intrincado de un espeso cañaveral del lugar más caluroso del planeta, rodeado de enormes saurios, rayas eléctricas, peces venenosos y alguna que otra serpiente de agua de picadura mortal, pero se sentía feliz y agradecido por el simple hecho de haber recibido el inapreciable don de un pedazo de hierro oxidado.

¡Loado sea el Señor!

Concluido el sencillo funeral, los nativos tomaron asiento en torno a la humilde tumba como si pretendieran acompañar al ser amado hasta el último momento, y únicamente cuando las sombras de la noche comenzaron a adueñarse del lago regresaron a su balsa-vivienda para perderse de vista entre los juncos.

En los días que siguieron León Bocanegra tomó aún más precauciones que de costumbre, puesto que, aunque era de suponer que el *budúma* se limitaría a reñir a su familia por el imperdonable descuido de haber perdido un objeto tan sumamente valioso, cabía la posibilidad de que regresaran imaginando que tal vez lo habían olvidado en tierra.

No fue así, y por lo tanto, a la semana siguiente el marino se concentró en la tarea de cortar juncos con el fin de comenzar a construirse su propia embarcación.

Le llevó tiempo, fatigas y decepciones.

La idea básica era en sí misma muy simple; debía limitarse a reunir un haz de largos tallos de papiro, atarlos fuertemente con bejucos en torno a un tronco de *ambáy,* que era un árbol que crecía junto a la orilla y cuya madera flotaba como el corcho, e ir añadiendo haces semejantes hasta conseguir una masa compacta que se mantuviera a flote.

Pero no flotaba.

La *kadeya* de los primitivos *budúma* flotaba de una forma casi etérea, pero la nave del veterano capitán León Bocanegra, que había atravesado una treintena de veces el océano, se iba al fondo en cuestión de minutos.

¿Por qué?

Tardó en descubrirlo.

Tras infinidad de decepcionantes pruebas, llegó al convencimiento de que el interior de los tallos se encontraba formado por una masa blanca, ligera, esponjosa y empapada de savia de sabor amargo que impedía que se mantuvieran largo tiempo a flote.

No obstante, muy pronto pudo constatar que al tercer día de permanecer expuesta al inclemente sol tropical la esponjosa masa aparecía reseca y consumida, al tiempo que la savia tomaba el aspecto de diminutas burbujas que favorecían de forma extraordinaria la flotabilidad del conjunto.

Pese a ello, una vez en el lago, el agua comenzaba a penetrar de nuevo y muy poco a poco por el extremo que había sido cortado desplazando a las burbujas y provocando de nuevo la inmersión.

Tardó cuatro días en ingeniar la forma de sellar la parte cortada a base de introducirla en gelatina de cola de pez hirviendo, con lo que la estanqueidad quedó al fin garantizada para siempre.

A partir de ese momento se dedicó de lleno a la tarea de diseñarse su propia embarcación.

Concentró en el esfuerzo toda su inteligencia, astucia e imaginación con lo que el resultado fue una especie de rústica *kadeya* apenas unos centímetros mayor que su propio cuerpo, y tan plana, que sus bordas apenas sobresalían del nivel de las aguas.

A todo lo largo de su zona central, justo sobre el tronco de *ambáy*, practicó una hendidura en la que podía acostarse como si se encontrara en el interior de un ataúd, y si en esos momentos se cubría con una burda esterilla que había tejido a base de hojas y flores de nenúfar, quien se encontrara a más de cinco metros de distancia llegaría a la conclusión de que el conjunto no constituía más que uno de los tantos islotes flotantes que convertían el lago en una verde alfombra.

Cuando al cabo de un par de semanas se sintió plenamente satisfecho de su trabajo cargó con la barra de hierro y la gumía, y se dispuso a iniciar el difícil viaje que habría de conducirle, a través de montañas, sabanas, ríos y selvas, hasta las lejanas costas del golfo de Guinea.

Papiros y nenúfares.

Calor.

Patos y peces.

Calor.

Saurios gigantes.

Calor.

Millones de garzas.

Calor, y a los pocos días un vaho denso, que se convertía en una espesa neblina que se mantenía a la altura de los cañaverales, y que impedía la visión a más de tres metros de distancia.

Nenúfares y papiros.

Calor.

Pelícanos, marbellas y cormoranes.

Y de improviso un monstruoso hipopótamo que surgía mostrando amenazadoramente una enorme bocaza y unos amarillentos colmillos para perderse de nuevo bajo la superficie de las sucias aguas.

Navegar por el intrincado laberinto de plantas acuáticas de la orilla oriental del lago Chad durante los tórridos meses de julio y agosto significaba tanto como arriesgarse a penetrar en una gigantesca sauna de la que nadie supiera con exactitud en qué muro se encontraba la salida.

El primer mediodía en que le sorprendió la niebla, León Bocanegra dio por sentado que se trataba de un fenómeno semejante al que había sufrido en más de una ocasión al pie de las dunas, pero al cabo de una semana llegó a la amarga conclusión de que se había adentrado en un universo en el que no existían ni cielo ni horizontes, y el suelo estaba constituido por una grasienta masa líquida recubierta de anchas hojas y diminutas flores.

Era una trampa. La eterna trampa de las lagunas tropicales poco profundas, en las que la eclosión de vida provocada por el exceso de temperatura y la fertilidad de los limos acababa por adueñarse de esas aguas de una forma parasitaria y agobiante.

África recordaba allí, más que en parte alguna, un presidio.

Un presidio en el que cada uno de los miles de millones de juncos se convertía en un guardián fuertemente armado; un muro impenetrable, o una reja que jamás podría limarse.

Regresar resultaba un esfuerzo inútil, puesto que no existía ni delante ni detrás, ni derecha ni izquierda, y casi se podría creer que ni arriba ni abajo.

No era aún mundo líquido.

Pero tampoco sólido.

Pero tampoco gaseoso.

No era más que desconcierto y desesperación frente a las brumas y el doloroso silencio.

Cualquier ser humano «normal» hubiera acabado

por volverse loco, y el simple hecho de perder los nervios significaba tanto como arriesgarse a no abandonar nunca tan diabólico laberinto.

Pero León Bocanegra no era ya un hombre «normal».

Tras las terroríficas experiencias del desierto y la salina, aquel intrincado dédalo de canales sin salida no constituía más que uno de los tantos accidentes que tenía previsto encontrar en su camino, y al que se veía obligado a hacer frente con la misma actitud mental con la que tendría que encararse algún día a un león hambriento.

–Gajes del oficio –se hubiera limitado a comentar el malogrado Diego Cabrera, como solía hacer cuando le sorprendía una calma chicha–. Paciencia y a barajar.

En cuestión de paciencia, incluso el bíblico Job hubiese tenido mucho que envidiar al capitán León Bocanegra, del que podría asegurarse que había aprendido a metamorfosear su mente en la de un auténtico camaleón.

Los camaleones sobrevivían gracias a su desesperante capacidad de adaptación al medio y a su tradicional parsimonia, y mientras miles de especies mucho más fuertes y mejor dotadas habían desaparecido de la superficie del planeta millones de años atrás, ellos seguían allí –tanto en las más espesas selvas como en los más áridos desiertos– sin apenas evolucionar ni proliferar en exceso, pero dispuestos a perpetuar la especie durante millones de años más.

Para León Bocanegra la voluntad, la paciencia y la habilidad que fuera capaz de desarrollar a la hora de camuflarse constituían las únicas armas con que podría enfrentarse a los mil peligros que le acecharían a lo largo de su difícil periplo hasta la costa, y debido a ello ni tan siquiera se inmutó cuando llegó a la conclusión de que se encontraba atrapado en la gigantesca tela de araña de los cañaverales del Chad.

Le bastaba con inclinarse sobre la borda para calmar la sed, y le bastaba con hurgar entre los juncos para apoderarse sin el más mínimo esfuerzo de un enorme pez, un puñado de huevos, o un cebado pato.

Los devoraba crudos.

Masticaba sin prisa y sin ansia, aprendiendo a saborear cada bocado y evitando añorar el lujo que significaba un buen fuego en el que cocinar, puesto que sabía muy bien que nadie alcanzaría a vislumbrar su llama, también sabía que sí podría darse el caso de que alguien aspirase su humo.

Él había olido ese humo.

En la quietud del lago, cuando ni el más leve soplo de viento agitaba los plumeros de los papiros, un humo lejano o un simple susurro estallaban en los sentidos anunciando a gritos presencia humana.

Olores y sonidos se transformaban en temibles delatores en un lago carente casi por completo de visibilidad, y el resabiado capitán estaba decidido a que nada ni nadie delatara su presencia en tan remota región del planeta.

Era como una sombra.

Una sombra que incluso al defecar diluía sus heces con el propósito de que no dejaran flotando sobre las aguas muestra alguna de su paso, sabedor de que no contaba con más aliado que su infinita prudencia, ni más valedor que su coraje.

Si es cierto el dicho de que el temple de los hombres se forja en la adversidad, León Bocanegra tenía razones más que suficientes para estar bien templado, y la tranquila indiferencia con que encaraba tan difícil situación, daba buena prueba de ello.

Algunas noches, no todas, y cerca ya del amanecer, la espesa bruma aclaraba permitiéndole distinguir unas estrellas que le marcaban el rumbo que habría de seguir, siempre hacia el sur, aunque se diese el caso de no haber conseguido avanzar más de cien metros en una sola jornada.

Era una jornada más.

Un día más de vida.

El único lujo que aún podía permitirse.

Al fin un nebuloso atardecer la proa de su minúscula embarcación tropezó con algo duro.

Era tierra; auténtica tierra que sobresalía apenas sobre la superficie de las aguas, pero en la que crecían gruesos *ambáys* cuyas copas emergían sobre la algodonosa neblina.

Trepó a la más alta para enfrentarse a un blanco mar de nubes del que destacaban, a un par de millas de distancia, nuevas copas de *ambáys*.

Y allá a lo lejos, muy a lo lejos, hacia levante, vislumbró otras muchas.

Aguardó hasta que el disco del sol tomó un tono cobrizo y le asombró descubrir que cuando estaba a punto de sumergirse en el horizonte del algodonoso mar comenzaban a emerger miles de aves.

Disfrutó del espectáculo hasta que cerró la noche para permanecer luego allí, trepado como un mono en una rama, contemplando un firmamento en el que cada una de sus miríadas de estrellas parecía estar enviándole un mensaje de aliento.

Y corrió serio peligro de que le venciera uno de sus peores enemigos, ya que a punto estuvo de dejarse arrastrar por la tentación de evocar mágicas noches rodeado de amigos en la cubierta del *León Marino*, pero casi de inmediato rechazó sus recuerdos consciente del daño que causaban.

Lo más difícil seguía siendo evitar la nostalgia.

Cuando, como en aquellos momentos, le asaltaban los recuerdos, bloqueaba su mente para retroceder al tiempo en que sufrió todas las penas del infierno en la salina, puesto que había comprobado que la ira le ayudaba a mantenerse en tensión, mientras que el regreso a unos tiempos mucho más lejanos acababa por convertirse en una puerta al desánimo.

Olvidar era tanto como negarse a sí mismo al rechazar lo mejor de su pasado, pero recordar los rostros de Diego Cabrera, Fermín Garabote, Cándido Segarra, Emeterio Padrón y tantos otros de cuyos padecimientos se sentía en cierto modo culpable, se convertía en una amarga tortura.

Los camaleones no piensan.

Ni recuerdan.

Tan sólo viven.

Y tan sólo se esfuerzan por continuar sobreviviendo.

–Algún día pensaré –argumentaba en los momentos

en que temía ser débil–. Algún día me tumbaré en la cubierta de una nave que me lleve de regreso a las Antillas, contemplaré el firmamento, y dedicaré horas y horas a recordar lugares y gentes. Ahora no puedo.

El temor a ser débil convierte en débiles a muchos seres humanos, pero no era ése el caso de León Bocanegra, que al primer síntoma de vacilación cerraba los ojos y se buscaba a sí mismo acurrucado en el minúsculo cubículo de la salina.

Y cuando todo le fallaba evocaba las cabezas cortadas, la violación del joven pañolero, o la terrible muerte de Fermín Garabote.

La violencia del odio que experimentaba en esos momentos disipaba los negros nubarrones de una absurda nostalgia.

Al alba del día siguiente miles de martín pescadores surcaban el cielo, pero en cuanto el sol ganó altura se sumergieron en la neblina conscientes de que el fuego de ese sol les abrasaría las alas.

Tan sólo entonces descendió de su atalaya para dedicarse a recorrer de punta a punta un islote que no sería mucho mayor que su vieja «carraca».

Decidió, no obstante, que parecía ser un magnífico lugar para descansar y aprovechar el tiempo reponiendo algunos haces de juncos de una nave que comenzaba a perder parte de su sorprendente flotabilidad.

La isla siguiente resultó ser aún más pequeña, pero la tercera contaba ya con casi una milla de largo y muy pronto descubrió que proliferaban en ellas unas diminutas ardillas de color arena.

Atrapó unas cuantas, curtió sus pieles con el fin de

confeccionarse un sencillo taparrabos, y como afilando a conciencia la gumía había conseguido recortarse la barba, acabó por sentirse más cómodo y en cierto modo, más humano.

El simple hecho de contar con una mísera piel con la que protegerse los genitales del continuo roce de las cañas le inyectó nuevos ánimos, por lo que cuando a la noche siguiente le llegó, oscuro y lejano, un ronco rugido, lanzó un hondo suspiro ya que en cierto modo el inquietante rugido venía a confirmarle que la orilla del lago debía encontrarse relativamente cerca.

Puso proa a levante y dos días más tarde avistó las primeras copas de gruesos sicómoros que poco a poco nada tenían que ver con los *ambáys* que poblaban los islotes del lago.

Continuó su avance sin abandonar la protección de los juncos, y el sol caía a plomo en el instante en que alcanzó un punto en que los espesos nenúfares daban paso a una ancha laguna de agua grisácea al fondo de la cual nacía una selva alta y espesa.

Se tumbó a esperar.

Dormitó un rato y a la caída de la tarde percibió, con total nitidez, el casi olvidado sonido de una voz humana.

Atisbó por entre los plumeros de los papiros que se agitaban como gigantescos abanicos, y al poco descubrió cómo una larga piragua tripulada por seis hombres que bogaban rítmicamente avanzaba por el centro de la laguna.

Uno de ellos cantaba.

¡Bendito sea Dios!

¡Cantaba!

¿Realmente podían quedar en este mundo seres humanos que cantaran?

Allí había uno; un negro fuerte y sudoroso de blanquísimos dientes, que sentado a la popa de la esterilizada embarcación, entonaba una monótona tonadilla que más bien parecía destinada a marcar el ritmo de las paladas de los remeros que a alegrarles la vida.

Pronto León Bocanegra llegó a la conclusión de que aquella larga piragua nada tenía que ver con las balsas de juncos, ni aquellos indígenas con los pobladores del interior del lago.

Éstos eran *kokotos* de tierra firme, más fuertes, menos esbeltos y de un negro casi ceniciento que contrastaba con el lustroso brillo de la piel de los *budúma*, y pese a que se limitaran a bogar al ritmo que marcaba el «cantante», se percibía en ellos una especie de crispada agresividad muy alejada de la pacífica actitud que emanaba de cada gesto de la familia de nativos que había estado espiando en el norte del lago.

Se perdieron de vista entre dos luces, y en cuanto cerró la noche se encaminó a la orilla.

Le sorprendió, no obstante, descubrir que le resultaba imposible aproximarse a ella, puesto que a casi media milla de distancia la capa de agua aparecía tan delgada que incluso la *kadeya* embarrancaba, y bajo una fina película de agua lo único que se abría era una masa de fango y detritus en la que se hundió hasta el pecho.

¡El Chad!

Inmenso charco que jamás dejaría de asombrarle.

Allí muy cerca, gritaban los monos, chillaban las

aves y rugían las fieras, pero un muro de lodo putrefacto que se transformaba en una trampa mortal le impedía llegar hasta ellos.

Sudó, resbalando y cayendo una y otra vez antes de conseguir librarse del fango para trepar de nuevo a la balsa, y volvió a sudar a la hora de devolverla a aguas profundas a base de empujar con una larga pértiga.

A punto estuvo de que el alba le sorprendiera atrapado como una mosca en la miel, y tuvo que apresurarse a buscar refugio para tumbarse a dormir completamente agotado.

¡Madre de Dios, qué mundo!

A la noche siguiente reemprendió la marcha lejos de la orilla y siguiendo el rumbo de la piragua.

Horas más tarde avistó un promontorio en el que destacaban media docena de chozas de techo de palma que se alzaban sobre pilotes de madera, y a unos doscientos metros de distancia se distinguía un amplio cercado en el que dormitaban medio centenar de camellos.

Durante todo el día se dedicó a espiar las idas y venidas de los nativos, y comenzaba a hacerse a la idea de que no se trataba más que de una simple aldea de pacíficos pescadores, cuando a media tarde advirtió cómo, llegando del interior del bosque, se aproximaban dos jinetes que vestían capas blancas y empuñaban largas espingardas.

¡Fenéc!

León Bocanegra se vio obligado a aguardar a que la ira que acababa de apoderarse de todo su ser se disipase, para aguzar la vista y cerciorarse de que no estaba soñando.

Eran *fenéc*, no cabía duda.

Apenas pusieron el pie en tierra, varios nativos acudieron solícitos a tomar de las riendas sus cabalgaduras, mientras otro grupo se apresuraba a empujar al agua una enorme piragua que permanecía a la sombra de la mayor de las chozas.

El corazón de León Bocanegra comenzó a golpear con inusitada fuerza, no podía saber si a causa del miedo o la excitación al comprender que la estilizada embarcación, en la que tres indígenas bogaban y dos *fenéc* se limitaban a observar en silencio el paisaje, se aproximaba palada a palada a su escondite.

Cruzaron a no más de cien metros a su derecha para introducirse por un sinuoso canal, y pese a que casi al instante se perdieron de vista entre los cañaverales aún pudo escuchar el golpear de los remos contra el agua hasta que se alejaron hacia el interior del lago.

Tardó en reaccionar.

Necesitó tiempo para tomar conciencia de lo cerca que había estado de quienes habían acabado de un modo horrendo con la práctica totalidad de su tripulación, e incluso de lo cerca que había estado de quienes no dudarían a la hora de devolverle a la salina.

Dos sentimientos de signo muy contrario se apoderaron de su espíritu: la urgente necesidad de huir, y el ansia de ir tras ellos buscando una ocasión para vengarse.

La mayor parte de los seres humanos suelen ser vengativos, al igual que suelen serlo un gran número de especies animales, y el deseo de devolver centuplicado el mal que se les causa es algo que nace, crece, se reproduce y raramente muere de muerte natural, en lo más profundo de casi todos los corazones.

Pero el espíritu de conservación es de igual modo un sentimiento común a la práctica totalidad de los seres vivientes.

En especial cuando se ha estado tan cerca de la muerte como lo había estado León Bocanegra.

Meditó serenamente esforzándose por conservar la sangre fría, y a media tarde había llegado al convencimiento de que lo mejor que podía hacer era abandonar aquel peligroso lugar lo más pronto posible.

Dos *fenéc* bien armados constituían un enemigo demasiado poderoso para un hombre que no contaba con más arma que una herrumbrosa gumía.

Tenía que alejarse.

Y se alejó.

Trescientos metros.

En cuanto la proa de su embarcación embocó el canal por el que habían desaparecido los *fenéc* todas sus argumentaciones dejaron de tener valor, y en lugar de buscar una vía de escape que le llevara lejos de allí, comenzó a vadear el lago empujando su *kadeya* en pos de la estela de sus odiados enemigos.

No la encontró.

Esa noche volvió a plantearse el dilema y de nuevo llegó a la conclusión de que resultaba absurdo continuar la persecución, pero en cuanto una leve claridad se apoderó del lago, reanudó la búsqueda con idéntico afán.

El cañaveral se abría o espesaba de forma en apariencia caprichosa, pero al fin llegó a la conclusión de que los juncos podían intentar confundirle pero no así los nenúfares que aparecían abiertos o quebrados allí por donde había navegado una ancha piragua impulsada por canaletes de dura madera.

Rastreó como un perro de caza cada detalle que pudiera darle una pista, y fue así como a media mañana del día siguiente hizo su aparición ante sus ojos un pequeño islote sobre el que se elevaba un achaparrado caserón de amarillentas paredes de adobe.

Fuera del agua en la que se encontraba sumergido hasta el cuello el calor resultaba insoportable, y pese a que copudos árboles que nacían junto a sus muros proporcionaban una magnífica sombra a la edificación, no le sorprendió comprobar que no se advirtiese rastro alguno de presencia humana en cuanto alcanzaba la vista.

Tal como casi siempre sucedía, en la canícula del mediodía ni siquiera los peces osaban moverse en el interior del Chad.

Aprovechó por tanto las horas que siguieron para estudiar a fondo el lugar en que se encontraba, cerrando a menudo los ojos con objeto de memorizar cada grupo de juncos y cada detalle de la maciza construcción, así como la disposición de cada una de las piraguas que aparecían varadas en la orilla, para abrirlos de nuevo y cerciorarse de que no había cometido errores, tanto en lo que se refería a la disposición de los objetos como en la distancia que los separaba.

Los años pasados trabajando con los ojos vendados le habían acostumbrado a orientarse a ciegas, y a la caída de la tarde abrigaba la absoluta certeza de que podría moverse por los alrededores en mitad de la noche con la misma seguridad con que lo haría a plena luz del día.

El sol rozaba las copas de los árboles cuando se abrió el pesado portón para que hiciera su aparición un grupo de jóvenes nativas a las que vigilaba un *fenéc*, que sin abandonar ni un instante su espingarda tomó asiento en el primer escalón que descendía hasta el agua, y se dedicó a observarlas mientras se bañaban en la orilla.

Para León Bocanegra, que llevaba años sin mantener el más mínimo contacto con una mujer, el excitante espectáculo de casi una docena de hermosas muchachas jugueteando en el agua resultaba cuanto menos perturbador, y dicha turbación se transformó en un sentimiento harto difícil de definir, en el momento en que el *fenéc* chistó a una de ellas ordenándole que subiera hasta donde se encontraba.

Cuando la tuvo ante él la observó de arriba abajo con una especie de estudiado desprecio y fingida indiferencia, y a continuación se alzó el faldón del amplio jaique, y con un inequívoco gesto que no admitía réplica le indicó que se arrodillara.

Observar oculto entre plumeros de papiros y en el rojizo atardecer del lago Chad cómo una adolescente de pequeños pechos y negra piel muy brillante practicaba una lenta y cuidadosa felación a un hombre que continuaba empuñando impasible su espingarda sin perder de vista el resto de las bañistas, constituía una rara experiencia para la que el marino no se encontraba anímicamente preparado.

Tras las apasionadas noches de *Dáora* en las que una desconocida beduina había sabido proyectarle a las más altas cimas del placer, León Bocanegra se había esforzado por rechazar cualquier pensamiento erótico, y tan sólo en inevitables sueños que escapaban por completo a su control, había conseguido dar rienda suelta a una necesidad física natural en todo hombre adulto.

No obstante, pronto advirtió cómo en esta ocasión una parte de su cuerpo escapaba de forma ostensible al fláccido control del diminuto taparrabos de piel de ardilla, y pese a que apartó la mirada con objeto de evitar males mayores, resultó inútil puesto que las atenciones y las caricias de la joven nativa parecieron surtir mayor y más rápido efecto sobre quien se encontraba inmerso en las tibias aguas del Chad que sobre el *fenéc* a quien estaban destinadas.

Docenas de pececillos acudieron de inmediato a dar buena cuenta de las consecuencias de tamaño desastre, y por primera vez en mucho tiempo León Bocanegra lanzó un sonoro reniego y se avergonzó de sí mismo.

Cuando poco más tarde la muchacha pareció dar por concluida su tarea, el aún impasible *fenéc* pronunció una sola palabra, y sin perder un instante, las sumisas bañistas se encaminaron, como un silencioso rebaño de negras ovejas, al interior de la fortaleza.

Las primeras sombras de la noche avanzaron con rapidez sobre los cañaverales, y una profunda sensación de paz pareció querer adueñarse una vez más del lago, pero al poco las enrejadas ventanas comenzaron a iluminarse, y a través de la ancha puerta que había quedado semiabierta llegó, nítido y desconcertante, el alegre resonar de tamboriles, chirimías y panderetas.

Tamboriles, chirimías y panderetas.

Desganadas voces femeninas.

Un coro de ranas.

¡Miles de ranas!

Y centenares de gruesos sapos que parecían querer convertirse en los fagots de una desaliñada orquesta en la que cada miembro tocaba a su aire mientras los panderos cobraban en esta ocasión una tonalidad distinta, como de llanto o de lamento, o como si quienes los hicieran sonar se estuvieran golpeando con fuerza el corazón en lugar de una tensa piel de cordero.

No era una fortaleza.

Tampoco una vivienda.

Ni siquiera una cárcel.

Tras varias horas de observarla León Bocanegra llegó a la conclusión de que probablemente se trataba de una singular especie de prostíbulo o una particularísima «casa de reposo» en la que los *fenéc* intentaban reponer fuerzas y divertirse tras meses de recorrer montañas y desiertos, o adentrarse en el infierno de sal del mar petrificado.

Un islote perdido en lo más intrincado del laberinto de papiros del centro del Chad debería constituir el único lugar del mundo en que los aborrecidos traficantes de carne humana se consideraban a salvo de las acechanzas de sus innumerables enemigos, puesto que sabían mejor que nadie, que siglos de explotar hasta la muerte a miles de seres humanos les habían granjeado el odio de la mayor parte de los habitantes del continente.

Desde un punto de vista histórico, no puede asegurarse que los *fenéc* pertenecieran a un grupo étnico particular, profesaran una religión concreta, o les uniera algún tipo de ideología común, pues cuanto conformaron fue una especie de poderoso gremio cuya principal actividad se centraba en el comercio de la sal, lo cual no hubiera tenido nada de reprochable, a no ser por el hecho de que los métodos que utilizaron para conseguir su monopolio fueron los más crueles y abominables que se recuerden en un sufrido continente cuya historia rebosa de actos crueles y abominables.

Tradicionalmente se ha considerado siempre que Agadés, Kano y El-Fasher fueron, entre los siglos XIV y XVIII, los puntos geográficos en los que se establecieron las casas matrices o cuarteles generales de tan repudiable «Organización», aunque a decir verdad no existen datos fiables al respecto, de igual modo que tampoco pueden encontrarse sobre el grado de influencia que los *fenéc* ejercieron sobre los cambios políticos que tuvieron lugar durante una época tan poco documentada de una región que únicamente comenzó a ser explorada por los europeos hace poco más de cien años.

Lo que sí parece cierto —o al menos así lo aseguran las leyendas locales— es el hecho de que fue la necesidad de enfrentarse al omnipresente poder de los *fenéc* y de los cazadores de esclavos que imponían un auténtico imperio del terror por aquellos tiempos lo que provocó el nacimiento de la temida secta de los «hombres-leopardo», que en cierto modo ha conseguido sobrevivir, aunque con muy diferentes planteamientos, hasta los tiempos actuales.

Cuentan que los feroces «hombres-leopardo» no tenían en sus orígenes otro objetivo que el de vengarse de sus opresores aprovechando para ello las tinieblas de la noche y el anonimato que les proporcionaba ocultarse bajo la piel del más sagaz y escurridizo de los habitantes de la selva, puesto que en «hombre-leopardo» podía convertirse un frágil anciano al que le habían arrebatado a su hijo, una amargada esposa a la que le habían dejado sin marido e incluso un valeroso adolescente cuyos hermanos se veían abocados a morir de sed en el interior de una ardiente salina.

Bastaba con disfrazarse de fiera moteada y acechar al borde de un camino para desgarrar con saña el cuello de su víctima sin más ayuda que una vieja zarpa disecada.

El disfraz y el arma dormían luego en lo más profundo de un hoyo cavado en el corazón del bosque, de donde no volverían a surgir hasta que su dueño decidiera que había llegado el momento de salir a la caza de un nuevo enemigo.

Por desgracia —y como casi siempre suele ocurrir— con el paso del tiempo llegó un momento en que ese enemigo no fue ya un odiado *fenéc*, sino más bien alguien que no había cometido otro delito que pertenecer a una etnia diferente o seducir a la mujer equivocada.

De cazadores de asesinos los «hombres-leopardo» pasaron a convertirse a su vez en crueles asesinos, pese a lo cual no conviene olvidar que en un principio hicieron gala de su valor y una decisión a toda prueba.

Y sin él mismo saberlo León Bocanegra comenzaba a comportarse ahora como ellos, pese a que no contara con una moteada piel bajo la que esconderse.

Su piel seguían siendo el lago y sus cañaverales.

Noche cerrada ya, se deslizó sin agitar las aguas hasta el desembarcadero natural del islote, y tras permanecer largo rato al acecho, salió a tierra reptando con el sigilo y la paciencia de un camaleón, hacia el amplio portalón de entrada.

Debía encontrarse a unos diez metros de los primeros escalones cuando le llegó, superponiéndose con fuerza a los olores propios del entorno, un inequívoco hedor a sudor rancio y azafrán que su mente asoció de inmediato a la idea de *fenéc*.

Por qué razón las mujeres beduinas eran tan sumamente aficionadas a teñirse las manos con azafrán era algo que León Bocanegra jamás conseguiría averiguar, pero lo cierto era que su penetrante e inconfundible olor acababa por impregnarles la piel fijándose con el tiempo en todo aquello con lo que mantenían un frecuente contacto.

Olía a azafrán.

¡Apestaba a *fenéc*!

Cerró los ojos, giró apenas el rostro para captar el punto exacto del que provenía la suave brisa nocturna, aspiró profundo y llegó a la conclusión de que un centinela permanecía acurrucado en el rincón más próximo del dintel de la puerta.

Se concentró en aquel punto, abrió un instante los ojos, volvió a cerrarlos para analizar la imagen que durante décimas de segundo permanecía grabada en su retina por la tenue luz de las estrellas, y no le cupo duda de que el confuso bulto era un ser humano que mantenía su arma terciada sobre las rodillas.

Aguardó paciente puesto que le constaba que él no apestaba.

Inmerso como solía estar largas horas en un agua de la que acababa de emerger, su cuerpo no había tenido tiempo de sudar, por lo que, aplastado sobre el barro, lo único que conseguiría delatarle sería un ruido o un brusco movimiento.

Se deslizó por tanto con tan desesperante lentitud que tardó casi una hora en llegar hasta los mismos pies de su enemigo.

Por fin, como una sombra nacida de los abismos del infierno, se puso en pie de un salto para cercenarle de un solo golpe la garganta al tiempo que le tapaba la boca con la mano, consiguiendo así que ni las estrellas llegaran a darse cuenta de que un ser humano había pasado en fracciones de segundo del mortal aburrimiento al olvido total.

Permaneció muy quieto, escuchando los rumores de la noche, y al poco, con idéntica paciencia, ¡qué importante podía ser en ciertos momentos la paciencia!, arrastró el cadáver hasta acomodarlo en el interior de una de las piraguas.

Por último se apoderó de la espingarda que colocó junto al muerto, liberó las amarras y se alejó arrastrando tras sí las embarcaciones para desaparecer definitivamente en el intrincado laberinto de los cañaverales.

Al amanecer había desnudado ya el cadáver para sumergirlo en el lodo, lastrándolo de forma tal que juncos, cañas y nenúfares no le permitieran volver a emerger bajo ninguna circunstancia.

Más tarde hundió de igual modo las piraguas dedicando todo su esfuerzo a poner a punto el delicado mecanismo de disparo de la espingarda, sin dejar por ello de espiar las idas y venidas de los *fenéc*.

Pero ni un solo *fenéc* fue ni volvió durante toda la mañana, por lo que llegó a la conclusión de que nadie debía de haberse percatado aún de lo ocurrido.

Al mediodía le venció la fatiga.

Dormitó a la sombra de los papiros, tumbado sobre su frágil embarcación, con un ojo cerrado y otro semiabierto, siempre atento a la menor señal de peligro, pero resultó evidente que durante aquellas tórridas horas de canícula hasta el último ser viviente entraba en un angustioso letargo.

Horas más tarde, el primer cormorán que al fin se dejó caer de una rama hundiéndose como una flecha en la quieta superficie de las aguas ejerció las funciones de despertador oficial de la fauna del lago que comenzó a desperezarse con evidente desgana.

No lejos de allí, en la depresión de Aziza, hacia el nordeste y ya en pleno desierto libio, se registraban año tras año y desde hacía siglos, las temperaturas más altas del planeta, por lo que no era de extrañar que en aquellos días de mediados de agosto, incluso las aves del Chad, habituadas a los más terribles rigores, se mostraran perezosas.

No obstante, con la primera luz oblicua, León Bocanegra se encontraba ya en su puesto, y no mucho más tarde, con el cielo surcado por millares de vivas flechas multicolores, la gran puerta se abrió y el grupo de muchachas de la tarde anterior corrió hacia el agua riendo y alborotando.

Les seguía un adormilado *fenéc* que se detuvo un instante en el umbral, lanzó un sonoro bostezo y comenzó a descender sin prisas los escalones.

De pronto se detuvo, lanzó una amplia mirada a su alrededor buscando las piraguas, y fue ése el último gesto consciente de su vida, puesto que de entre los cañaverales surgió una gruesa bala que le alcanzó en el centro del pecho para tumbarlo sobre la escalinata, donde comenzó a chillar y gesticular lanzando coces al aire.

De inmediato León Bocanegra sumergió la punta de la espingarda en el agua para evitar que la columna del negro humo que pretendía surgir por el extremo del cañón le delatara, y se agachó instintivamente.

Los gritos del moribundo y el estampido del arma se adueñaron del lago asustando a las aves, y a todo ello se unió como un eco los histéricos aullidos de terror y las carreras y aspavientos de las muchachas.

No obstante, al comprobar que su guardián se agitaba en las últimas convulsiones de la agonía para acabar por quedarse muy quieto mirando sin ver, media docena de ellas se apresuraron a alejarse nadando con desesperación para perderse de vista en la espesura.

El resto optó por regresar a toda prisa al interior del edificio.

Casi de inmediato el grueso portalón de pesada madera se cerró tras ellas y pocos segundos después una mirilla se abrió para que un par de ojos atisbaran ansiosos hacia el exterior.

León Bocanegra ni se movió.

Nada se movió.

Tras unos cortos y agitados minutos de desconcierto, la quietud regresó al Chad hasta que cerró la noche.

Pero fue aquélla una noche sin tamboriles, chirimías, ni panderetas.

Tumbado sobre su minúscula *kadeya* León Bocanegra dejó pasar las horas atento a cuanto pudiera ocurrir en el islote, al tiempo que analizaba lo que sentía por el hecho de haber asesinado a dos hombres.

Al poco descubrió que a decir verdad parecía haberle invadido una profunda sensación de paz, o un bienestar de difícil definición, como si las sumarias ejecuciones en las que había actuado al propio tiempo de acusador, juez y verdugo no fueran más que una lógica terapia que venía necesitando.

La rabia tanto tiempo contenida y el odio que le reconcomía las entrañas habían reventado como un quiste maligno que le hubiera estado presionando en exceso el corazón, e incluso le asaltó la sensación de que respiraba más a gusto al haberse liberado de un sordo dolor del que tal vez ni siquiera se había percatado.

Muy pronto cayó en la cuenta de que no le remordía

en absoluto la conciencia y ni siquiera se planteaba que lo que acababa de hacer fuera o no lícito, puesto que aquellos abominables verdugos merecían un fin mil veces más cruel que el que les había proporcionado, y de lo único que podía estar seguro era de que ya no volverían a causar más sufrimientos a ningún otro desgraciado.

A su modo de ver, matar *fenéc* no podía considerarse un crimen, ni aun tan siquiera un acto de venganza.

Matar *fenéc* era más bien una necesidad o un acto de justicia.

Ahora, lo único que tenía que hacer era conservar la calma.

Tener paciencia.

Y habían sido aquellos mismos *fenéc* los que en cierto modo le habían enseñado a ser paciente.

No tenía idea de cuántos podían encontrarse en el interior del fortín, ni qué estaría pasando en aquellos momentos por sus mentes, pero lo que sí sabía era que había conseguido atraparlos en el lugar idóneo para plantarles cara.

Un hombre solo y sin más arma que una gumía y una espingarda no constituía a decir verdad un ejército digno de tal nombre ni en exceso temible, pero resultaba evidente que al igual que él, sus enemigos carecían de datos fidedignos sobre el número y la calidad y cantidad del armamento de quienes les asediaban.

Ni por lo más remoto se les ocurriría que se trataba de un solitario superviviente de las salinas, y León Bocanegra se había propuesto que llegaran a la errónea conclusión de que un grupo de aguerridos *kokotos*, o incluso de escurridizos *budúmas* habían decidido poner fin de una vez por todas a tantos años de soportar tiranías y sufrimientos.

Desde el limitado punto de vista de los *fenéc*, diez, veinte o quizá cientos de salvajes podían ocultarse entre el intrincado mar de cañas que se perdía de vista en la distancia, aguardando a que alguno de ellos tuviera la osadía de atravesar el umbral de aquella puerta para ser víctima de un certero disparo.

Ninguno la atravesó.

Cuando al día siguiente el sol cayó a plomo, un nuevo olor, pegajoso y repugnante, invadió el ambiente, pero pese a ello, ni la más hambrienta ave de rapiña hizo su aparición en el cielo acudiendo al reclamo de la fácil pitanza de un cadáver en rápida putrefacción, puesto que incluso para los buitres el lago Chad había constituido desde siempre un lugar deleznable al que no valía la pena aproximarse.

Poca carroña solía encontrarse en una región en la que los cadáveres de sus únicos habitantes apetitosos –hipopótamos y cocodrilos– se iban al fondo o permanecían ocultos por jacintos y nenúfares, y en la que la mayor parte del tiempo un espeso manto de calima dificultaba la visión desde grandes alturas.

Tampoco se aventuraban en sus aguas las hienas o los chacales, y debido a ello tendrían que ser sus propios gusanos los que a base de trabajo y paciencia dieran buena cuenta del difunto.

Y mientras tanto hedía.

¡Dios de los cielos, cómo hedía!

Sin la más mínima brisa que agitara tan siquiera una pluma y unos rayos de sol que aplastaban el cielo contra la tierra, la pestilencia se iba extendiendo en torno al *fenéc* como un gas letal que se deslizara sibilinamente sobre la tersa superficie del agua, obligando a los seres vivientes a alejarse del inconfundible perfume con que le gustaba acicalarse a La Muerte.

Nadie estuvo nunca tan muerto como aquel miserable espatarrado sobre los toscos peldaños de una corta escalinata.

Y nadie estuvo tan justamente muerto.

Con la llegada de las ansiadas sombras, León Bocanegra se ayudó de delgados juncos para afirmar el arma sobre un grupo de cañas de tal forma que apuntara directamente al cadáver.

Luego esperó.

¡Horas!

El tiempo seguía sin tener valor alguno en aquel rincón del planeta.

Un gajo de luna, la luna del islam, hizo su aparición sobre las copas de los árboles tal vez con la morbosa intención de echarle un vistazo al muerto.

El hedor aumentaba y nada, nada más que aquel minúsculo remedo de la luna y algún que otro murciélago llegado de muy lejos, se movía.

Ranas y sapos llevaban horas entonando sus cánticos pese a que en esta ocasión los seres humanos hubieran desistido de acompañarles.

Un pez chapoteó muy cerca.

Un joven saurio cruzó en busca de posibles aventuras amorosas.

La luna perdió interés por el cadáver y continuó su viaje hacia muy distintos paisajes.

Cuando al fin desapareció por el oeste, León Bocanegra cerró los ojos, ladeó la cabeza y concentró toda su atención en los sonidos que pudieran llegar del islote.

Por fin, algunas ranas dejaron de cantar.

Algo las había asustado.

El chirrido de los goznes de una puerta.

En un mundo tan primitivo un ruido semejante bastaba para alarmar a sus habitantes.

León Bocanegra aguardó unos minutos y por último extendió la mano y apretó suavemente el gatillo.

A la explosión siguió, como un eco, un alarido de dolor, y uno de los *fenéc* que alzaba el cadáver de su compañero con intención de arrojarlo al agua, soltó su carga y corrió, lanzando maldiciones hacia el interior del edificio.

Sus compañeros le imitaron, se escuchó un sonoro portazo y León Bocanegra sonrió por primera vez en años llegando a la conclusión de que por esa noche podía dedicarse a dormir a pierna suelta.

A la mañana siguiente un extraño pajarraco, un cálao de enorme cabeza, grueso pico y cómica cresta, se dedicaba a picotearle los ojos al difunto.

Al parecer no le interesaba su carne; sólo sus ojos, y cuando se los hubo arrancado y devorado como si se tratara de un par de uvas demasiado maduras, dio unos cuantos saltos, lanzó un chirriante graznido y se alejó a ras de los plumeros.

Durante los tres días que siguieron no ocurrió absolutamente nada digno de mención.

Era como si se estuviera jugando una silenciosa partida de ajedrez sin tiempo límite, en la que cada contendiente estuviese esperando que su rival se decidiera a mover una pieza.

Asediados y asediante daban muestras de idéntica paciencia.

Resultaba evidente que tanto uno como otros poseían nervios de acero y parecían dispuestos a no dar un solo paso en falso.

Por fin, al atardecer de ese tercer día algo comenzó a moverse.

¡El viento!

Un abrasador viento del nordeste iba ganando fuerza a medida que avanzaba la noche, agitaba las aguas, inclinaba las cañas y arrancaba la emplumada cabeza a los papiros.

León Bocanegra entendió muy pronto que ya no luchaba solo.

Aquel furioso *harmattán* que avanzaba desde lo más profundo del desierto libio, empujando ante sí una nube de polvo que casi impedía la visión, acudía en su ayuda.

Abandonó su refugio, y arrastrando tras sí la frágil embarcación, luchó contra el viento buscando la protección del muro de espesura, hasta alcanzar un punto, a poco más de media milla del islote, que se le antojó perfecto.

Desde allí, con un ancho canal de aguas libres a la espalda, distinguía a duras penas una inmensa extensión de juncos que se extendía, como una inclinada alfombra, hasta casi los mismos muros del amarillento edificio.

Tras aguardar tan sólo unos minutos, colocó entre

las cañas un pequeño montón de hojas muy secas recubiertas de pólvora y les disparó a bocajarro.

Prendieron como yesca, y casi instantáneamente el fuego se propagó a todo lo largo y lo ancho del cañaveral, para que altas llamas corrieran empujadas por el viento en dirección al islote.

En cuestión de minutos, aquella remotísima región del corazón del continente negro se convirtió en un infierno aún peor de lo que lo había sido hasta ese instante.

Fuego y un humo denso y asfixiante era cuanto podía distinguirse en derredor, sin más sonido que el crepitar de la reseca vegetación al consumirse y el alocado aletear de garzas, patos, cormoranes, marbellas y pelícanos que emprendían una desesperada huida.

León Bocanegra observó el muro de fuego que corría hacia el oeste, y tras meditar largamente llegó a la conclusión de que la consumación de la venganza era algo que quizá ayudaba a sentirse un poco menos desgraciado, pero en nada contribuía a sentirse mucho más feliz.

Se sentía solo.

Dolorosamente solo.

La soledad venía siendo una constante en su vida desde hacía ya demasiado tiempo, pero ahora, a medida que se alejaba de la columna de humo que se diluía en el aire para adentrarse de nuevo en la inmensidad de un lago que parecía haberse convertido en una maldición, a esa soledad se unía la sensación de culpa, multiplicando por mil la angustia de saber que no contaba, ni contaría nunca quizá, con otra ayuda ni más consuelo que el que fuera capaz de proporcionarse a sí mismo.

Acudieron a su memoria las jóvenes nativas que había visto bañarse, y no pudo por menos que preguntarse cuántas de ellas habrían muerto en el terrible incendio que arrasara su «hogar».

¿Qué culpa tenían ellas?

¿Por qué razón se habían visto obligadas a pagar con la vida por los sufrimientos de un extraño?

¿Acaso no constituía suficiente castigo servir de diversión a unos seres crueles y abominables, para tener que acabar como achicharradas víctimas de una venganza que en nada les atañía?

León Bocanegra nunca había considerado un crimen asesinar *fenéc*.

Ni siquiera lo consideraba una falta o un pequeño delito.

Pero provocar que un puñado de inocentes criaturas tuvieran una muerte tan horrenda, sí era algo que le obligaba a sentir una profunda amargura.

Y amargura y soledad jamás habían sido buenas compañeras de viaje.

¿Qué viaje?

A menudo, en las duermevelas de los desesperantes mediodías se cuestionaba las razones por las que se había empeñado en emprender tan absurdo periplo hacia un incierto destino, y cuando –cada vez con más frecuencia– le flaqueaban las fuerzas, tardaba horas en recuperar la fe y decidirse a reiniciar la marcha rumbo al sur.

Rumbo al mar.

¡El mar!

¡Cómo le consolaba soñar con un mar limpio y azul, y cómo le entristecía comprobar que cada mañana despertaba flotando sobre un agua grisácea y lodosa!

¡Cuánto hubiera dado por escuchar de nuevo la amada sinfonía de una furiosa ola rugiendo al chocar contra la amura de babor del *León Marino* mientras un viento frío cantaba en los obenques!

Necesitaba hablar con alguien.

Estaba cansado de escucharse murmurando largas frases sin sentido o tatareando en apenas susurros viejas canciones que antaño le parecían alegres y en aquellos momentos se le antojaban trágicamente idiotas.

A ratos, ¡demasiados!, abrigaba el convencimiento de que en realidad había emprendido un imparable viaje sin retorno hacia la locura.

El Níger no existía.

El océano tampoco.

No obstante, un caluroso amanecer descubrió, perplejo, que había comenzado a flotar sobre aguas profundas.

Sin saber cómo ni por qué la frágil e inestable *kadeya* se había adentrado durante la noche en una zona del lago en la que el fango se encontraba a casi veinte metros bajo una superficie a la que no podían aflorar ni cañas, ni papiros.

Era un remedo de mar.

Un sucio y triste mar sobre el que soplaba una ligera brisa que le empujaba hacia un vacío horizonte ilimitado en el que ya no proliferaban los peces ni anidaban las aves.

Le invadió una extraña mezcla de gozo y miedo; gozo por el hecho de que había dejado atrás una difícil etapa de su andadura, y miedo ante el convencimiento de que en el centro del lago se encontraba a merced de sus enemigos, y de un desnudo sol que podía muy bien derretirle el cerebro.

¿Cuánto tiempo llevaba sin avistar una nube?

¿Seguían existiendo?

¿Habían existido alguna vez?

No en el centro del Chad probablemente.

Se deslizó hasta el agua, le sorprendió comprobar que

podía patalear sin rozar el fondo, y le asaltó el temor de que en aquel lugar, mucho menos abundante en pesca, los cocodrilos hubiesen adquirido diferentes costumbres y no pusieran el más mínimo reparo a la hora de desayunarse con una apetitosa pierna de hombre blanco.

No obstante llegó a la conclusión de que el peligro que corría quedándose a merced del sol era infinitamente mayor del que pudieran significar todos los saurios del continente, por lo que se limitó a aprovechar lo más posible la escasa sombra que le proporcionaba la *kadeya* aferrándose a ella para que el viento continuara empujándole.

La noche la pasó a bordo, al amanecer distinguió la línea de altos árboles de la orilla, y al oscurecer del siguiente día puso el pie en tierra, destrozó a golpes la frágil embarcación que tan buenos servicios le había prestado y se adentró en la espesura.

Se sintió extraño.

Y vulnerable.

Se había habituado de tal forma a la protección de los juncos y a la seguridad que le brindaba el agua, que saber que se movía ahora sobre suelo firme y la vegetación no constituía ya el muro impenetrable del espeso cañaveral, le obligaba a considerarse casi desnudo frente a los infinitos peligros de un mundo hostil del que lo ignoraba todo.

La selva, húmeda y caliente, olía a libro viejo.

Le asaltó la sensación de que desde cada punto de las tinieblas le acechaba una fiera, pero lo que más le confundió –y casi le aterrorizó– fue descubrir que ya no existían las estrellas.

Criado en el mar desde que tenía memoria, viajero más tarde del desierto y de un lago en el que apenas crecían árboles, eran las copas de los árboles las que ahora se le venían encima, agobiándole, puesto que le impedían la visión de quienes habían marcado todos los rumbos de su vida.

¿Cómo se podía vivir sin la ayuda de las estrellas?

¿Cómo podía un ser humano saber qué lugar estaba ocupando sobre la superficie de la tierra si en el momento de alzar la mirada no descubría en qué lugar exacto del firmamento se encontraba la Osa Mayor?

Era tanto como haber perdido de pronto mil millones de amigas.

Frías, lejanas y silenciosas, pero amigas.

Fieles amigas.

Contaban las leyendas que cada estrella solitaria no era más que el alma de un marino ahogado, y cada constelación un navío naufragado que al subir al cielo se quedaba allí, siempre en el mismo punto, para marcar los rumbos y evitar que otros marinos tuvieran de igual modo tan trágico destino.

Y contaban las leyendas que las estrellas fugaces no eran más que el alma de los hombres de mar recientemente fallecidos, que corrían a ocupar su puesto en el firmamento con el fin de evitar nuevas desgracias.

Ahora no contaba con marinos muertos que pudieran ayudarle.

Aunque, volviendo la vista atrás, descubría que en poco le habían ayudado en los últimos años.

No le avisaron a tiempo de la proximidad de la galerna, no evitaron que el *León Marino* embarrancara y no movieron un dedo para impedir que otros muchos buenos hombres de mar murieran.

Su única colaboración se había limitado a seguir recordándole el punto del planeta en el que se encontraba, tan lejos de casa, tan lejos de todo, que a fuer de sinceros en lugar de animarle le hundía cada vez más en la desesperación y la impotencia.

Calculaba que algo más de mil millas debían separarle de la costa más próxima, si es que era cierto que el golfo de Guinea se encontraba en el punto en que las dudosas cartas marinas de la zona, que alguna vez cayeron en sus manos, aseguraban que se encontraba.

Mil millas de pie y sin la colaboración de unas estrellas que le permitieran seguir un rumbo fijo, se le antojaba una distancia insalvable incluso para alguien que, como él, estuviera dispuesto a dar la vida con tal de evadirse de la gigantesca cárcel en que le habían confinado.

Nunca se había considerado una lumbrera en cálculos, pero aún así llegó a la conclusión de que, contando con imprevistos y desvíos, tendría que dar por lo menos cincuenta millones de pasos antes de conseguir avistar el mar, si es que algún día lo avistaba.

¡Cincuenta millones de pasos!

¿Se sentía con ánimos como para dar ni siquiera el primero?

Cincuenta millones de pasos significaban cincuenta millones de huellas que iría dejando a sus espaldas y que delatarían de un modo inequívoco su presencia a un sinfín de peligrosos enemigos.

¿Cómo evitarlo?

Tomó conciencia de que resultaba primordial impedir que algún salvaje llegara a la conclusión de que un extraño descalzo y solitario rondaba por las proximidades constituyendo un candidato idóneo a la hora de servir de almuerzo a toda una tribu de feroces caníbales.

Durante las tediosas travesías del océano era costumbre matar el tiempo charlando sobre todo lo humano y lo divino, y le venían a la memoria los estremecedores relatos de un viejo contramaestre, antiguo negrero en las costas africanas, que no dudaba en asegurar, jurándolo sobre la Biblia, que más de un compañero de fechorías había acabado dando vueltas en un espetón como el mejor cebado de los cerdos.

Con demasiada frecuencia y un malsano regodeo, solía hacer referencia a las orgías de sangre de los nativos del reino de Benin, y lo que León Bocanegra tenía muy claro es que no tenía nada claro dónde demonios se encontraba aquel terrorífico reino.

Quizá sus fronteras nacieran a cien metros de la orilla del Chad, o tal vez comenzaran a mil días de camino, nadie podría asegurarlo, pero lo que tampoco nadie podría confirmar era si tan nefastas costumbres se habían extendido o no a los nativos de la vecindad.

«Saltar de la sartén para caer al fuego» habían sido en cierta ocasión las palabras de Sixto Molinero.

Ése parecía ser su triste destino en los últimos tiempos, y en ello acabarían sus andanzas, a no ser que aprendiera a convertirse en camaleón de selva después de tanto tiempo de haber sido camaleón de agua.

Tenía que aprender a conocer el mundo al que había llegado casi tan bien como había conseguido conocer el mundo que acababa de dejar atrás, razón por la cual la primera pincelada de claridad del alba le sorprendió en lo alto de un gran árbol y oculto en un punto desde el que dominaba gran parte del lago, aguas adentro.

Cantó una alondra.

O al menos a León Bocanegra se le antojó una alondra, aunque le resultara imposible distinguirla, y no tenía la menor idea de si en aquel rincón del planeta existían o no las alondras.

Fuera lo que fuera, sonaba esperanzador en la quietud de una selva que había quedado en absoluto silencio poco antes, como si sus escandalosos pobladores nocturnos se impusieran a sí mismos una tregua ante la cercana llegada del amanecer.

Y fue un amanecer tranquilo, fresco y perfumado, con la superficie del lago agitándose apenas bajo una suave brisa, y una niebla algodonosa que se alejaba de las copas de los más altos árboles con el mimo y la coquetería con que una apasionada amante rompería el abrazo que la mantenía unida al hombre deseado.

Algunas sombras se movían.

Somnolientos antílopes se aproximaban, como desperezándose, a abrevar en el lago, pequeñas zancudas grises correteaban por las orillas picoteando el fango aquí y allá, y una numerosa familia de flamencos alzó el vuelo a lo lejos dirigiéndose directamente hacia donde el hombre los observaba, para cruzar sobre su cabeza y desaparecer rumbo al oeste.

Al alba casi todos los paisajes suelen ser muy hermosos, al igual que suelen serlo, de muy pequeños, casi todos los niños.

Luego, por desgracia, las cosas cambian.

Los niños crecen, se hacen hombres y roban, violan y asesinan. El sol toma altura en el horizonte, abrasa la tierra, y bajo esa luz y ese calor sus criaturas comienzan a devorarse las unas a las otras.

Tenía que aprender cómo lo hacían.

Para León Bocanegra el mundo en el que acababa de poner el pie era como un nuevo planeta y sabía que si pretendía sobrevivir en él, lo primero que tenía que hacer era estudiarlo en profundidad.

Empleó en ello casi un mes.

Un mes durante el que apenas se movió del entorno del borde del lago observando –con el afán y el interés de quien sabe que le va la vida en ello– cada bestia y cada planta; cada movimiento y cada hábito; cada horario y cada ritual; cada forma de cazar y cada forma de morir, con aquella especial capacidad que había aprendido a desarrollar en los últimos tiempos, de retener hasta el más mínimo detalle de cuanto ocurriera a su alrededor.

El cerebro humano es un insondable misterio que tanto más insondable se vuelve cuanto más se profundiza en sus misterios, por lo que el propio León Bocanegra llegó a sorprenderse a sí mismo al descubrir insospechadas dotes de percepción y análisis en alguien cuya vida había transcurrido con monótona normalidad dentro de los límites de un barco, el mar, la navegación y sus muy concretas circunstancias.

Siempre se había considerado un sencillo hombre de oficio; un buen profesional que parecía haber mamado leche de vaca marina, y en cuyo historial no podía apuntarse otra mancha que la de no haber previsto que la peor de las galernas podría sorprenderle en el peor de los puntos y en el peor de los momentos.

De ahí que jamás se viera en la necesidad de explorar otros aspectos de su mente.

Pero a partir del momento mismo del naufragio la perentoria necesidad de sobrevivir comenzó a abrir en su cerebro herrumbrosas puertas y escondidas ventanas; puertas y ventanas que venían a demostrar que hasta entonces tan sólo había estado habitando la más mísera estancia de un fastuoso palacio en el que se sucedían los luminosos salones, las íntimas alcobas y los recargados gabinetes.

Cada día era por tanto un día de entusiasta exploración o profundas reflexiones, puesto que de lo que se trataba era de trazar un minucioso plan que le permitiera alcanzar su lejano objetivo sin perder la vida o la libertad en la aventura.

Cincuenta millones de pasos a través de un salvaje continente inexplorado no podían darse a ciegas.

¡Ni tan siquiera uno, si lo que estaba en juego era todo cuanto se poseía!

La vida.

La primera obligación de todo cerebro es ingeniárselas para continuar siendo irrigado lo mejor posible, y a ese respecto el cerebro de León Bocanegra estaba poniendo en el empeño lo mejor de sí mismo.

Fue de ese modo, tras mucho meditar y darle vueltas, como creyó haber encontrado una fórmula para evitar que las huellas que irremediablemente se vería obligado a dejar a sus espaldas fueran la principal causa de su perdición.

Al día siguiente comenzó a tallarse unas sandalias de madera de *ambáy*, que se le antojó la más ligera, resistente y manejable de cuantas podían encontrarse por los alrededores.

Las sujetó con tiras de piel de las gacelas que solía cazar de tanto en tanto con ayuda de un rústico arco y la pesada lanza que se había fabricado aprovechando la barra de hierro, y tras calzárselas y comprobar su comodidad, dio unos pasos sobre tierra blanda para estudiar con detenimiento las marcas que dejaban.

No pudo por menos que sonreír satisfecho.

Las huellas destacaban claras, profundas e inconfundibles, y quienquiera que las encontrara en su camino llegaría de inmediato a la conclusión de que un hombre adulto y más bien corpulento había pasado por allí.

Pero en cuanto intentara seguirle con el fin de capturarle estaría cometiendo una cómica equivocación, puesto que cuanto más apresuradamente le persiguiera, con mayor rapidez se estaría alejando de su presa.

León Bocanegra había empleado mucho tiempo, mucha astucia y mucho esfuerzo a la hora de tallar la suela de sus sandalias, de tal forma que la puntera tuviera forma de tacón, el tacón de puntera, el pie izquierdo pareciese el derecho, y el derecho, izquierdo.

De ese modo confiaba en que un supuesto «cazador» que no le hubiera visto en persona llegara a la errónea conclusión de que su víctima se estaba dirigiendo al punto del que en realidad venía, o venía del punto hacia el que a decir verdad se estaba dirigiendo.

Luego, si lo deseaba, León Bocanegra no tenía más que dar la vuelta a las sandalias para atárselas en sentido contrario y conseguir de ese modo que durante un cierto período de tiempo pareciese que se encaminaba hacia su verdadero destino, con lo cual esperaba confundir aún más a sus presuntos perseguidores, que acabarían por no tener la más remota idea de hacia dónde deberían encaminar sus pasos si pretendían atraparle.

«¿Va o viene?» No podrían por menos que preguntarse los salvajes. «¿Cuándo va o cuándo viene?»

Acudió a su memoria aquella humorística descripción que solía hacerse de los gallegos, de los que se aseguraba que nunca se sabía si estaban subiendo o bajando una escalera, y le divirtió pensar que en cierto modo estaba ejerciendo de gallego en mitad de un paisaje que nada tenía que ver con verdes praderas o húmedas montañas.

Su paisaje actual era una selva no demasiado extensa, que pronto dejaba paso a monótonas sabanas de alta hierba salpicada de acacias a las que sucedían caprichosamente nuevas manchas de selva e incluso algún que otro pedazo de desnudo desierto, hasta el punto de que cabría sospechar que aquella perdida región fronteriza no acababa de tomar una decisión sobre sí misma, eligiendo convertirse en punto de transición entre el árido norte y el lujurioso sur del continente.

Sus gentes, ¡pocas gentes había alcanzado a distinguir hasta el presente!, eran en su mayor parte negros desnudos de apariencia terriblemente primitiva, aunque en un par de ocasiones avistó a un grupo de jinetes que recorrían sin prisas la orilla del lago luciendo largos jaiques parduscos que nada tenían que ver con las níveas ropas de los odiados *fenéc*.

León Bocanegra no tenía razón alguna para saberlo, pero ya por aquel entonces podía considerarse al Chad no sólo el centro geográfico del continente, sino también el punto de inflexión en el que coincidía el norte blanco, mahometano y civilizado, y el negro sur, animista y salvaje.

Eso significaba que de igual modo podía caer en manos de un traficante de esclavos que no se lo pensaría a la hora de venderlo al mejor postor, como de un hambriento caníbal, y en las fauces de un león, que en las garras de un leopardo. Estos últimos nunca se dejarían engañar por el truco de las huellas, y en cuanto olfatearan su rastro lo seguirían en la dirección correcta para saltarle encima sin preocuparse de cómo llevaba puestas en esos momentos las sandalias.

Pero había algo que había conseguido aprender durante su detenido estudio del entorno; algo que se le antojó de suma importancia: tanto los leones como los leopardos aborrecían a las cojitrancas hienas.

Por lo que había podido comprobar, no soportaban su presencia, intentaban siempre alejarlas amenazándolas e incluso persiguiéndolas, y tan sólo cuando su número aumentaba y resultaba evidente que no podían hacer nada por librarse de ellas, optaban por alejarse refunfuñando y «maldiciendo».

Su olor les enervaba.

Aquel rancio hedor a tripas putrefactas, carne corrompida y muerte vieja sacaba a las fieras de sus casillas, y eso fue lo que le proporcionó la idea de matar tres hienas, arrancarles la piel y hacer con ellas un atillo con el que rozar de tanto en tanto ramas, piedras y matojos, por lo que cuando al fin emprendió la marcha, lo hizo convencido de que ni leones ni leopardos seguirían nunca su rastro.

Aun así, antes de dar siquiera un paso, se cercioró muy bien de cómo hacerlo.

Alcanzó el límite suroeste del bosque, se ocultó entre la maleza y pasó la mayor parte del día estudiando la llanura, con el fin de grabar en la memoria los accidentes del terreno, así como las distancias que los separaban, marcándose con absoluta precisión una ruta que le permitiera alcanzar, del modo más sencillo posible, una colina cubierta de espesa vegetación que se distinguía en el horizonte.

Aquél, y ningún otro, debía ser su destino.

Y tenía que llegar a él antes del amanecer.

Al caer la tarde bebió, comió y se preparó mentalmente como hubiera podido hacerlo un atleta al que estuvieran a punto de dar el pistoletazo de salida para una difícil prueba.

En cuanto cerró la noche cargó con sus pertenencias para echar a correr en silencio, manteniendo un ritmo preestablecido y una larga cadencia de zancada, sabiendo de antemano qué dirección debería seguir y en qué momento convenía desviarse a uno u otro lado.

Al cabo de una hora se detuvo en seco, clavó la rodilla en tierra y escuchó.

El ulular de un búho o el lejano aullido de un chacal no eran sonidos que tuvieran por qué preocuparle.

La vida nocturna de la sabana seguía su curso sin prestar excesiva atención al paso de un bípedo que apestaba a hiena y corría en dirección opuesta a la que sus huellas señalaban.

Aún faltaba mucho para el amanecer cuando coronó resoplando la colina, y pese a que se sentía con fuerzas como para recorrer algunos kilómetros más, se limitó a buscar un escondite y aguardar el nuevo día.

No tenía prisa por llegar a parte alguna, y adonde de momento tenía que llegar, ya había llegado.

Control sobre sí mismo y una férrea disciplina eran en su caso armas mucho más eficaces que cañones o espingardas, sabedor de que en las actuales circunstancias un simple paso de más podía convertirse fácilmente en el último.

La distancia que se vería obligado a recorrer era tan exorbitante, que poca importancia tenía que empleara en ello un día más, un mes o un año.

Lo esencial era llegar. No cómo, ni cuándo.

El océano nunca se movería del lugar, fiel a su cita, y por tiempo que pasara siempre estaría allí, aguardando el regreso del más pródigo de sus hijos; el más amado también; aquel que jamás quiso aceptar otro hogar ni otra patria que un infinito y profundo azul barrido por los vientos.

El mar era su casa, y poca importancia tenía que bañara las costas de Vizcaya, Guinea o Martinica, puesto que su olor era el mismo, idéntico su sabor, e incluso la tonalidad de sus diferentes melodías cuando el viento jugaba a tocar el arpa con las jarcias o el agua el tambor con el casco.

El mar era más viejo que la tierra, que las sabanas, los desiertos o los bosques, y sería un millón de años más viejo cuando de aquellas sabanas, aquellos desiertos o aquellos bosques no quedara ya ni el más leve recuerdo.

El mar, pese a las galernas, seguía siendo su amigo.

Y a los brazos de ese amigo acudía sin angustias ni agobios, aferrado a la idea de que en aquellos momentos no tenía que ser hombre de mar, sino de tierra adentro, tan adaptado al paisaje circundante que llegara a creerse que formaba parte esencial de ese paisaje. Arbusto entre los arbustos, matojo entre los matojos, montón de tierra y pasto en la sabana, o duna entre las dunas del desierto.

Ningún amanecer le sorprendió fuera de un seguro refugio, ningún rayo de sol consiguió herirle el rostro, y ninguna luna llena le vio pasar de largo.

Tan sólo las estrellas sabían de sus andanzas cuando se veía en la obligación de atravesar por campo abierto, pero incluso entonces no era más que una forma inconcreta; una sombra fugaz, apenas un susurro entre la maleza que muy bien podría confundirse con un soplo de viento.

Y así día tras día, noche tras noche, semana tras semana.

En ocasiones avistaba a lo lejos diminutas aldeas, solitarios pastores, niños que jugaban, o grupos de mujeres cargadas con grandes cántaros y haces de leña, e incluso una calurosa mañana asistió de lejos al paso de una larga caravana de camellos cargados de bloques de sal a cuyo frente marchaban dos *fenéc* de impresionante aspecto.

Luchó contra la tentación de abatirlos.

No era tiempo de venganza.

Vencer todas las adversidades y sobrevivir sería siempre su más dulce venganza.

Cazaba –casi siempre con arco– piezas pequeñas: antílopes, gacelas, alguna que otra liebre, e infinidad de aves; saqueaba los nidos que encontraba a su paso, y en muy escasas ocasiones pasó penurias en lo que al agua se refiere.

Jamás encendió fuego.

El fuego seguía siendo un lujo que no podía permitirse, y en cierto modo se había hecho a la idea de que su destino era seguir comiendo crudo.

Cada día se encontraba más fuerte.

Delgado, fibroso, ascético y dotado de una sobrehumana capacidad de resistencia, era muy capaz de correr durante toda la noche sin alterar el ritmo, como un autómata que ni siquiera se viera en la necesidad de enviar órdenes a unas piernas que parecían vivir su propia vida.

Su vista y su oído se agudizaron hasta límites insospechados, y con harta frecuencia se quedaba muy quieto, observando y escuchando, sin perder un solo detalle de cuanto ocurría a su alrededor.

La inquietud de las cebras, el vuelo de los buitres, o el canto de las avutardas le iban poniendo al corriente de los acontecimientos del bosque o la sabana, y llegó un momento en que le bastaban unos lejanos rugidos para delimitar la zona por la que merodeaba una familia de leones a la que convenía evitar dando un rodeo.

Por lo general a esos leones les gustaba sentar sus reales en un amplio territorio muy concreto del que no les apetecía alejarse más que cuando el agua o la caza comenzaban a escasear, y debido a tan especial forma de sedentarismo no resultaba en exceso difícil mantenerse lejos de su radio de acción.

Mucho más difícil se le antojaba evitar a panteras y leopardos, y León Bocanegra no tardó en llegar a la conclusión de que, pese a la pestilencia de las pieles de hiena, los traicioneros felinos acabarían por convertirse en sus peores enemigos.

Solitarios y silenciosos no eran partidarios de anunciar de antemano su presencia o marcar territorios a base de rugidos de advertencia, conscientes de que su poder no se basaba en la ruidosa prepotencia del despectivo rey de la sabana, sino en la agilidad y astucia de eternos merodeadores de la espesura.

León Bocanegra se acostumbró por tanto a buscar la huella que pudiera delatarles, y a marchar siempre con la pesada lanza firmemente apoyada en el hombro, con la afilada punta hacia atrás, de forma tal que le protegiera la espalda de cualquier ataque inesperado.

Pero quien en realidad habría de llevarle hasta el borde de los abismos del averno no fue un rugiente león, un moteado leopardo o un todopoderoso elefante; quien le venció hasta el punto de casi aniquilarle fue una joven *mamba* de apenas una cuarta de largo.

Ni siquiera llegó a verla.

Ni siquiera podría jurar sin miedo a equivocarse que se trataba en efecto de una víbora, puesto que muy bien podría haberse tratado de las puntiagudas espinas de alguna desconocida zarza especialmente ponzoñosa que se había cruzado en su camino, ya que lo único que pudo recordar fue que de pronto advirtió cómo rodaba por el suelo lanzando un grito de dolor que se tragó la noche.

La pierna se le amorató en el acto, y casi pudo palpar cómo el veneno –fuego puro en las venas– le ascendía por el muslo, trepaba abrasador por el costado, le paralizaba el brazo y casi al instante le hacía perder todo control sobre sí mismo, como si le acabaran de clavar un puñal en la nuca.

Se vio morir.

Incapaz de hacer un solo gesto, pero hasta cierto punto consciente, tenía la sensación de estar siendo testigo, desde dentro, del modo en que el veneno se iba desplazando por el interior de su cuerpo, como si se tratara de un invasor que se entretuviera en explorar hasta el más intrincado de los canales por los que le arrastraba el torrente sanguíneo.

Al fin brilló un relámpago y el cerebro estalló en millones de luces, pero de inmediato el mundo oscureció para que le asaltara la sensación de que se lanzaba a volar sobre un océano azul y transparente.

Llovía.

Era una lluvia densa y olorosa que extraía de lo más profundo de la tierra viejos aromas perdidos desde que las últimas aguas empaparan la sabana en un tiempo que había desaparecido ya de la memoria de sus escasos habitantes.

Las bestias, sorprendidas, buscaban refugio bajo las achaparradas acacias o los minúsculos bosquecillos que solían adueñarse de quebradas o altozanos, y haciendo equilibrios en las más altas ramas, garzones y cigüeñas observaban, chorreantes, cómo parecía llorar un mundo que el día anterior resplandecía.

El gris le sentaba mal a la pradera.

Colinas y llanuras africanas ganaban en belleza cuando negros nubarrones amenazaban el horizonte y furiosos relámpagos surcaban el cielo para ir a descargar su furia sobre las copas de los baobabs, pero perdían todo su encanto desde el momento mismo en que sucias nubes bajas se adueñaban del paisaje difuminando los contornos y enlodando los suelos.

Un impertérrito babuino observaba el cadáver del hombre.

¿Se trataba de un cadáver, o se trataba más bien de una trampa?

El pensativo animal parecía preguntarse cómo era posible que aquel lejano pariente permaneciera durante horas tumbado sobre la empapada hierba sin mover un solo músculo, pero sin apestar el ambiente con el clásico hedor de los cuerpos putrefactos.

Por fin, un gesto.

Fue apenas un tic nervioso; un casi imperceptible temblor de la mano izquierda, pero se trató en efecto de una primera señal de que el extraño zanquilargo se esforzaba por mantenerse aferrado a la vida, y a los pocos instantes un ronco estertor surgió de la reseca garganta obligando a pensar que, más que lamentarse, lo que perseguía era que el aire consiguiera descender a sus pulmones.

León Bocanegra tardó horas en recuperar la noción de dónde se encontraba, y qué era lo que le había ocurrido.

¿Horas?

Tal vez días.

Lo primero que vio fue un hocico largo y perruno que le olfateaba buscando olores que le emparentaran con su estirpe.

No eran frecuentes los seres humanos por aquellas regiones.

Ni frecuentes, ni temibles, al menos para unos babuinos cuya carne no resultaba en absoluto comparable con la de las sabrosas gacelas, o los jugosos facóceros que se dejaban cazar con mucha más facilidad que los avispados simios.

A los nativos no les gustaba llegar hasta sus dominios.

Ni les gustaba, ni les hacía falta, puesto que lo único que podían encontrar tan lejos de sus hogares eran cazadores de esclavos que se los llevarían al otro lado del océano o a las temidas salinas del norte.

Por todo ello, aquel hombre flaco, blanco y casi moribundo constituía un inusual espectáculo, y más aún lo fue cuando, al cabo de un tiempo, comenzó a arrastrarse en dirección a un enorme castaño que dominaba el otero que se alzaba a no más de quinientos metros de distancia.

Y es que, aún dentro de su semiinconsciencia, León Bocanegra llegó muy pronto a la conclusión de que, o se refugiaba entre las ramas de aquel árbol, o moriría de insolación en cuanto el violento sol africano se adueñara una vez más del paisaje.

Allí, en campo abierto, se encontraba a merced de ese sol y de las fieras y, al igual que cualquier bestia herida, buscaba protección en el único lugar mínimamente seguro que se le ofrecía en cuanto alcanzaba la vista.

El altivo árbol era en sí mismo un reclamo excepcional para cualquier cansado viajero que se atreviera a atravesar aquellas remotas tierras; un hito en el camino, o un severo vigía que observase impasible, desde cientos de años atrás, el monótono devenir de los acontecimientos.

Su espesa copa estaba conformada por una semiesfera de poco más de treinta metros de diámetro en la que parecían haber establecido sus reales miles de aves de todas las clases y tamaños que habían hecho de sus ramas el hogar perfecto en el que dar cobijo y criar a generaciones de polluelos.

Al igual que la solitaria roca que emerge de la arena en el fondo del mar atrae a millones de peces que buscan refugio en sus cuevas y hendiduras, así el castaño actuaba como un imán sobre los seres alados, que pasaban el día en la sabana, para regresar a sus nidos a la caída de la tarde.

León Bocanegra se vio obligado a pasar la noche acurrucado entre sus raíces, sin apenas fuerzas más que para abrir de tanto en tanto los ojos y observar cómo lejanísimos relámpagos iluminaban el horizonte, y empleó luego casi la totalidad del día siguiente en trepar por el áspero tronco y encontrar acomodo a poco más de cinco metros de altura.

Le rindió el agotamiento.

Durmió de nuevo largas horas.

Tal vez días.

¿Qué importancia tenía el tiempo para quien sabía que ese tiempo debía convertirse en su principal aliado?

De tanto en tanto abría los ojos, alargaba la mano y robaba unos huevos cuyo contenido deslizaba por su garganta sin intentar siquiera saborearlos.

Colocaba luego la lengua bajo las chorreantes hojas y permitía que un agua limpia y ligeramente amarga calmara su sed y relajara su fiebre.

Sobrevivía.

León Bocanegra demostraba por enésima vez que limitarse a sobrevivir era su sino, pero que en tales trabajos pocos seres de este mundo conseguirían superarle.

África le ayudaba.

Generoso, el continente ofrecía cuanto un hombre solitario precisaba para mantener un hálito de vida, y el veterano marino había demostrado más que sobradamente que escaso era el hálito que exigía para continuar formando parte de este mundo.

Curiosamente, hicieron de pronto su aparición unos enemigos a los que hasta aquel momento apenas había tenido que prestar excesiva atención: los voraces y martirizantes mosquitos.

Los bordes de las salinas y el tórrido lago Chad constituían uno de los puntos del planeta en los que en mayor número proliferaban los mosquitos, cuyas nubes conseguían oscurecer el sol en los tranquilos atardeceres, pero León Bocanegra había constatado, no sin cierta extrañeza, que aunque le rodearan y se posaran en cada centímetro de su piel, raramente le atacaban.

Tal vez su olor, o tal vez la acidez de su sangre, le servían de protección, pero, no obstante, de improviso descubría que, por alguna razón incomprensible, las fiebres le habían despojado de aquel invisible escudo que tantos malos momentos le habían evitado.

Las fiebres, los delirios y los mosquitos convirtieron por tanto su estancia en el árbol en un auténtico calvario, y cuando al fin decidió poner de nuevo el pie en tierra, más parecía un cadáver ambulante que un auténtico ser humano.

Pero seguía con vida.

¡Dios! Seguía con vida.

Su férrea determinación continuaba siendo su principal valedor y su arma más afilada, y a ello unía como siempre aquella paciencia sin límites que llegaba a convertirle en un ser casi irritante.

Dedicó dos largas semanas a recuperar fuerzas sin alejarse de la segura protección del castaño, y en el momento en que al fin decidió reiniciar su singladura lo hizo convencido de que resistiría toda una noche corriendo.

Había dejado de llover.

El paisaje cambiaba.

Los últimos vestigios del desierto habían quedado definitivamente atrás y la seca sabana dejaba paso, cada vez con más frecuencia, a espesas manchas de bosque tropical, húmedo y denso.

A lo lejos, muy a los lejos, hicieron su aparición brumosas cimas de altas montañas.

La región comenzaba a poblarse y cada día se veía obligado a tomar mayores precauciones, acortar sus etapas y permanecer más horas oculto entre la maleza.

Grupos de pintarrajeados guerreros cruzaban de tanto en tanto en la distancia, y en cierta ocasión una veintena de esclavos y seis traficantes árabes fuertemente armados acamparon a menos de trescientos metros de su escondite.

Al caer la tarde encendieron una hermosa hoguera sobre la que colocaron un venado, y el delicioso olor a carne asada trajo a la memoria del español recuerdos y añoranzas de los que creía haber conseguido liberarse para siempre.

Le rugieron las tripas.

Fue una revolución que a punto estuvo de enfurecerle consigo mismo, pues no se le antojaba ni lógico ni ético que un simple aroma, por delicioso que resultase, tuviera la virtud de descentrar de tal modo un cuerpo de cuyo control se sentía especialmente orgulloso.

No llevaba años curtiéndose para que un tibio olorcillo viniera a poner en entredicho sus convicciones.

Pero, ¡Dios Santo, cómo olía!

Se alejó de allí cargando sobre su conciencia el peso de la tentación, y tal fue así que al día siguiente no pudo resistir más, y tras cerciorarse de que no se distinguía un alma en cuanto alcanzaba la vista, encendió fuego y se asó una jugosa pata de gacela.

Fue la única concesión que se hizo a sí mismo en muchísimo tiempo.

Pero valió la pena.

Tres días más tarde alcanzó las primeras estribaciones de un macizo montañoso contra el cual parecían haberse detenido todas las nubes que llegaban del sur, como si aquel fuera un férreo fielato que les impedía progresar hacia el corazón del continente.

Se esforzó por abrigar el convencimiento de que había conseguido superar una nueva etapa en su andadura, y que tras coronar aquella agreste cadena montañosa avistaría al fin el ansiado océano, pero una vez más sería el tiempo el encargado de hacerle comprender la magnitud de su error.

Eran, eso sí, muy hermosas montañas.

Montañas pródigas en tormentas.

Cumbres y valles ansiaban beberse toda el agua que en justicia debería repartirse a lo largo y ancho de extensísimas sabanas, y era tanta la humedad que ascendía del esponjoso suelo tapizado de hojas putrefactas, que los árboles se ocultaban tras un espeso velo de helechos y raíces aéreas que conferían al paisaje un aspecto en cierto modo fantasmagórico.

Quebradas y relámpagos.

Olor a tierra siempre empapada.

Y una mañana el asombro.

Bestias inmensas, negras y peludas, de aspecto remotamente humano, que le observaban sin aparente hostilidad, convencidas de que aquel frágil hombrecillo de grotesco aspecto nada podía hacer, pese a sus armas, frente al innegable poderío de una auténtica familia de gorilas.

¡Gorilas!

Se contaban terroríficas historias sobre aquellas míticas criaturas lejanamente emparentadas con el hombre, que según algunos marinos fantasiosos habitaban en el mismísimo corazón del África ignota, pero a fuer de sinceros León Bocanegra jamás había sabido de nadie que supiera de alguien que hubiera llegado a ver alguna.

¡Gorilas!

Allí los tenía, justo frente a él, y no le pareció en absoluto justa la fama que se les daba de devoradores de hombres y violadores de mujeres.

Permaneció inmóvil, observándoles hasta que dejaron de sentir curiosidad por su persona, y al cabo de las horas llegó a la conclusión de que no se trataba más que de enormes monos sin otro interés que rumiar durante horas hojas y raíces, jugar, despiojarse y dormitar en cuanto una nube se abría para dejar paso a un rayo de sol bajo el que se apelotonaban de inmediato.

Más inquietante le resultó la callada presencia de un

somnoliento leopardo que le vigilaba desde la otra orilla de un minúsculo riachuelo.

Tumbado sobre una rama, y en apariencia inapetente, el taciturno felino seguía con incómoda atención cada uno de sus movimientos, por lo que León Bocanegra se apresuró a empuñar la pesada lanza y dejar bien a la vista su afilada punta, como si con ello pretendiera disuadirle en caso de que se le pasaran por la mente pensamientos hostiles.

Tentado estuvo de cargar la espingarda, pero pronto renunció a ello convencido de que con tanta agua le resultaría extremadamente difícil impedir que la escasa pólvora que aún le quedaba se humedeciera.

La espingarda había sido siempre un arma excelente a la hora de ser utilizada en desiertos y llanuras de clima seco, ya que su estilizado cañón permitía realizar disparos a larga distancia con bastante precisión, pero resultaba ciertamente engorrosa y casi inútil en una empapada selva y a la hora de disparar a corta distancia sobre un blanco en movimiento.

El arco, triste arco que más bien movía a risa, le servía para derribar un venado y tal vez un facócero, pero resultaba de todo punto inoperante si lo que se pretendía era detener en pleno salto el ataque de un fornido leopardo.

Sus esperanzas se centraban por tanto en aquella pesada barra de hierro que no se cansaba de afilar, y en último lugar en la vieja gumía que de igual modo lucía un filo capaz de cortar un cabello en el aire.

Pero sobre todo, ¡sobre todo!, su arma más valiosa seguía siendo la prudencia.

Dio un rodeo, por tanto, sin dejar de volver de tanto en tanto la cabeza, y al poco de desaparecer en la espesura, volvió atrás para cerciorarse, bien oculto, que la fiera continuaba dormitando en su atalaya.

Dos días más tarde desembocó en un ancho valle, y en el centro de ese valle pudo distinguir una larga caravana de esclavos.

Y entre los esclavos, un blanco.

El corazón le dio un vuelco.

Era, en efecto, un hombre blanco.

Y quienes le conducían eran *fenéc*.

¡*Fenéc* y un hombre blanco!

Un levísimo temblor, debido más a la excitación que al miedo se apoderó de sus manos, y su mente a punto estuvo de nublarse a causa de los mil recuerdos amargos que pugnaban por agolparse en su interior.

Aún veía la espalda de Marbruck cuando arrastraba tras su montura la cabeza de uno de los hombres de su tripulación, y aún le veía en sueños en el momento de violar hasta la muerte a aquel pobre muchacho.

La pesadilla se convertía en realidad, sus demonios regresaban, y allí tan lejos del desierto o la salina, las blancas capas ahora empapadas de los *fenéc* continuaban constituyendo el símbolo del horror y la maldad.

¿Quién podía ser aquel desgraciado?

¿De dónde había salido?

Tal vez de alguno de los incontables barcos que año tras año acudían a las costas guineanas con el fin de cargar una preciada mercancía que alcanzaría más tarde precios de fábula al otro lado del mar, pero por más que se tratara de un despreciable negrero, León Bocanegra sabía mejor que nadie que no merecía el cruel destino que le tenían reservado.

Un largo camino le aguardaba; largo y fatigoso hasta avistar las orillas del Chad y alcanzar más tarde el mar petrificado, y evocando sus pasados sufrimientos, el marino llegó a la conclusión de que su deber era hacer algo para evitarle aquel destino a un semejante.

No obstante, dudó durante horas.

Cinco *fenéc* bien armados, acostumbrados a repeler emboscadas, siempre atentos a la menor señal de peligro y quizá buenos conocedores del terreno en el que se movían, no constituían en absoluto presa fácil para un solitario camaleón en campo abierto.

Nada fácil.

Les siguió con la vista y cuando al fin desaparecieron tras un recodo del sendero inició una cautelosa marcha en pos de sus huellas.

Llegó la noche.

Dormitó acurrucado entre las retorcidas raíces de un espinoso, escuchó el ronco rugido de un viejo leopardo, quizá el mismo que le observara desde la rama y que había optado al fin por seguir su rastro, luchó contra su tendencia a pensar en sí mismo antes que en nadie, y llegó a la conclusión de que necesitaba hablar con aquel hombre y escuchar de sus labios a qué distancia se encontraba el mar que venía buscando.

El alba le sorprendió trepando al más agreste de los picachos para espiar desde allí a sus enemigos.

A pie se le antojaban vulnerables e incluso se diría, por sus gestos y su actitud, que no se sentían tan seguros de sí mismos como cuando vigilaban a sus cautivos desde lo alto de sus cabalgaduras.

La selva también debía infundirles respeto.

Por lo que se decía de ellos, los *fenéc* no eran gentes de espesura sino de horizontes abiertos, mientras que él, León Bocanegra, se había visto empujado a ser camaleón bajo cualquier circunstancia.

Al mediodía se encontraba por tanto apostado al borde del sendero, rebozado en oscuro fango y tan cubierto de hojas que se podía cruzar a dos metros de distancia sin sospechar siquiera su presencia.

El *fenéc* que cerraba filas lo comprobó en carne propia en el momento en que una pesada lanza de hierro, una de aquellas barras que solía poner en manos de los esclavos, para que le ayudaran a hacerse rico extrayendo «panes» de sal a costa de su vida, le penetró de improviso por la espalda, le alcanzó directamente el corazón, volvió a salir y se perdió entre la maleza sin que el difunto llegara a comprender jamás de qué lugar había surgido ni qué extraño ser, más vegetal que humano, la empuñaba.

Sus compañeros contemplaron, entre estupefactos y aterrados, el cadáver de quien no había tenido tiempo ni de emitir un ronco estertor de agonía, y aunque desenvainaron sus curvos alfanjes dispuestos a plantar cara al agresor, no tardaron en descubrir que no existía agresor alguno al que plantar cara.

Estaban solos con su cuerda de cautivos en mitad de unas hostiles montañas cubiertas de enmarañada selva.

¿Quién era el fantasmal enemigo?

¿Y cuántos enemigos eran?

¿De dónde partiría el nuevo ataque?

El temor se adueñó de su ánimo, puesto que una cosa era escoltar a un puñado de infelices, y otra muy diferente hacer frente a sombras que surgían como relámpagos de la floresta.

Debió ser el olor a sangre fresca lo que obligó a rugir al viejo leopardo.

¡Alá sea loado!

¡El leopardo!

¿Era acaso uno de aquellos temidos «hombres-leopardo» el que había atravesado en un abrir y cerrar de ojos el corazón del infeliz Hassan?

¿Se habían adentrado sin saberlo en el territorio de sus más odiados enemigos?

Transcurrió, como si se hubiera vuelto infinita, más de una hora.

Luego otra.

La lluvia se detuvo como si eligiese unirse a la quietud que parecía haberse instalado en el mundo, y al dejar de repiquetear contra las anchas hojas consiguió que un silencio sepulcral se adueñara del angosto valle.

Al poco graznó, allá en lo alto, un cuervo de mal agüero.

Le respondió el leopardo.

Y como un eco, el terror se aferró a la garganta de los cuatro *fenéc*.

Oculto entre las ramas de un espeso sicómoro León Bocanegra observaba, y cuando advirtió cómo las últimas nubes se alejaban perezosamente hacia el oeste, se aplicó a la nada fácil tarea de cargar su arma.

Abrió con sumo cuidado el curvo cuerno que conservaba seca la pólvora y calculó detenidamente la cantidad que precisaba con el fin de no errar el disparo a tan considerable distancia.

Luego extrajo la baqueta, confeccionó una pequeña bola con algodón salvaje, atacó el cañón y concluyó por insertar en su interior la redonda bala de plomo.

Cebó el percutor y apuntó, sin prisas, al *fenéc* que le ofrecía un blanco más nítido.

Era un hombretón sudoroso, de gruesos brazos y dilatada barriga que, con su alfanje firmemente empuñado, parecía decidido a repeler cualquier tipo de ataque que pudiera llegar de frente o por la espalda.

Probablemente jamás imaginó que la muerte pudiera sorprenderle desde arriba, y tan veloz y certera que ni tiempo le dio de encomendar el alma a su dios, suplicándole que le abriera de par en par las puertas del paraíso.

Los *fenéc* sobrevivientes intercambiaron una mirada en la que podía leerse la magnitud de su espanto.

¡Malditos!

¡Mil veces malditos!

¿Desde cuándo, ¡oh Señor!, los traicioneros «hombres-leopardo» atacaban a sus víctimas con armas de fuego?

¿Desde cuándo no eran los *fenéc* los más poderosos?

¿Y qué probabilidades tenían de salir con vida de entre aquellas montañas frente a un invisible enemigo del que lo ignoraban todo?

Y la pregunta de más difícil respuesta: ¿cuán lejos podrían llegar empujando ante sí a una hostil reata de cautivos?

Los observaron.

Negros rostros, todos menos uno, pero hasta en el último de ellos podían leer el odio y el ansia de venganza.

Negros rostros, todos menos uno, dispuestos a lanzarse sobre sus guardianes para lincharlos a golpes y mordiscos.

Negros rostros, todos menos uno, por los que no valía la pena arriesgarse a quedar como pasto de buitres en lo más intrincado de unas perdidas montañas.

En un principio fue repliegue organizado; al poco, sencilla retirada, cien metros más allá, paso de carga, y a éste le sucedió un trote ligero que acabó en el siguiente recodo del camino en abierta desbandada.

A continuación se produjo un largo silencio que venía acompañado de una sorprendente calma, puesto que, pese a lo que cabía imaginar, los cautivos no dieron muestra alguna de entusiasmo, ni aun tan siquiera pronunciaron un solo grito de alegría.

Eran esclavos y por el momento seguían siendo esclavos.

De otros dueños, sin duda, pero esclavos, y al igual que el oro no salta de alegría, ni el cerdo chilla de gozo por el simple hecho de haber cambiado de manos, los africanos —tan hechos a la esclavitud desde hacía ya tantos siglos— se limitaban a aguardar resignados a que su nuevo dueño se dignara indicarles hacia qué punto debían encaminar sus pasos.

Tumbado boca abajo sobre la ancha rama del sicómoro, León Bocanegra también se limitaba a dejar pasar el tiempo, atento, más que a lo que pudiera ver, a lo que fuera capaz de oír, pues sabía por experiencia que los peligros de la jungla venían siempre precedidos de rumores o susurros, y rara vez de movimientos.

Cuando se convenció de que sus aborrecidos enemigos se habían alejado definitivamente, descendió de su atalaya y se deslizó entre la maleza para detenerse de nuevo a no más de veinte metros del grupo que había tomado asiento a la sombra y esperaba en silencio.

Su vista se clavó en aquel rostro, blanco aunque muy curtido por el sol y de rasgos levemente orientales, que aparecía unido por una gruesa horquilla de madera al vigoroso nativo de ojos inyectados en sangre que se sentaba a sus espaldas.

Cuando al fin se decidió a gritar, León Bocanegra no pudo por menos que recordar al infeliz Fermín Garabote.

–¿Cristianos?

El hombre, de corta estatura aunque complexión robusta, se puso en pie de un salto obligando a alzarse a su compañero de cautiverio al tiempo que por sus ojos cruzaba un relámpago de esperanza.

–¡Cristianos! –aulló en un perfecto castellano–. ¡Por Jesús y el Espíritu Santo! ¡Por la Virgen María y San José! ¡Por todos los Santos, Dios sea loado! ¡Cristianos!

–¿De dónde?

–De Tumbes.

–¿Túnez?

–¡Túnez, no…! ¡Tumbes, en Perú!

León Bocanegra se deslizó con el sigilo de una serpiente para acabar por lanzar a los pies de su interlocutor la afilada gumía.

–¡Corta tus ataduras y ven hacia aquí!

El otro obedeció, tan nervioso que casi se rebana un dedo en el intento, para internarse a trompicones en la maleza y acudir al encuentro de quien momentáneamente le había librado del más cruel de los destinos.

Se abrazaron.

Jamás se habían visto anteriormente, pero aún así se fundieron en el abrazo propio del ser humano que encuentra a un semejante cuando ha dado ya por perdida toda esperanza.

Durante largos minutos se consideraron incapaces de pronunciar una sola frase mínimamente coherente.

–¿Quién eres? –quiso saber al fin el peruano aferrando con fuerza y tratando de besar las manos de su salvador.

–Me llamo León Bocanegra y era capitán de un barco que naufragó frente a las Canarias.

–¿Las islas Canarias? –Se asombró el otro–. Pero si eso está…

–¡Lejísimos, lo sé! –le interrumpió el marino–. ¿De dónde sales tú?

–Me llamo Urco Huancay y era el segundo timonel de *La Dama de Plata*.

–¿Negrero?

El otro negó con firmeza.

–¡Antiesclavista! *La Dama de Plata* es el primer barco que se ha lanzado a luchar contra el tráfico de negros.[1]

León Bocanegra pareció quedar como alelado, y re-

1.   Ver *Piratas* y *Negreros*, del mismo autor.

sultó evidente que le costaba un enorme esfuerzo coordinar las ideas.

—¿Un barco antiesclavista? —repitió estupefacto—. ¿De qué diablos hablas? —Luego hizo un significativo gesto con la mano como desechando el tema—. ¡Olvídalo! —pidió—. No es el momento… —Se volvió hacia la veintena de indígenas que aguardaban impávidos el devenir de los acontecimientos—. ¿Quiénes son? —quiso saber.

Urco Huancay se encogió de hombros mostrando a las claras su ignorancia.

—Esclavos —se limitó a responder—. Nativos de muy distintas tribus. La mayoría ni siquiera se entienden entre sí, y yo no he conseguido entender a ninguno pese a que hace meses que andamos juntos.

—¿De dónde vienen?

—La mayoría del Níger.

—¿El río Níger? —se interesó el otro—. ¿Lo has visto?

—¡Naturalmente!

—¿Y está lejos?

—Mucho. Pero si he llegado hasta aquí, supongo que sabré regresar.

—¿Acaso conoces el camino?

—Tengo una idea, pese a que hemos dado infinidad de rodeos cazando gente y procurando evitar las zonas pobladas. Lo único que tengo claro es que se encuentra en dirección suroeste.

Comenzaba a caer la tarde.

Allí, en las montañas, encajonadas entre altivos picachos, las sombras corrían con más velocidad que en parte alguna, por lo que León Bocanegra comprendió que tenía que tomar una decisión respecto a los cautivos antes de que cerrara la noche.

Prestó atención, se cercioró por enésima vez de que no quedaba rastro alguno de la presencia de los *fenéc* en las proximidades, y sólo entonces decidió regresar al camino para cortar las ataduras de aquella mísera cuadrilla de desgraciados.

—¡Sois libres! —les gritaba al tiempo que hacía grandes aspavientos con los brazos con la intención de darles a entender que podían irse—. ¡Sois libres! ¡Marchaos! ¡Volved a vuestras casas!

Algunos le besaron las manos antes de perderse de vista en lo más intrincado del bosque, pero media docena se limitaron a permanecer allí, como alelados, o como si no fueran capaces de aceptar que ya no tenían dueño.

—¿Qué les ocurre? —quiso saber el español volviéndose a Urco Huancay—. ¿Por qué no echan a correr como los otros?

—Porque probablemente no tienen ni la menor idea de hacia dónde tienen que correr —fue la tranquila respuesta—. A ése de ahí, el de las cicatrices en la mejilla, lo capturaron antes que a mí, lo cual significa que viene de más allá del Níger. Imagino que estará preguntándose cómo diablos se las arreglará para volver a casa.

—Tal vez le consolaría saber que está a menos de la mitad de camino de la nuestra, pero no creo que podamos explicárselo. —León Bocanegra observó el cielo—. Será mejor que busquemos un escondite antes de que caiga la noche. ¡Recoge esas armas!

Despojaron los cadáveres de todo cuanto pudiera

serles de utilidad y se encontraban en disposición de cargar, para iniciar de inmediato una rápida marcha a través del bosque, cuando muy pronto descubrieron que los nativos les seguían.

El marino se detuvo en seco para volverse a contemplarlos.

—¿Qué opinas? —quiso saber.

—Que siento abandonarlos porque hemos compartido momentos muy difíciles, pero no nos acarrearán más que problemas. Y no creo que pudiera dormir tranquilo teniéndolos cerca. Algunos son caníbales.

—¡Caníbales! —Se horrorizó el marino—. ¡Bromeas!

—Les vi devorar a un muchacho que murió de agotamiento. La mayoría nunca matarían a nadie para comérselo, pero muy pocos le harían ascos a uno de tus pies a la brasa. ¡Les encantan los pies!

—Y a mí me gustan mis pies donde están, así que adiós. —Volvió a agitar los brazos con inequívocos gestos de despedida—. ¡Fuera! ¡Buscaos vuestro propio camino!

Daba auténtica lástima verlos allí, como huérfanos en mitad del bosque, sin saber qué era lo que tenían que hacer ni qué rumbo elegir, pero infundía al propio tiempo un innegable respeto el tomar conciencia de que eran gentes de otra raza y otras costumbres para las que la vida humana —y sobre todo el cuerpo humano— no parecía ser un templo de Dios ni poseer unos valores espirituales merecedores de un trato especial.

Y León Bocanegra sabía muy bien que una cosa era deslizarse a través de un continente desconocido con el sigilo con que había venido haciéndolo hasta el presente, y otra muy diferente arrastrando tras de sí a media docena de desconcertados indígenas con los que se sentía incapaz de intercambiar una sola palabra.

—¡Lo siento! —masculló como si se estuviera justificando ante sí mismo más que ante el peruano—. Lo siento por ellos, pero con semejante tropa no llegaríamos a parte alguna.

Reanudaron la marcha apretando el paso pese a que resultaba en verdad engorroso avanzar por entre la espesura cargando con las armas y los enseres de los *fenéc*, y fue por ello por lo que al cabo de poco menos de una hora se dejaron caer en el centro de un diminuto claro por el que discurría un remedo de arroyo que descendía, saltarín, de las más altas cumbres.

La noche llegaba en su busca.

Aprisa; muy aprisa.

Tan aprisa que ni tiempo tuvieron de intercambiar un par de frases antes de caer rendidos por el agotamiento de un día especialmente pródigo en emociones.

El leopardo rugió toda la noche.

Pero lo hizo lejos, allá, en el sendero de la cañada; en el punto en que se afanaba devorando el cadáver del más cebado de los *fenéc*.

Crujían los huesos, se desgarraba la carne, y cuando una zarpa rasgó el vientre hinchado por los gases de la muerte, se escuchó una levísima explosión semejante a la de un pequeño globo al reventarse, al tiempo que un fétido hedor a excrementos fríos se adueñó del paisaje.

El amanecer sorprendió a León Bocanegra trepado en la rama de un árbol con el oído atento y observando con atención hasta el último movimiento de la selva.

En cuanto Urco Huancay abrió los ojos y le miró, le hizo un significativo ademán con el índice para que guardara silencio, y al poco descendió sigilosamente para tomar asiento a su lado.

–¡Gorilas! –susurró.

–¿Gorilas? –Se horrorizó el otro–. ¿Dónde?

–Por allí, no muy lejos. –Le golpeó afectuosamente la rodilla como si pretendiera tranquilizarle–. Pero no te inquietes –añadió–. He llegado a la conclusión de que tan sólo son peligrosos cuando se entra en el territorio que han acotado para pasar la noche. No soportan que se moleste a las hembras y las crías.

–Has debido aprender mucho en este tiempo.

–Mucho, en efecto, y es que a la fuerza ahorcan. –Alzó el rostro como para calcular la altura de un sol que aún no había hecho su aparición sobre la cima de las montañas, antes de añadir–: Aún pasará algún tiempo antes de que podamos movernos sin tener que preocuparnos de los gorilas, así que aprovechémoslo. Cuéntame cómo llegaste hasta aquí.

–¿De veras te interesa mi historia?

El capitán León Bocanegra sonrió de un modo casi imperceptible.

–Aún no lo sé –admitió–. Pero lo que sí sé es que llevo tantos años sin oír hablar a nadie que llegué a pensar que la única voz que quedaba era la mía. Dudo que puedas hacerte una idea de lo que significa sentirse absolutamente solo y lejos de todo. Corres peligro de volverte loco imaginando que te has convertido en el último ser vivo sobre la faz de la tierra.

Urco Huancay observó con cierta conmiseración a

aquel curioso personaje, mitad hombre y mitad bestia de la selva, barbudo y desgreñado, comprendió que lo que en el fondo pretendía era escuchar el sonido de una voz amiga aunque lo que dijera careciera por completo de importancia, y tras dudar tan sólo unos instantes, asintió con un leve ademán de la cabeza.

–De acuerdo –dijo–. Te contaré cómo llegué hasta aquí.

—Nací en Tumbes —comenzó— que, por si no lo sabes, es un pueblecito de pescadores del norte del Perú, el primer lugar en que puso el pie Francisco Pizarro cuando llegó a conquistarnos...

Hizo una corta pausa, como si referirse al hombre que había acabado en un abrir y cerrar de ojos con un imperio milenario exigiese un cierto periodo de reflexión en torno a la magnitud de tan incomprensible desastre, y sin cambiar de tono, monocorde y en cierto modo cansino, añadió:

—Mi padre era un marino de Huelva, pero jamás lo conocí. Mi madre siempre evitaba hablar del tema. Desde niño me llamaron «cholo andaluz», que supongo que no era más que una forma cariñosa de llamarme hijo de puta, aunque a decir verdad a mí eso nunca me molestó, puesto que en mi pueblo tener sangre española en las venas, aunque no fuera una sangre reconocida oficialmente, constituía una especie de diferenciación, y está claro que a todos nos gusta diferenciarnos del resto de la gente, aunque se trate de algo tan poco honorable. Pasé la mitad de mi vida en el mar, trabajando para mis tíos, que me trataban a correazos, y cuando al fin me convertí en un hombre y empecé a plantearme la posibilidad de independizarme, arribó a puerto el *San Pedro y San Pablo*, un gigantesco galeón de los que hacían la ruta a Filipinas, y del que al parecer habían desertado una treintena de hombres…

Arrancó una ramita del arbusto más cercano y comenzó a hurgarse con ella los dientes como si hacerlo le ayudara a reflexionar.

–Una mañana –continuó–, en el momento de poner el pie en la playa de regreso de toda una dura noche de faena, cuatro soldados me alzaron en peso y sin la más mínima explicación me arrojaron a una chalupa junto a otros pescadores tan desconcertados como yo. Al cabo de una hora estábamos a bordo del *San Pedro y San Pablo* y a la caída de la tarde zarpábamos rumbo al oeste sin tener ni tan siquiera la posibilidad de despedirnos de nuestras familias.

–¿Así sin más? –Se sorprendió León Bocanegra.

–Así sin más –fue la respuesta–. Recuerda que tan sólo éramos nativos y por contentos podíamos darnos por el hecho de que nos hubieran enviado tiempo atrás a las minas de Potosí. Las leyes de la Corona especifican muy claramente que somos «hombres libres» a los que no se puede obligar a hacer aquello que no queremos, pero en Perú «una música toca el rey y otra canta el virrey».

–Entiendo.

–¿De verdad lo entiendes? –Se asombró Urco Huancay–. En ese caso explícamelo porque para mí continúa siendo un misterio. –Hizo un leve gesto despectivo con la mano–. ¡Pero dejemos eso! –señaló–. No es lugar ni momento para solucionar problemas irresolubles. Lo que cuenta es que me vi navegando a través del océano Pacífico, y te aseguro que el duro trato que me habían dado hasta ese momento mis tíos se me antojó de amor paterno frente al que se recibía en aquel maldito galeón. –Se alzó el destrozado blusón para mostrar las marcas de su espalda–. Dos «camisas a cuadros» me dibujaron en el lomo aquellos malnacidos, y no era de extrañar que en cuanto se tocaba puerto media tripulación pusiera tierra por medio. El capitán era uno de esos hombres que al carecer de autoridad imaginan que el respeto se impone a base de sangre.

Escupió despectivamente sobre una mariposa amarilla que se había posado sobre una flor cercana, la derribó de costado dando muestras de una espectacular puntería a la hora de lanzar salivazos, y tras buscar serenarse a base de apartar de su mente la imagen de un hombre al que sin duda odiaba, volvió a tomar el hilo conductor de su relato.

–Durante el viaje de regreso hicimos escala en Panamá, y como comprenderás, «si te he visto, no me acuerdo». Todo el que sabía nadar se lanzó al agua y se perdió de vista en la selva. –Lanzó un silbido de admiración–. ¡La puta, qué selva! En todo el tiempo que llevo en África no he visto nada que recuerde, ni en pintura, los pantanales del Atrato, en los que desaparecieron la mayor parte de mis compañeros. Los salvajes, las serpientes, las fieras y las arenas movedizas se los fueron llevando uno tras otro, y tan sólo cuatro conseguimos alcanzar, casi dos meses después, las costas de Urabá.

–Una vez estuve en Urabá –admitió el español–. Desembarqué allí a una especie de locos que se hacían llamar «temporalistas» y de los que nadie volvió a saber jamás.

–Si se internaron en el Atrato no me sorprende –fue la respuesta–. Aquélla no es tierra para vivir, sino para morir de la peor forma posible.

–¿Nunca te tropezaste con ningún «temporalista»?

–El único blanco que vi estaba tan loco que tan sólo hablaba con una cotorra a la que se «beneficiaba» a cada rato, y que le tenía los muslos cosidos a picotazos.

–¿Una cotorra? ¡No puedo creerlo!

–¡Pues créetelo! En el barco era costumbre «beneficiarse» a las gaviotas, pero ésas son más discretas y no van por ahí pregonándolo a los cuatro vientos. ¿Nunca lo has hecho con ningún animal?

–¡Por Dios!

–¿Y cómo te las has arreglado todo este tiempo?

–Sin pensar en ello.

–¡Esas cosas no se piensan! –sentenció el cholo convencido–. Ocurren. Y como dice el dicho, «más vale culo de gaviota que de gaviero».

–En mi barco jamás se dio ningún caso de bestialismo. Al menos ninguno del que yo tuviera conocimiento.

–La travesía del Pacífico es muy larga. ¡Demasiado! Y en mi país hay pastores que prefieren una buena alpaca de piel sedosa que a su propia mujer. ¡Pero dejemos eso! –repitió–. No viene al caso. Lo que importa es que en Urabá robamos una chalupa y pusimos rumbo al único lugar del mundo del que sabíamos que estaríamos a salvo de la horca: Jamaica.

–¿«La isla de los piratas»?

–Tú lo has dicho. «La isla de los piratas.» Pero también de los prófugos de la justicia y todos aquellos que, como yo, no habíamos cometido otro delito que encontrarnos en el lugar equivocado en el momento equivocado.

–¿Cómo es?

–En aquel tiempo una locura. Port Royal era la ciudad más prodigiosa que ningún ser humano haya soñado, con las mujeres más hermosas, los hombres más ricos, los palacios más lujosos, las tabernas mejor abastecidas y los salones de juego en los que más fortuna se dilapidaba en una sola noche. El paraíso en la tierra. En él pasé el mejor año de mi vida, y ¡Dios qué vida!

–¿Por qué te fuiste?

–No me fui. Nadie en su sano juicio se hubiera marchado nunca de Port Royal. Simplemente, desapareció.

–¿Desapareció? –repitió evidentemente desconcertado León Bocanegra–. ¿Qué quieres decir con eso de que desapareció?

–Lo que he dicho –replicó su interlocutor con absoluta naturalidad–. Desapareció. Un buen día la tierra se sacudió como quien se quita una mosca de encima, lanzó un gruñido, y se zampó la ciudad.

–¿Pretendes hacerme creer que un terremoto acabó con Port Royal?

–En menos de lo que tarda un colibrí en chuparse el néctar de la flor. Fue visto y no visto. A mí me cogió cagando y gracias a eso me salvé, aunque salí de mierda hasta las cejas. La zanja se abrió y caí espatarrado en el pozo negro. Tardé más de una hora en subir, cogí una infección que por poco se me lleva, pero cuando asomé la cabeza fuera del pozo me encontré con que de mi casa, y de la ciudad entera, no quedaba ni rastro.

–No tenía ni la más mínima idea de que algo así hubiera ocurrido.

–Lógico, si llevas aquí cuatro años. Fue el verano pasado.

–¿Y murió mucha gente?

–Toda.

–¿Toda?

–Bueno… la mayoría –admitió de mala gana el peruano–. La cosa fue al mediodía pero como en Port Royal se vivía de noche y los juerguistas se iban a la cama en cuanto comenzaba el calor, los agarró durmiendo. –Chasqueó la lengua en lo que pretendía significar que ni siquiera él mismo aceptaba la realidad de lo que estaba contando–. Si no llego a tener cagaleras, no estaría aquí para contarlo… –Sonrió levemente–. Pero se me pasaron de golpe, oye… ¡De golpe!

León Bocanegra sonrió a su vez, alzó el rostro, observó la posición del sol y se puso en pie comenzando a cargar con armas y bagajes.

–Ya podemos irnos –dijo–. A partir de aquí, ni una sola palabra. Luego me lo seguirás contando.

Emprendieron el camino trepando montaña arriba, en silencio, aunque al poco resultó evidente que Urco Huancay carecía de la habilidad del español para deslizarse entre la espesura sin partir ramas ni agitar hojas, por lo que se vieron en la necesidad de atemperar el ritmo de la marcha, puesto que de lo contrario hasta el último inquilino de la selva tendría inmediata noticia de que por aquellos parajes rondaban dos seres humanos carentes del más mínimo sentido de la discreción.

León Bocanegra comenzó a plantearse seriamente el hecho de que tal vez hubiera cometido un grave error a la hora de hacerse cargo del peruano, puesto que si bien se le advertía fuerte, animoso y dispuesto a aceptar sin el menor reparo cualquier indicación que se le hiciera, no conseguía ocultar que era un hombre acostumbrado a las cubiertas de los barcos y los entarimados de las tabernas –tal como lo fuera él mismo tiempo atrás– y se movía con la gracia de un rinoceronte en celo.

Corto de estatura, fuerte y extraordinariamente resistente a la fatiga, se le veía capaz de marchar a buen ritmo durante horas, pero incapaz de hacerlo con sigilo.

El camaleón tenía que compartir su destino con un orangután.

Los enemigos se multiplicarían de inmediato.

El océano parecía alejarse miles de millas.

Pero la soledad seguiría siendo un mal aliado.

¿Valía la pena jugarse la vida por seguir escuchando hablar de un lugar tan lejano como Jamaica?

¿Valía la pena arriesgarse a que les descubrieran y le enviaran de nuevo a la salina a cambio de no seguir teniendo la impresión de que se había convertido en el último ser civilizado de este mundo?

Llevaba meses aprendiendo a esquivar a bestias y caníbales, pero nunca se había planteado la posibilidad de alcanzar la lejana Costa de los Esclavos teniendo que cargar con el pesado lastre que representaba alguien que tardaría también meses en aprender a comportarse como una sombra entre las sombras de la selva.

Se volvió a mirarle y Urco Huancay le sonrió con timidez haciendo un ligerísimo ademán con los hombros con el que parecía pretender indicar que estaba poniendo de su parte todo cuanto podía para no convertirse en un estorbo, y en cierto modo le sorprendió descubrir que sin duda había adivinado lo que pasaba en aquellos momentos por su mente.

—¡Lo siento! —musitó apenas el peruano.

¿Qué podía responderle?

Resultaba injusto pretender que alguien aprendiese de improviso algo que a él mismo le había exigido tamaño esfuerzo, por lo que decidió aplicarse a la tarea de enseñarle, en susurros, cómo apartar las ramas inclinándolas sin permitir nunca que llegaran a partirse, o cómo apoyar la punta del pie entre dos raíces, sin que crujieran bajo su peso.

Las ramas deberían volver luego suavemente a su posición inicial sin golpear con las vecinas, y jamás se podía levantar el pie hasta tener la absoluta seguridad de que estaba asentado sobre tierra firme y silenciosa.

La marcha se ralentizaba de ese modo hasta un punto que parecía desquiciar a Urco Huancay, que tenía sin lugar a dudas mucha prisa por llegar a parte alguna, sin haberse hecho aún a la idea de que en aquel lugar y aquel momento correr hacia adelante no conducía más que al desastre.

A media mañana, León Bocanegra hizo de pronto un imperativo gesto con la mano, se quedó muy quieto y acabó por indicar a su compañero de fatigas que se ocultara lo mejor posible entre los arbustos.

Aguardaron, al poco se escuchó un rumor, luego voces muy quedas, y al fin hicieron su aparición dos nativos de los que habían formado parte de la cuerda de esclavos, y que avanzaban sin rumbo, con aire contrito y asustado, tan perdidos como dos niños a los que hubieran abandonado en el corazón del más terrorífico de los bosques.

Se alejaron ladera abajo, resbalando y maldiciendo, y tan sólo cuando se habían perdido de vista por completo, León Bocanegra aproximó los labios a la oreja del peruano para musitar:

—No llegarán muy lejos.

—¿Y nosotros?

—Depende de nosotros.

Tan corta frase definía a la perfección el espíritu con que León Bocanegra se enfrentaba a la adversidad y al hecho de tener que atravesar el continente más ignoto y repleto de peligros del planeta, puesto que desde el día en que le arrojaron al mar petrificado tenía muy claro que nadie acudiría nunca en su auxilio.

El atardecer les sorprendió casi en la cima de la más alta de las montañas, en una especie de espléndido mirador natural desde el que no se distinguía, no obstante, más que un blanco y compacto mar de nubes que se perdía de vista hacia el suroeste.

Al marino le recordó aquella ocasión en que, al tener que hacer una larga escala por reparaciones en el puerto de Garachico, en las Canarias, decidió alcanzar la cumbre del Teide en compañía de media docena de sus hombres, y disfrutó desde allí del prodigioso espectáculo que significaba distinguir en la distancia la mayor parte de las islas del archipiélago, mientras contra la ladera del altivo volcán se agolpaban las nubes que los vientos alisios traían del nordeste.

Lo recordaba como uno de los escasos momentos mágicos de su existencia; un amanecer en que quizá por primera vez se sintió en paz consigo mismo y con el mundo que le rodeaba; un sereno paréntesis en un destino hecho de mar y olor a brea, trocado de improviso en infinitos horizontes y olor a verde retama.

Fue, sin duda, la única vez en su vida en que le asaltó la tentación de abandonar para siempre la cubierta del barco y buscar en tierra firme la felicidad que hasta aquel momento jamás se había cruzado ante su proa, pero fue tan sólo una tentación inconsistente y pasajera, que olvidó de inmediato en el momento mismo de poner de nuevo el pie en el vetusto *León Marino*.

Sentado ahora sobre las raíces de un gigante de la selva contempló la blanca sabana algodonosa que se extendía bajo él, y no pudo por menos que preguntarse por qué diabólico capricho del destino se encontraba tan lejos de su patria y de su mundo.

—Más lejos estoy yo —comentó de improviso Urco Huancay que parecía tener en ocasiones la virtud de leer en su mente—. ¡Muchísimo más lejos!

—¿Cómo puedes saber lo que estaba pensando? —Se sorprendió.

—¿Qué otra cosa se puede pensar aquí y ahora? —fue la sencilla respuesta—. Éste es un paisaje que invita a la nostalgia.

–¿Te asalta a menudo esa nostalgia?

–Cada día y cada noche, año tras año. Únicamente los meses que pasé a bordo de *La Dama de Plata* me olvidé por un tiempo de Tumbes y mi gente.

–¡Háblame de ese barco!

–¿De *La Dama de Plata*? –El peruano ensayó un asomo de sonrisa al señalar–: Es el más hermoso y altivo galeón que haya surcado nunca los océanos. Lo mandó construir Laurent de Graff, un famoso pirata que durante años sembró el terror en el Caribe. Es rápido y valiente, obedece de inmediato a la maniobra y cuando rugen sus cañones el enemigo tiembla y se caga patas abajo. Huele a cedro, ni siquiera cruje aunque el mar se encabrite, y sobre su cubierta te sientes más seguro que en la mismísima tierra firme. Hizo un amplio gesto a su alrededor al añadir humorísticamente–: ¡Mucho más que aquí sin duda alguna!

–¿Cómo llegaste a embarcar en él?

–Con mucha suerte. Cuando Port Royal desapareció, Jamaica dejó de ser refugio de piratas y corsarios, se acabó el dinero fácil, y no quedaba otra forma de vida que cortar caña o enrolarse en un barco que nos sacara al fin de la miseria. –El peruano lanzó un hondo suspiro–. En ese momento, y como un milagro, hizo su aparición doña Celeste.

–¿Y quién es doña Celeste?

–Celeste Heredia, La Dama de Plata; la dueña del barco y por la que le pusieron el nombre.

–Extraño nombre.

–Le viene porque recuperó del fondo de la bahía de

Port Royal todo el cargamento de lingotes que llevaba a bordo el barco de su hermano, Jacaré Jack.

—¿Una hermana de Jacaré Jack? —Se asombró León Bocanegra—. ¡No puedo creerlo! Toda mi vida me la he pasado oyendo contar las barrabasadas de ese jodido pirata, pero jamás imaginé que tuviera una hermana.

—Ni tú ni nadie —admitió el cholo—. Pero por lo visto, poco antes del terremoto, Jacaré Jack había conseguido acabar con Mombars el Exterminador arrebatándole una fortuna en plata que trasladó a su barco. Ése fue uno de los barcos que se hundió en la bahía durante la catástrofe, pero su hermana sabía que el tesoro estaba en las bodegas y lo recuperó.

—¡Increíble!

—Pero cierto. El mundo continúa girando pese a que nos encontremos aquí y tengamos la impresión de que se ha detenido para siempre. Gira y cambia. —Hizo un gesto señalando con la barbilla el mar de nubes—. Esto es lo único que parece no haber cambiado desde el principio de los siglos.

Guardaron silencio un largo rato puesto que la belleza del paisaje, con el sol hundiéndose en el mar de nubes sobrecogía, y aquéllas eran casi las únicas ocasiones de las que disponían para disfrutar de algo en una vida que no estaba hecha más que de amarguras y padecimientos.

Quedarse allí, muy quietos, haciéndose a la idea de que el creador que había sido capaz de imaginar tanta hermosura tendría la fuerza suficiente como para mostrarse compasivo con quienes tanta compasión necesitaban, confería un rayo de esperanza semejante a aquel rayo verde que decían que acostumbraba a lanzar el sol en el momento de su ocaso como cálido adiós a quienes a partir de aquel instante se verían impelidos a sumergirse de nuevo en las tinieblas.

Un águila de reflejos dorados sobrevoló las nubes portando sobre sus alas al peor enemigo, la nostalgia, y ahora no fueron uno sino dos los hombres que advirtieron cómo un nudo de angustia les atenazaba las gargantas.

¡Quedaba tan lejos su hogar!

¡Qué hogar!

El *León Marino* había sido desmontado cuaderna a cuaderna, y cuanto quedaba de él no era más que una pesada quilla que se secaba al sol en una playa perdida, pero aun así, para su capitán, que en raras ocasiones había pasado más de tres noches lejos de su barco, la palabra «hogar» se encontraba asociada a todos aquellos lugares que recorrió en su día a bordo de la vieja «carraca», y hogar podían ser por tanto los bochornosos puertos del Caribe, el ilimitado océano o la gran bahía de Cádiz en la que tanto tiempo solía pasar a la espera de conseguir un puñado de desesperados pasajeros.

Hogar era cualquier lugar lejos de África.

Pero África continuaba estando allí, bajo sus pies.

Rugió un leopardo.

Lejos, muy lejos.

Tal vez fuera un gorila, resultaba difícil saberlo con exactitud a tamaña distancia, pero fuera lo que fuera actuó como recordatorio de que el peligro acechaba bajo la capa de nubes, y cuanto tenían a la vista no era más que una falsa ilusión que duraría lo que tardase la luz en extinguirse.

Y en cuanto llegaron las tinieblas se quedaron dormidos; sin una palabra más, sin ni siquiera un gesto, puesto que era tal el agotamiento y la tensión tras toda una jornada de subir y bajar abriéndose paso por entre la espesura, que se agradecía permanecer con la espalda apoyada contra un tronco y cerrar los ojos en el momento en que las primeras estrellas hacían su aparición en el firmamento.

El sueño ha sido siempre el mejor compañero de viaje del ser humano; el mejor medio de transporte y el gran guía que de igual modo le devuelve a los más hermosos paisajes del pasado que le transporta a los más ignotos rincones del futuro.

Y su gran mérito, aquél por el que siempre se desea soñar, se centra en el hecho de que muy rara vez suele adentrarse en las amargas realidades del presente, como si en el instante de dormirse la mente se esforzara por cerrar a sus espaldas esa puerta al dolor y la desilusión de cada día.

Recorrer a la inversa, en cuestión de segundos, el largo camino a través de un bochornoso lago, un mar petrificado o un inclemente desierto, para encontrarse una vez más sobre la cubierta de un barco que se desliza mansamente sobre las aguas, constituye un privilegio tan sólo reconocido a quien cierra los ojos rendido por el cansancio. Su peor contrapartida viene dada por el hecho ineludible de que en el corazón del continente negro, ocho horas más tarde, miles de aves ensordecen el aire con sus trinos, obligando a regresar con idéntica rapidez a la cima de una perdida montaña.

Los perezosos gorilas aún tardarían casi una hora en abandonar su «dormitorio».

Nadie les esperaba en parte alguna, y los tallos, frescos aún por el rocío, resultaban al parecer mucho más apetitosos que a mitad de la mañana.

–¿Qué pasó con *La Dama de Plata*?

–¿Te refieres al barco, o a doña Celeste?

–A ambos.

–Como te iba diciendo, doña Celeste se convirtió en la mujer más rica de Jamaica, le compró el barco a Laurent de Graff y le ofreció trabajo a todo aquel que no hubiera sido pirata ni corsario.

–¿Para hacer qué?

–En un principio no lo sabíamos –admitió el peruano–. Pero cuando llevábamos dos días de navegación, nos comunicó que su intención era dedicarse a hundir barcos negreros, impidiendo de ese modo el tráfico de esclavos entre África y América.

–¡Qué estupidez!

–Eso pensamos todos. En un principio lo consideramos una reacción provocada por el dolor que le había causado la muerte de su hermano, convencidos de que en cuanto retumbase el primer cañonazo se remangaría las faldas y no pararía de correr hasta Sevilla.

–Pero no fue así.

–¡En absoluto! Muy pronto demostró que los tenía mejor puestos que la mayoría de nosotros.

–Entiendo.

–No emplees ese tono. No lo entiendes. No se trata de un marimacho; es que al parecer ha heredado el coraje de su hermano. La he visto de pie en el puente de mando en plena batalla y sin que se le alterara un músculo pese a que nos estuvieran machacando con «pepinos» de treinta libras.

–¡Curioso! Muy curioso. ¿Pero por qué lo hace? Me refiero a esa manía de liberar a los negros.

–Porque, según ella, todos los hombres somos iguales, sea cual sea el color de nuestra piel.

–¿Y tú te lo crees?

–Cuando ella lo dice, sí… –reconoció con casi infantil sinceridad Urco Huancay–. Pero en cuanto lo dicen otros comienzo a tener dudas. ¿Tú qué opinas?

–¿Sobre qué?

–Sobre los negros, naturalmente.

–No lo sé –fue la sincera respuesta–. No he tenido demasiado trato con los negros. Me parecen… «diferentes».

–¿Pero te parece lógico que los cacen como animales para convertirlos en esclavos?

–¡No! ¡Desde luego que no! Yo soy quien mejor puede saber en este mundo que nadie tiene derecho a esclavizar a otro, pero si quieres que te diga la verdad, hasta que me ocurrió a mí, jamás me lo había planteado.

–Es lo que suele decir doña Celeste: jamás nos planteamos los problemas de los demás, hasta que nos afectan personalmente. –Lanzó un hondo resoplido–. Y lo malo está en que para entonces ya es demasiado tarde. En Jamaica veía a los negros cortando caña bajo un sol de justicia como algo casi tan natural como que se matase una gallina para el puchero. Estaban allí para eso.

–¿Y ya no lo ves así?

—Intento no verlo. Intento ver el mundo a través de los ojos de doña Celeste.

—Esa mujer te tiene comido el seso.

—¡Lógico! No olvides que yo provengo de un pueblo de semiesclavos. Ante la ley los indígenas del Perú somos libres, pero a la hora de la verdad los españoles hacen lo que quieren con nosotros. Nos envían a trabajar a las minas, nos utilizan como mano de obra barata, o nos raptan para que trabajemos en sus barcos a cambio de un salario miserable. ¿Por qué debe extrañarte que cuando surge alguien —sea hombre o mujer— que afirma que blancos, negros o peruanos tenemos los mismos derechos, me sienta atraído por sus ideas?

—El mundo no está hecho de ideas.

—Pero algún día lo estará.

El sol se había elevado ya sobre las más altas cumbres, por lo que al poco se pusieron de nuevo en camino, rumbo al este, en busca de aquellas llanuras por las que Urco Huancay había llegado desde las márgenes del río, y a media mañana comenzaron a dejar atrás las últimas estribaciones de unas montañas que constituían sin lugar a dudas un magnífico refugio, pero que no ofrecían la más mínima oportunidad de progreso.

A la caída de la tarde se enfrentaron a una inmensa sabana sin horizontes, salpicada de bosquecillos y atravesada por un serpenteante riachuelo. León Bocanegra la estudió con especial detenimiento para acabar por señalar un grupo de árboles que a duras penas se vislumbraba en el horizonte.

—Esta noche tenemos que llegar allí —dijo.

—Estoy muy cansado.

—Yo también, pero tenemos que conseguirlo. No quiero hacerme viejo en África.

En cuanto cayó la noche iniciaron la marcha a buen ritmo, con aquel paso monótono y sin concesiones que el español imprimía a sus andaduras nocturnas, paso que tan sólo se interrumpía cuando se detenía bruscamente para escuchar los mil rumores de la llanura o detectar el punto exacto en que podían encontrarse sus invisibles enemigos.

No daba tiempo, sin embargo, a que los músculos se le enfriasen, consciente de que era en esos momentos cuando hacía su aparición la fatiga, y el cholo le seguía como un autómata, aceptando de buen grado el liderazgo de quien parecía saberlo todo sobre el hostil mundo en que se encontraban.

Alcanzaron el bosquecillo cuando ya el alba se anunciaba por levante, para dejarse caer en lo más denso de la espesura, cerrar los ojos y quedarse tan profundamente dormidos que ni un trueno hubiese sido capaz de despertarlos.

Pero no corrían peligro.

Loros y monos reinaban en la arboleda y no parecieron sentirse en absoluto molestos con la presencia de los extraños.

Al despertar comieron en silencio, y de improviso León Bocanegra se quedó observando el suelo y comenzó a reír a carcajadas.

El otro le observó perplejo.

—¿Qué ocurre? —quiso saber.

Su compañero de fatigas se limitó a señalar un punto a sus espaldas.

–¡Mira eso! –dijo–. ¿No te parece absurdo?

–¿El qué?

–Las huellas. Según esas huellas estamos atravesando África, pero tú vas en una dirección y yo en la contraria. El que las encuentre en su camino se quedará perplejo. Es como si yo corriera hacia el este, y tú hacia el oeste, siempre en paralelo.

–¡Pues es verdad! –admitió el desconcertado peruano–. ¿Y ahora qué hacemos?

–Fabricarte unas sandalias como las mías si no queremos que nos atrapen. Son salvajes, no estúpidos.

Se pusieron manos a la obra, y aunque en buena lógica no tuvieron tiempo de terminar tan complejo trabajo en ese mismo día, aprovecharon el tiempo para continuar con una conversación que parecía obsesionar al español.

–¿Cuántos esclavos conseguisteis liberar?

–Muchos. Docenas, centenares...¡Tal vez miles! Pero lo mejor del caso estriba en que durante meses conseguimos cortar el tráfico en todo el golfo de Guinea, y acabar con el maldito Rey del Níger, el mayor negrero que haya existido nunca.

–Creo que en alguna ocasión me hablaron de él.

–Doña Celeste le pegó un tiro.

–¡No puedo creerlo!

Pues créelo, porque así fue. Llegamos hasta su mismísima guarida, destruimos su ejército y nos apoderamos de su fortaleza para fundar un país libre en el corazón de África.

León Bocanegra, que estaba íntimamente convencido de que muy pocas cosas podían asombrarle en este mundo, permaneció unos instantes con la boca abierta y expresión de suprema imbecilidad mientras contemplaba al peruano como entre sueños.

–¿Fundar un país libre en el corazón de África? –repitió al fin–. ¿Para qué?

–Para que todos los esclavos del continente acudan a refugiarse en él.

–¡Qué idea tan loca!

–¿Tú crees?

–La más absurda que he oído en mi vida.

–A mí también me lo pareció en un principio, pero doña Celeste opina…

–¡Olvídate de doña Celeste…! –le interrumpió su amigo–. No hablas más que por su boca. ¡Doña Celeste esto, doña Celeste lo otro! A nadie en su sano juicio se le ocurriría enfrentarse a los *fenéc*, a los reyezuelos indígenas y a los traficantes árabes, en su propio terreno. Son demasiados enemigos y demasiado fuertes.

–También nosotros somos fuertes.

–Ya te he visto con una soga al cuello. –El español hizo una larga pausa, y por último indicó con un amplio ademán la sabana que se extendía más allá del bosquecillo–. África es inmensa –añadió–. Y te lo dice alguien que se la ha pateado a conciencia. Demasiado grande, y su principal negocio se basa en la trata de esclavos. Ni todos los ejércitos de España, Francia e Inglaterra juntos conseguirían poner coto a ese tráfico por más que se lo propusieran, si es que algún día llegaran a proponérselo. ¿Qué pueden hacer un puñado de soñadores frente a eso?

–Soñar –fue la tranquila respuesta–. Pero soñar es

válido si al propio tiempo haces cuanto está en tu mano para que tal sueño se convierta en realidad.

–¡Soñar…! ¡Rayos! Bien sabe Dios que durante años soñé con escapar de aquella maldita salina, y lo cierto es que ahora estoy aquí, agazapado entre unos matojos y tallando unas absurdas sandalias en compañía de un chiflado. –Sonrió como burlándose de sí mismo–. No me atrevería a asegurar si he progresado mucho o no, pero resulta evidente que algo de ese sueño se ha hecho realidad.

–También parte de los sueños de doña Celeste se han convertido en realidad –le hizo notar el otro–. Aunque no puedo saber por cuánto tiempo.

–¿Crees que aún estará allí, a orillas del Níger?

–Supongo que sí.

–En ese caso, será mejor que nos pongamos en marcha. Mucho me temo que no está en condiciones de esperar eternamente.

—No me gusta.

—¿Qué es lo que no te gusta?

—El terreno —puntualizó León Bocanegra indicando la grandiosidad de la sabana que se extendía ante ellos—. Demasiado llano. Y la hierba está demasiado alta y demasiado seca. —Agitó la cabeza con gesto de profunda preocupación—. Demasiados «demasiados». Nunca se puede predecir qué peligros te acechan entre esa hierba cuando corres por ella en mitad de la noche.

—¡Pues no corramos!

—¿Y qué haremos al amanecer? ¿Tumbarnos en mitad de la pradera?

—Nadie podrá vernos.

—Pero podrán olernos. Todo el día quietos bajo el sol hará que el viento lleve nuestro olor a millas de distancia. ¡No me gusta! —repitió—. ¡Por Dios que no me gusta nada!

—¿Y qué vamos a hacer?

—Rezar para que no ronde por ahí ninguna familia de leones.

En cuanto cayó la noche iniciaron la marcha como

quien se lanza a un mar del que se desconoce la orilla, y en esta ocasión no corrían, sino que se limitaban a avanzar a buen paso, aunque deteniéndose con más frecuencia que de costumbre a escuchar el profundo silencio de una sabana que en las tinieblas daba la impresión de estar muerta.

El alba les sorprendió, tal como temían, en mitad de la nada.

Como náufragos en tierra firme se limitaron a tumbarse dispuestos a resistir de la mejor forma posible la ferocidad de un sol que calcinaba la desolada planicie en el corazón del África profunda, no demasiado lejos de la línea ecuatorial.

Sudaban a mares.

Hedían a carne apetitosa.

Una suave brisa cruzaba sobre sus cabezas, tomaba en sus manos su olor y lo aventaba como se avientan las semillas sobre el campo.

Un rugido lejano.

¿Acaso una llamada?

De tanto en tanto se arriesgaban a asomar apenas la cabeza, atisbando en todas direcciones pese a que supieran que el paisaje no había cambiado y no existía forma humana de distinguir la presencia de una fiera en la quieta llanura.

Ni un elefante, ni un búfalo, ni una jirafa, ni bestia alguna que superase el metro y medio de altura en cuanto alcanzaba la vista.

Ni una colina, ni un otero, ni una roca solitaria, y por no existir ni siquiera existía una vieja acacia en la inmensidad de aquel mar de color oro viejo.

Cielo azul, suave brisa y su olor que se iba extendiendo como una invisible mancha de aceite.

Otro rugido.

¡Dios!

Y como un eco, allá en la parte opuesta, otro más grave.

¡Dios!

Luego silencio.

Un silencio que espantaba aún más que los rugidos, puesto que cuando los felinos se disponen a saltar sobre su presa ni tan siquiera gruñen.

Cargaron las armas: tres largas espingardas casi inútiles en semejantes circunstancias, y dos pesados y lentos pistolones de chispa, aunque muy pronto llegaron a la conclusión de que en caso de ataque de toda una familia de leones, las posibilidades de salir con bien de la aventura eran prácticamente nulas.

Avanzaba la tarde y con ella la casi seguridad de una muerte espantosa, por lo que al fin León Bocanegra se decidió a poner en práctica la postrer solución.

–Corre contra el viento –le advirtió al peruano–. En cuanto yo te lo diga ponte detrás de mí y corre todo lo aprisa que sepas.

A continuación amasó un puñado de hierba seca y disparó contra ella.

En cuanto comenzó a arder le prendió fuego a la llanura y echó a correr contra el viento.

Las llamas se elevaron al cielo en cuestión de minutos formando una alta cortina que avanzaba hacia el sureste, y casi de inmediato todas las bestias de la sabana, incluidas las fieras, iniciaron una ciega desbandada.

A los pocos minutos de correr alejándose del calor, León Bocanegra hizo un gesto a Urco Huancay para que se detuviera, y volviéndose, observó con atención la marcha del incendio.

–¡Ahora viene lo peor! –exclamó–. Tenemos que cruzar a la zona que ya se ha quemado.

–¡No jodas!

–No jodo. Si no lo hacemos pronto en cuanto tome más cuerpo el fuego nos obligará a retroceder hasta casi el lago Chad. ¡Vamos!

Se lanzaron hacia adelante cruzándose en su camino con infinidad de serpientes que huían despavoridas en dirección opuesta, se precipitaron contra las llamas dando gritos y saltos, y acabaron por dejarse caer sobre una tierra calcinada y humeante.

Durante casi media hora no hicieron otra cosa que toser en mitad de una especie de islote rodeado de fuego, pero ese islote se iba haciendo cada vez mayor al tiempo que el aire se volvía más y más respirable.

Pese a ello, el peruano aún tardó mucho tiempo en sentirse capaz de alzar la cabeza e inquirir con un hilo de voz:

–¿Siempre es así?

–Siempre es distinto –fue la áspera respuesta–. Lo que importa es conservar la vida un minuto más.

–¿Es lo único que te importa? ¿Vivir a toda costa?

–Es algo que me enseñó alguien que durante más de treinta años no hizo más que sobrevivir a duras penas –replicó seguro de sí mismo León Bocanegra–. Cuando el destino se muestra tan hostil, lo mejor que podemos hacer es limitarnos a seguir respirando a la espera de tiempos mejores.

–¿Y crees que llegarán?

–¡Llegarán!

–¿Cómo puedes estar tan seguro?

–Porque no puede haberlos peores. Ésa es la gran ventaja de haber tocado fondo: todo lo que viene después significa progreso. La tierra está abrasada y el sol nos derrite el cerebro, pero en estos momentos la situación no me parece en absoluto desesperada, sobre todo si me detengo a recordar lo que sufrí en la salina.

Muy a lo lejos, el fuego continuaba espantando a los pobladores de la sabana, puesto que como suele suceder, la salvación de unos significaba la perdición de otros, aunque resultaba evidente que a la hora de atravesar a pie y de punta a punta un hostil continente no cabía el menor sentimiento de compasión hacia los perdedores.

Vivir o morir continuaban siendo los únicos caminos a elegir, y León Bocanegra tenía plena conciencia de ello.

Al fin y al cabo en la llanura africana sobraban las bestias y escaseaban los marinos, por lo que justo parecía en cierto modo el intercambio.

Miles de polluelos habrían perecido entre las llamas, y miles de crías de liebre, zorro o conejo se habrían asfixiado con el humo en lo más profundo de sus madrigueras, pero una vez más sus vidas nada parecían importar frente a la vida de un solo ser humano, puesto que así había venido sucediendo desde que el primer homínido se puso en pie miles de años atrás en aquel mismo continente.

Una bestia mataría siempre a otra bestia para sobrevivir, pero únicamente el ser humano sería capaz de abrasar a millones de bestias para continuar manteniéndose con vida.

Y es que tal vez el dominio del hombre sobre el resto de las criaturas del planeta nació el mismo día en que dejó de tenerle miedo al fuego y llegó a la conclusión de que era un elemento que podía llegar a convertir en su aliado.

Una lanza o un hacha de piedra no eran en verdad armas excesivamente poderosas a la hora de enfrentarse a un tigre de dientes de sable o a un hambriento grupo de leopardos, pero el fuego y el ancestral terror que su sola presencia imponía incluso a las más poderosas fieras bastaba y sobraba para ponerlas en fuga sin arriesgar la piel.

El humo; el simple olor a humo en la sabana o el bosque africano provocaban de inmediato una loca estampida en la que tomaban parte desde la más inofensiva gacela a la más agresiva leona, y era tal el desconcierto que producía en sus mentes, que de simples irracionales se convertían en autómatas que tan sólo en la desesperada carrera fiaban sus esperanzas de supervivencia.

Algún día, miles de años atrás, el hombre aprendió a esquivar el fuego, dominándolo y transformándolo en un esclavo con el que enfrentarse a rivales en apariencia mucho más temibles, y desde ese mismo instante pasó a convertirse en rey de la creación.

Habían pasado siglos, ¡incontables siglos!, pero llegado el momento de peligro, la primitiva fuerza surgía de lo más profundo y ancestral del ser humano, y el viejo aliado tomaba de nuevo cartas en el asunto para poner en fuga al enemigo.

Ahora dos hombres se alejaban sin prisas marcando sus huellas sobre los rescoldos de su obra mientras el implacable fuego continuaba su avance.

A la mañana siguiente continuaban sin existir horizontes ni mucho menos aún espesos bosques, y se sentían de nuevo como desnudos en mitad de la llanura, a merced de inconcretos enemigos que quizá les estuvieran observando desde muy lejos.

–Esto me gusta menos todavía –sentenció con acritud León Bocanegra–. Nada hay peor que avanzar por campo abierto expuesto a cualquier mirada. –Buscó a su alrededor y descubrió una pequeña zanja–. Será mejor que nos tumbemos ahí y esperemos a que llegue la noche.

–¿Otra vez a pleno sol? –Se horrorizó Urco Huancay.

–Una insolación se cura en tres días –fue la desganada respuesta–. La esclavitud suele durar toda una vida.

Se acurrucaron a duras penas en la angosta hondonada, turnándose para dormitar mientras uno de ellos vigilaba, y a primera hora de la tarde el cholo agitó levemente el brazo de su compañero de fatigas para mascullar roncamente:

–¡Salvajes!

Eran «salvajes» en efecto, casi una veintena, y parecían haber nacido del lejano humo que aún dominaba el horizonte, para marchar a un trote cansino y sostenido, en dirección noroeste.

–Si siguen ese rumbo se toparán con nuestras huellas –musitó el español como si temiera que pudieran oírle pese a la enorme distancia.

–Tal vez pasen sin verlas.

–Lo dudo.

Observaron expectantes, y poco a poco pudieron advertir que andaban prácticamente desnudos y esgrimían largas lanzas y ovalados escudos pintados de colores.

Quince minutos más tarde descubrieron que también sus cuerpos, y en especial sus rostros, se encontraban pintarrajeados.

–Van en son de guerra –puntualizó León Bocanegra.

–¿Y eso es bueno o malo para nosotros?

–Depende… –Se limitó a señalar–. Si andan en pos de un enemigo determinado nos dejarán en paz. Pero si lo que buscan son esclavos, caerán sobre nosotros.

–No pienso volver a ser esclavo. Antes me pego un tiro.

–Reserva los tiros para ellos.

Los indígenas alcanzaron al fin el punto en que se distinguían sus huellas, y tal como temían, se detuvieron en el acto observándolas con evidente desconcierto.

Dos hombres habían pasado ese mismo día por allí, de eso no cabía la más mínima duda, pero por la marca de sus huellas resultaba imposible dilucidar si se encaminaban hacia poniente o hacia levante.

¿Acaso se habían cruzado?

¿O quizá se trataba del mismo hombre que había vuelto sobre sus pasos?

No; evidentemente no se trataba del mismo hombre. El tamaño y la forma de las huellas era muy diferente, pero ello no contribuía a aclarar tan extraño misterio.

Ante la duda la solución parecía obvia.

Se dividieron en dos grupos, y uno marchó en pos de las huellas que se dirigían al este, mientras el otro siguió las del que parecían encaminarse al oeste.

–¡Bien…! –comentó no sin cierta sorna el peruano–. Confío en que se cumpla aquello de «divide y vencerás».

–Siguen siendo nueve. ¿Qué tal andas de puntería?

–Con cañones de treinta libras me las arreglo. Con estos juguetes no creo que le atinara a un elefante a diez pasos. Será mejor que tú dispares y yo me encargue de recargarlas.

–De acuerdo. Pero no lo haré hasta que el otro grupo esté lo suficientemente lejos como para no oír el disparo. De lo contrario regresarían de inmediato, y en ese caso sí que podemos darnos por perdidos. Se introdujo el dedo índice en la boca y lo alzó sobre su cabeza–. Viento del norte –puntualizó–. Confío en que eso nos ayude.

Esperaron.

El peruano sudaba a chorros, con el cabello y el rostro tan empapados como si en lugar de bajo el sol se encontrara bajo un chaparrón tropical, mientras que por el contrario su acompañante se mantenía más sereno que nunca, consciente de que tenía que contagiarle dicha serenidad a quien parecía a punto de dar un salto y echar a correr como un conejo.

Pocas esperanzas de salvación tendrían corriendo.

Muy pocas.

En su nerviosismo, Urco Huancay extendió la

mano, tomó el blanco jaique sucio de sangre que había pertenecido a uno de los *fenéc* y que habían utilizado como envoltura de las armas, y se secó el sudor.

León Bocanegra le observó.

—¡Póntelo! —dijo.

—¿Cómo has dicho? —inquirió el otro sorprendido.

—¡Que te lo pongas! —insistió—. Y en cuanto yo dispare álzate para que te vean bien.

—¿Para qué?

—Tal vez te tomen por un *fenéc*... —fue la sencilla aclaración—. Por estas tierras les deben tener pánico a los *fenéc*.

—¿Y si los odian?

—El odio nunca ha estado reñido con el miedo —fue la respuesta—. Y si nos van a matar igual nos da que nos odien o no.

El peruano se tumbó en el suelo afanándose en la engorrosa tarea de introducirse por la cabeza el jaique sin mostrar ni un solo centímetro de su cuerpo, y cuando al fin se escuchó con cierta nitidez el golpear de pies descalzos, León Bocanegra alzó con infinito cuidado el cañón de su arma, apuntó pacientemente al ancho pecho del guerrero que avanzaba en primer lugar, y lo tumbó de un certero balazo.

El grupo se detuvo en seco, arremolinándose en torno al moribundo, momento que aprovechó el español para cambiar de arma al tiempo que su compañero de fatigas se ponía de pie lanzando alaridos.

La desconcertada tropa se volvió, otro de sus miembros recibió un nuevo impacto, y ante la vista de aquel vociferante personaje que aullaba envuelto en un ensangrentado jaique, los nativos dieron media vuelta y echaron a correr como alma que lleva el diablo.

A poco más de una milla de distancia se detuvieron para girar sobre sí mismos y buscar a sus nuevos enemigos.

No vieron nada puesto que dichos enemigos habían vuelto a ocultarse en la zanja, y no hacía falta ser excesivamente perspicaz como para llegar a la conclusión de que estaban preguntándose quién o quiénes eran los que les habían atacado.

No obstante, más que en lo que hicieran o dejaran de hacer, León Bocanegra se concentraba en otear el horizonte en un esfuerzo por descubrir si los que se habían alejado hacia el este volvían o no sobre sus pasos.

Por suerte la leve brisa soplaba a su favor.

Pasaron los minutos.

Largos minutos.

Minutos en los que podría pensarse que el tiempo en verdad se había detenido sobre aquel lejanísimo rincón del universo en el que la tierra aparecía chamuscada y vuelta a recalentar por un sol inclemente, y en el que unos pintarrajeados personajes dudaban entre vengar a sus muertos o alejarse definitivamente.

–¿Qué hacen? –inquirió al fin el peruano.

–Nada.

–¿Y cuánto tiempo estarán así?

–No tengo ni la menor idea –fue la sincera respuesta–. Si nunca se han enfrentado a un arma de fuego, lo más probable es que acaben por marcharse. Si las conocen tal vez nos ataquen.

Atisbaron por entre unas piedras para descubrir que la perpleja partida de salvajes había tomado asiento y cuchicheaba en lo que seguía pareciendo un excitado e interminable conciliábulo.

Muerto el que los comandaba, resultaba evidente que no llegaban a un acuerdo sobre quién habría de sucederle o qué actitud debían tomar a partir de aquel momento.

Tiempo de espera.

León Bocanegra era un hombre acostumbrado a las largas esperas.

Urco Huancay se iba poniendo más y más nervioso a cada minuto.

Por fin ocurrió lo que más temían: la partida que se había alejado hacia el este regresaba.

Probablemente su experiencia a la hora de seguir pistas les había llevado a la conclusión de que se estaban alejando cada vez más de sus presas, por lo que el engaño no había dado frutos más que durante un corto período de tiempo.

—Tenemos problemas —admitió el español—. Ahora serán demasiados…

Como no obtuvo respuesta se dedicó a estudiar el sol en un intento por calcular cuánto tiempo tardaría en ocultarse.

Por muy aprisa que corriera, el grupo que llegaba no se reuniría con sus compañeros antes de que las primeras sombras se adueñaran de la llanura, por lo que era de suponer que, en caso de atacarles, no se decidirían a hacerlo hasta que hubiera cerrado la noche.

—Tenemos que alejarnos antes de que salga la luna…

—musitó como para sí mismo—. Si nos ven estaremos perdidos.

—¿Crees que serán caníbales? —fue todo lo que obtuvo como respuesta.

—¿Y qué importa eso? —señaló—. Una vez muerto igual me da que me devore una hiena, un león, que un salvaje. Si conseguimos alejarnos en la oscuridad, no encontrarán nuestras huellas hasta que amanezca, y eso nos dará una gran ventaja.

El sol rozó la línea del horizonte.

Los que corrían parecían fatigados.

Era al menos una señal esperanzadora.

León Bocanegra estudió con detenimiento el terreno y por fin señaló hacia el suroeste.

—Iremos hacia allá —dijo—. Y ahora busca una piedra.

—¿Una piedra? —Se sorprendió—. ¿Qué clase de piedra?

—No muy grande y más bien plana.

Mientras el peruano se arrastraba por la zanja en procura de lo que le había solicitado, León Bocanegra se afanó en cavar un hueco en el que introducir la culata de una de las espingardas de tal modo que quedara firmemente asentada y apuntando directamente al cielo.

Luego ató un pedazo de cuerda al gatillo y cuando su compañero regresó con la piedra la amarró al otro extremo de esa cuerda.

—¿Qué diablos haces? —quiso saber Urco Huancay.

—Distraerles —fue la respuesta—. En cuanto caiga la noche nos arrastraremos en aquella dirección, pero nos interesa que piensen que seguimos aquí. Si colocamos la piedra en equilibrio sobre el extremo del cañón, al cabo de un rato, el viento la hará caer. Tirará de la cuerda, la cuerda tirará del gatillo y el arma se disparará. Eso les detendrá un buen rato y cuando se decidan a venir confío en estar lejos.

–Eres un tipo muy astuto –admitió el otro–. ¿Crees que dará resultado?

–Puede que sí, y puede que no –reconoció su compañero de fatigas–. Pero lo que está claro es que hay que intentarlo.

Llegaba la oscuridad.

Ya apenas se distinguía nada a treinta metros de distancia.

Recogieron las armas, abandonando las blancas ropas que podían delatar su presencia y se ataron entre sí, muñeca a muñeca con una cuerda de unos tres metros de distancia con el fin de no correr el riesgo de separarse en las tinieblas.

Cuando ya no se veían ni tan siquiera el uno al otro, el español colocó con mucho cuidado la piedra en lo alto de la espingarda, amartilló esta última, y comenzó a arrastrarse por la zanja, rumbo al suroeste.

El otro le siguió.

Recorrieron así, pegados al suelo, sombras entre las sombras, unos trescientos metros, para abandonar al fin la zanja y salir a terreno descubierto.

La oscuridad era absoluta y de no haber estado unidos probablemente hubieran acabado por perderse, pero siguieron adelante, aún más despacio, sin arriesgarse a alzar la cabeza, conscientes como estaban de que aquélla era la única esperanza que se les ofrecía de salir con vida de tan difícil trance.

De pronto, una explosión atronó la llanura que por una décima de segundo se iluminó a sus espaldas.

El viento había acudido en su ayuda convirtiéndose una vez más en su aliado.

Derribó la piedra que tiró del gatillo obligando a dispararse al arma, lo que impulsaría a imaginar a los salvajes que sus enemigos continuaban en el mismo punto.

No obstante, éstos se encontraban ya lo suficientemente lejos como para arriesgarse a erguirse e iniciar ahora una marcha rápida e igualmente silenciosa, siempre hacia el suroeste.

Unidos por la cuerda no tenían necesidad de pronunciar ni tan siquiera un susurro, avanzando hombro con hombro hasta que poco a poco iniciaron una rítmica carrera que les alejaría, durante toda una noche, de sus perseguidores.

Excelente marino, León Bocanegra sabía seguir el rumbo por medio de las estrellas pese a que fueran estrellas muy diferentes a aquellas que solían marcarle los caminos cuando se encontraba a bordo de su nave. Siguieron rumbo sur-suroeste durante casi diez horas de rítmica carrera en la que no prestaban atención a cuanto no significara alejarse lo más posible de unos nativos cuya intención tal vez fuera convertirlos en sabrosas chuletas.

Diez minutos de descanso de tanto en tanto, hasta que al fin nació una claridad lechosa, por lo que buscaron refugio entre un grupo de sicómoros de la cima de un otero.

Durmieron por turnos hasta bien entrada la tarde, en que se sentaron juntos a observar la llanura que se abría a sus espaldas.

—¿Crees que nos habrán seguido?

—Pronto lo sabremos, pero si no hacen su aparición antes de que caiga la noche no tendremos que volver a preocuparnos de ellos.

—Aparecerán otros.

—Probablemente… —admitió el español—. Pero más nos vale no pensar en ello hasta que ocurra. —Golpeó con afecto la culata del pistolón que descansaba a su lado—. Ésta será siempre nuestra última esperanza, pero confío en no tener que recurrir a ella.

—¿Serías capaz de suicidarte?

—Naturalmente.

—Pero eso es pecado. Un pecado mortal.

—El peor pecado es que alguien, sea quien sea, consienta en que tengamos que padecer lo que estamos padeciendo. O lo que yo he padecido en aquella salina. Quien consiente tal cosa no tiene derecho a esperar que se respeten sus leyes.

—Suena a blasfemia.

—Blasfemar constituye siempre el último recurso. Estoy cansado de huir y de esconderme; de vivir peor que la más miserable de las bestias; de pasar calor, hambre y sed. Y sobre todo de saber que me encuentro a miles de millas de mi mundo y no saber si algún día regresaré a él. —Se volvió a mirar de frente a su compañero de andanzas—. ¿Y todo por qué? ¿Qué pecado he cometido que me obligan a pagar semejante precio? Mi único error fue dejarme sorprender por una tormenta en exceso violenta.

—Pese a todo, suicidarse significa condenarse irremisiblemente al fuego eterno —insistió el peruano—. Cuando el padre de doña Celeste se suicidó, aunque fuera en un acto heroico que nos salvó a todos, la vi sufrir más por el hecho de saber que se había condenado, que por el hecho de perderle. Al fin y al cabo era un anciano.

–¡Doña Celeste! –repitió el otro en tono abiertamente despectivo–. Te tiene obsesionado ese marimacho.

–Es posible... –admitió Urco Huancay–. Quizá haya aprendido a verlo todo a través de sus ojos, pero te garantizo que no es ningún marimacho.

–¿Ah, no? –Se asombró León Bocanegra–. ¿Cómo llamarías a una mujer que comanda una tripulación en la que por lo visto abundan los ex convictos y algún que otro pirata?

–Cualquier cosa menos marimacho. Es una muchacha dulce, tierna y comprensiva. La esposa, la novia o la hermana con la que todos soñaríamos.

–¿Una muchacha? –repitió asombrado su interlocutor–. ¿Quieres decir que es joven?

–Mucho. Debe rondar los veinte años.

–¡No fastidies! Me había hecho a la idea de que era una especie de cuarentona bigotuda.

–En absoluto –fue la respuesta–. Es joven. Y muy bonita.

–¡Diantres! Pues se lo estará pasando bomba con toda una tripulación a su servicio. ¡Joder con doña Celeste!

–¡Cuida tu lenguaje! –replicó el peruano súbitamente alterado y en un tono que no había empleado hasta ese momento–. Sé que te debo mucho, pero no consiento que insultes a doña Celeste. Es un ser maravilloso y pongo la mano en el fuego a que es virgen.

Se diría que semejante revelación dejaba de piedra al español, que durante unos instantes no acertó a pronunciar palabra como si lo que acabara de oír le resultase en verdad totalmente inadmisible.

Por último agitó negativamente la cabeza como si intentara desechar un pensamiento absurdo.

—¿Pretendes hacerme creer que es la única mujer a bordo de un galeón, que es joven y bonita y que aún así no se acuesta con nadie?

—¡Exactamente!

—¡Perdóname, pero no puedo creerte!

—Me importa un bledo que me creas o no —le espetó su interlocutor en un tono casi agresivo—. Y será mejor que dejemos el tema porque resultaría absurdo que, en nuestra situación actual, acabáramos por enemistarnos.

—¿Tanto significa para ti?

—Más de lo que haya significado nunca nadie en este mundo. Daría mi vida por ella, al igual que creo que la darían la mayor parte de los miembros de su tripulación.

León Bocanegra no respondió, sumiéndose en un extraño mutismo en el que se diría que estaba intentando asimilar cuanto acababa de escuchar y que sin duda iba más allá de su capacidad de raciocinio.

No obstante, careció del tiempo necesario como para llegar a alguna conclusión medianamente válida, puesto que de improviso su vista quedó clavada en un punto del horizonte.

—¡Allí están! —susurró.

El peruano siguió la dirección de su mirada y al poco asintió con un gesto.

—Son ellos, no cabe duda. ¿Qué vamos a hacer?

León Bocanegra alzó la vista y calculó el tiempo que tardaría el sol en ocultarse.

–¡Deja que se cansen! –señaló al poco–. No quiero sorpresas arriesgándome a salir a campo abierto a la luz del día.

Fue una curiosa espera.

Dos hombres permanecían sentados, impasibles, observando cómo una partida de feroces guerreros fuertemente armados avanzaba hacia ellos con la evidente intención de aniquilarles, al tiempo que observaban de igual modo cómo el sol se dejaba caer mansamente sobre la línea del horizonte.

Lo que en un principio apenas eran diminutos puntos en la distancia, ganaban minuto a minuto en tamaño, cobraban vida y se transformaban metro a metro en un peligro cierto, pero Urco Huancay conservaba la calma al advertir la seguridad en sí mismo con que el marino español dejaba pasar esos minutos.

Cuando al fin pudieron distinguirlos con total nitidez llegaron a la conclusión de que en efecto, venían agotados.

Todo un día de seguir sus huellas bajo un sol inclemente les obligaba a sudar a chorros, y si hubiesen tenido ocasión de escuchar su respiración habrían advertido, de igual modo, que cada vez resultaba más irregular y agobiante.

Se trataba de un grupo de hombres jóvenes y fuertes, acostumbrados a perseguir sus presas a través de selvas, montañas y llanuras, pero aquélla era una presa demasiado escurridiza, y que había aprendido mucho tiempo atrás a dosificar sus fuerzas.

El sol comenzaba a coquetear con el horizonte y casi se podía escuchar el jadeo de la tropa cuando León Bocanegra se puso perezosamente en pie para señalar con sequedad:

—¡Ahora nos toca a nosotros! ¡Vamos!

Iniciaron una vez más, una de las infinitas veces más, la acompasada marcha con el fin de internarse en las sombras de la noche que pronto se adueñarían del paisaje, y al verles surgir de entre la espesura y alejarse, los salvajes lanzaron un desesperado rugido de impotencia convencidos de que habían sido nuevamente derrotados.

En el fondo era como un juego; un peligroso juego en el que la apuesta era la vida, pero estaba claro que aquélla era una tierra dura y cruel en la que la vida de todos sus habitantes pendía siempre de un hilo.

La llanura se poblaba cada vez más de espesura.

Las altas y resecas gramíneas y las aisladas acacias calcinadas por el sol iban dejando paso a una hierba verde y mullida, y a grupos de altos árboles que anunciaban a gritos la cercanía de la selva.

Los últimos rayos del sol rebotaban contra las cumbres de agrestes montañas que se alienaban hacia el este; montañas de las que nacían riachuelos que se iban abriendo camino por lo que parecía ser un gigantesco valle húmedo y fértil.

El desierto no era ya más que un recuerdo.

La sabana se dejaba vencer.

Las nubes que llegaban del aún lejano golfo de Guinea empezaban a hacerse dueñas de los cielos.

Olía a tierra mojada.

La noche era más noche sin la compañía de las estrellas.

África mostraba su nuevo rostro; el rostro de la selva, y tanto matojos como árboles caídos les obligaron a frenar el ritmo de su carrera.

No obstante, ahora sabían que aunque su velocidad disminuyese, las hojas muertas y la hierba joven ocultarían en parte su rastro dificultando de igual modo el trabajo de quienes al día siguiente vinieran tras sus huellas, si es que los guerreros perseveraban en su persecución.

Pasada la media noche León Bocanegra se detuvo de improviso venteando el aire en todas direcciones.

–¡Gente! –musitó.

–¿Cómo lo sabes?

–Huele a carne asada.

No obtuvo respuesta puesto que los sentidos del peruano no se encontraban tan desarrollados como los de alguien que llevaba años dependiendo de la sensibilidad de su olfato, su vista o su oído.

Avanzaron con infinitas precauciones y al poco vislumbraron los rescoldos de una hoguera en torno a la cual se agrupaban media docena de redondas chozas de barro.

Ladró un perro.

Se alejaron dando un gran rodeo para avanzar con infinitas precauciones bordeando el cauce de un rumoroso riachuelo que parecía ir ganando anchura por momentos.

El alba fue glauca.

La luz aparecía tamizada por infinidad de hojas y raíces aéreas que colgaban de altísimos árboles.

¡La selva!

¡Dios Bendito!

El oscuro río susurrante se abría paso ahora a través de una espesa jungla tropical, húmeda y lujuriante.

Aquél era otro mundo.

Un mundo en cierto modo maravilloso y en cierto modo amenazante.

Nuevos paisajes, nuevas bestias, distintos seres humanos y peligros muy diferentes a los que tenían que aprender a hacer frente, puesto que ambos sabían que a partir de aquel punto y hasta su destino final, fuera éste el mar o la cubierta de un galeón, ya nada volvería a ser como antaño.

—¿Qué vamos a hacer ahora? —quiso saber el peruano.

—Aún no lo sé —admitió su compañero con absoluta sinceridad—. Pero lo que está claro es que, si hemos llegado hasta aquí, seguiremos adelante.

—Háblame de ella.

—¿De quién?

—¿De quién va a ser? De doña Celeste. Cuéntame cosas.

—¿Qué clase de cosas?

—¡Cosas! ¿Quién es? ¿Cómo es? ¿Por qué llegó a convertirse en armador de un galeón que se dedica a combatir el tráfico de esclavos en contra de la opinión de todo el mundo... ¡Cosas!

—Es joven, ya te lo he dicho... —replicó con calma el peruano—. Y muy bonita. No demasiado alta, pero tiene un cabello precioso, un cuerpo magnífico, unos ojos enormes y expresivos, y sobre todo, una sonrisa encantadora, las escasas veces en que sonríe. Casi siempre está triste.

—¿Por qué?

—Por lo visto su vida ha sido muy dura. Un gaviero, que debió de ser pirata a las órdenes de su hermano, aunque él se esfuerza en ocultarlo, me contó gran parte de su historia. Al parecer su familia era muy pobre, pescadores de perlas de la isla de Margarita, pero su madre era bellísima. Un día apareció por allí el gobernador, la sedujo y se la llevó, con Celeste, que por entonces era una niña, a su palacio de la capital. Para evitarse problemas, al padre lo encerró en una mazmorra.

—¡Menudo hijo de puta!

—Más hija de puta debía ser la mujer que lo aceptó. Sin embargo, el hermano de doña Celeste, Sebastián, que era apenas un muchacho, sacó una noche del presidio a su padre y se embarcaron en una lancha, haciéndose a la mar.

—Un chico valiente.

—No puedes imaginar cuánto. Al cabo de casi dos semanas, y cuando ya estaban a punto de morir, los encontró un barco pirata, el *Jacaré*, a cuyo capitán, el famoso Jacaré Jack, le encantó el desparpajo y la astucia del muchacho, hasta el punto de que cuando años más tarde decidió retirarse a su Escocia natal, le dejó en herencia el barco y el nombre.

—¡Ahora lo entiendo! —admitió el español—. Yo siempre había oído hablar de Jacaré Jack como de un hombre mayor. ¿De modo que hubo otro?

—El joven Sebastián, que sacó a su hermana del palacio del gobernador cuando éste parecía dispuesto a sustituir a la madre, que se había convertido en una gorda borracha y repugnante, por la hija, que empezaba a florecer. —Urco Huancay chasqueó la lengua en un gesto que parecía querer demostrar la magnitud de su repugnancia—. Por lo visto la vieja estaba dispuesta a cerrar los ojos e incluso favorecer ese cambio a condición de no perder sus privilegios.

—¿Cómo puede existir una mujer así?

—Del mismo modo que existen hombres así. Tener tetas nunca ha sido una garantía de honradez, y cuando una mujer sale bruja es más bruja que el más brujo de los brujos. Por suerte, Sebastián apareció a tiempo, se llevó a su hermana a Port Royal y allí vivieron hasta el jodido día que el terremoto acabó con todo. Sebastián murió, y el resto de la historia ya te la he contado.

—¡Curiosa!

—Muy curiosa, en efecto. Doña Celeste adoraba a su padre y a su hermano, y ahora que los ha perdido a los dos no tiene muchos motivos de alegría...

—Pero siendo joven, guapa y muy rica, podría tener lo que quisiera. ¿Por qué no se va a Europa, a vivir en paz y sin problemas?

—No es su carácter. Ella lucha por aquello en lo que cree: la liberación de los negros.

—¡Sigo pensando que se trata de una soberana estupidez! Hoy por hoy nadie conseguirá abolir el tráfico de esclavos. Hay demasiados intereses en juego...

—Yo lo sé, tú lo sabes, ella lo sabe, y todos lo sabemos, pero doña Celeste es de las que adoran luchar contra corriente...

Fue a añadir algo pero León Bocanegra avanzó la mano colocándosela sobre la boca en clara invitación a que guardara silencio.

Permanecieron muy quietos, escuchando, y al poco resultó evidente que tenían razón a la hora de ser prudentes. Pese a que se encontraban ocultos en lo más profundo de la espesura, se escuchaban nítidos rumores de hojas secas al ser aplastadas y ramas al partirse.

Alguien avanzaba hacia ellos, y por el ruido cabía deducir que no se trataba de una sola persona.

Se ocultaron aún más y atisbaron por entre la maleza.

Pasaron, angustiosos, los minutos.

El rumor se percibía cada vez más cercano, los chasquidos eran más y más frecuentes, y al poco a los ruidos propios del avance se unió otro, confuso y casi indescriptible, como si un enorme bombo estuviera girando sobre sí mismo, estrujando y apretujando cuanto llevaba en su interior.

Se observaron perplejos, preguntándose en silencio qué podía significar aquello.

Al poco, las lianas se abrieron para que hiciera su aparición una extraña forma ondulada que se movía de un lado a otro, y tras ella dos blancos y amenazadores colmillos a los que seguía la gigantesca masa gris de un elefante.

El asombro, y tal vez el espanto, les impidió moverse.

La bestia se detuvo, alzó la trompa, arrancó unas ramas tiernas y se las llevó a la boca.

En su quietud pudieron llegar a la conclusión de que el extraño rumor procedía de su estómago, que al parecer se retorcía y agitaba a la hora de digerir ramas y frutos.

El animal, un viejo macho de gigantescas proporciones, se movía con la lentitud y la tranquilidad de quien se sabe dueño absoluto de la foresta, y ni siquiera pareció alterarse cuando en un momento dado torció la trompa hacia donde se encontraban y venteó el aire a la búsqueda de nuevos olores.

Sin duda adivinó que allí, entre los matojos, se ocultaban dos míseras criaturas humanas, pero una especie de sexto sentido le debió de advertir que se encontraban demasiado asustadas, por lo que resultaban de todo punto inofensivas.

Lo observaron durante los largos minutos que el despectivo mastodonte se dedicó a pastar por las proximidades antes de optar por alejarse con la indiferente calma de quien desprecia profundamente a sus posibles enemigos.

Cuando al fin dejaron de escucharle lanzaron un profundo suspiro de alivio.

–¿Habías visto alguna vez alguno? –quiso saber el peruano.

–Tan cerca no –admitió su interlocutor–. Y la verdad es que acojona.

–¿Qué pasaría si en lugar de comer hojas, ramas y frutos, comiera gente?

–Que no quedaría un negro en África. –El español agitó la cabeza como si pretendiera reafirmar la magnitud de su admiración–. Es el animal más bello que he visto nunca –musitó–. Lo más grandioso que nadie pueda imaginar... –Se puso en pie muy lentamente–. Y ahora será mejor que nos pongamos en marcha.

–¿A plena luz del día? –Se sorprendió Urco Huancay.

–¿Y qué otra cosa podemos hacer? –fue la lógica respuesta–. De noche no avanzaríamos ni un metro en la dirección correcta. A partir de ahora tenemos que darle un vuelco a nuestros hábitos.

Iniciaron por tanto la marcha, con infinitas precauciones, paralelos siempre al cauce del río que se iba ensanchando a ojos vista, siempre en silencio, muy despacio, y atentos al menor rumor que les llegara.

Aquélla era una selva muy diferente a la que León Bocanegra había conocido en la orilla sur del lago Chad, e incluso de la que cubría las montañas en las que se había tropezado con los *fenéc* y sus esclavos. Aquélla era la auténtica jungla guineana, de lluvias constantes, calor pegajoso y un vaho denso que ascendía a partir de media mañana de la tierra y se enroscaba en torno a las lianas y los gruesos árboles confiriendo al paisaje un aspecto fantasmagórico y en ciertos momentos aterrador.

Los pies se hundían en una especie de fango putrefacto conformado, más que por tierra o barro, por detritus amontonados a lo largo de millones de años, y era tal la humedad de ese suelo oscuro y pestilente, que al poco las correas que sujetaban las sandalias se reblandecieron hasta el punto de que el español se vio obligado a continuar el viaje descalzo.

El sol; un sol triste, lejano e impreciso, les indicaba que el río había variado su rumbo hacia el oeste, pero como era ese río el que debía conducirles al mar, se limitaron a seguir su curso sin preocuparse de ninguna otra circunstancia.

Descubrieron senderos.

Senderos diminutos, tal vez abiertos por las bestias o tal vez por los humanos, pero las constantes lluvias borraban pronto las huellas, por lo que resultaba imposible dilucidar si se trataba de los unos o los otros.

Al atardecer les asaltó de nuevo un apetitoso y denso olor a carne asada, lo cual les obligó a extremar aún más las precauciones; al poco vieron a un par de chicuelos muy negros bañándose en la orilla opuesta y minutos después descubrieron un diminuto poblado semioculto tras una alta empalizada de gruesos troncos.

Ni siquiera tuvieron ocasión de vislumbrar el aspecto de sus habitantes.

De varias de sus chozas ascendía un humo denso, pero la altura de la empalizada impedía distinguir a nadie.

De pronto una mujer comenzó a cantar.

Tenía una voz cálida, agradable y melodiosa, y aunque lo que decía resultaba de todo punto incomprensible para ambos, la alegría que demostraba les obligó a quedarse muy quietos, como hechizados por las diferentes tonalidades que subían y bajaban como el gorgojeo de un millón de pájaros de la foresta, ya que era aquélla una garganta en verdad prodigiosa que sabía imitar a la perfección el trino de la mayor parte de los habitantes de la jungla.

Una voz femenina vibrando feliz en mitad de una selva en la que les acechaban incontables peligros constituía en verdad un choque anímico mucho más brutal que la brusca aparición de una fiera sedienta de sangre, ya que les transportaba, de improviso, a mundos muy lejanos de los que apenas conservaban un simple recuerdo.

¿Cuándo fue la última vez que el capitán Bocanegra oyó cantar a una mujer con idéntica alegría?

Aquella voz venía a dejar constancia de que incluso en el más perdido rincón de la espesura del continente negro, allí donde reinaban los leopardos, las serpientes y los elefantes, existía, no obstante, una mujer feliz con su destino, que no dudaba a la hora de demostrarlo con una de las formas más hermosas que existen de expresar los sentimientos.

Tomaron asiento apoyados contra el tronco de una frondosa ceiba y escucharon.

Su vieja enemiga, la nostalgia, llegó a la carrera, jadeante, como si se avergonzara de haberse quedado rezagada días atrás.

Allí estaba de nuevo decidida a roerles las entrañas, agrietarles el corazón, y dejar caer sobre sus espaldas la pesada carga de las evocaciones.

La suya era ahora una soledad compartida, extraña quizá, pero no por ello menos dolorosa.

Pese a que se encontraban sentados apenas a unos centímetros de distancia, en aquellos momentos ninguno de los dos se sentía acompañado, puesto que sus mentes se encontraban demasiado lejos de la ceiba.

Una debía de haber volado hasta Perú, y la otra, hasta la cubierta de un viejo barco del cual ya no quedaba nada.

Caía la tarde; llegaba la noche tan perezosa cuando se va adueñando de cada hoja, cada liana y cada tronco como si se tratara de una apocalíptica bestia que fuera engullendo el mundo a bocados para sumirlo en la impenetrable oscuridad de su gigantesco estómago, y cuando al fin ellos mismos se supieron engullidos, cerraron los ojos para permitir que el cansancio les venciera mientras aún resonaba en sus oídos aquella mágica voz tan repleta de cadencias.

¿Por qué no se alejaron?

Quizá el hecho de dormir en la proximidad de otros seres humanos –aunque tal vez fueran caníbales– contribuyó en cierto modo a aliviar sus temores.

Y es que posiblemente el peor de los temores no fuera ya la muerte, sino el convencimiento de que su existencia se limitaba a aquel continuo vagar de un lado a otro, huyendo siempre de algo o de alguien, y buscando una salida inexistente al mayor de los laberintos jamás imaginados.

Volar como Ícaro aun a riesgo de quemarse las alas bajo el sol constituía la única esperanza de salvación, y a falta de alas, dejaban volar su imaginación que les llevaba de regreso a su mundo.

Al alba les despertó la hermosa voz cuya alegría de vivir parecía no conocer horarios, y ambos sintieron envidia por no ser negros, no ser nativos de aquella espesa selva, y no poder atravesar la empalizada libremente con el fin de conocer a la dueña de tan prodigiosa garganta.

Reanudaron la marcha cabizbajos, silenciosos y cansados de antemano por el peso de la profunda amargura que se había convertido de improviso en incómoda compañera de viaje.

Pasado el mediodía advirtieron que un nuevo río que llegaba del sureste se unía al que seguían, con lo que casi doblaba su anchura, y poco más allá, y también en la orilla opuesta, distinguieron un nuevo grupo de chozas protegida de igual modo por una alta empalizada, pero que ofrecía la particularidad de que, varadas en la arena, se distinguían cuatro largas piraguas de oscura madera.

—Eso es lo que necesitamos —señaló el español—. Una piragua con la que navegar de noche y escondernos de día.

Se sentaron por tanto a esperar a que las tinieblas se

adueñaran del paisaje, aguardaron hasta tener la completa seguridad de que los nativos dormían, y sólo entonces se introdujeron en el agua para dejarse arrastrar por la corriente e ir a poner el pie en tierra a menos de diez metros de las embarcaciones.

Permanecieron largo rato muy quietos, escuchando en silencio, y al fin se apoderaron de la primera de ellas y se perdieron en las sombras de la noche sin pronunciar palabra.

El simple hecho de navegar, de sentir el rumor del agua al deslizarse sobre los costados, y el ligero vaivén que les remontaba a viejos tiempos, les devolvió en cierto modo el ánimo perdido, puesto que al fin y al cabo ambos eran marinos y era a bordo de una nave, aunque fuera tan frágil como aquélla, donde se sentían verdaderamente a gusto.

Desde el centro del cauce, lejos de los altos y copudos árboles, se distinguían a menudo las estrellas, y a través de ellas León Bocanegra supo que realmente avanzaban en la dirección apetecida, siempre hacia el suroeste, siempre en procura del ansiado golfo de Guinea.

—Éste debe ser un afluente del Níger —señaló a la mañana siguiente, cuando se encontraron seguros ocultos, junto a la piragua, en lo más espeso de la foresta.

—Existe un río, el Benué, le llaman los nativos, que desemboca en el Níger a unos dos días de navegación de donde se encuentra el barco —replicó el peruano—. Con suerte, tal vez sea éste.

—Raro sería que la suerte se dignara hacerme una visita —puntualizó su acompañante—. Pero también es cierto que no puede pasarse muchos más años esquivándome. Si no es el Benué, es de esperar que sea al menos uno de sus tributarios.

Con ese sueño soñaron.

Con esa ilusión durmieron.

Con esa esperanza despertaron al caer la noche, y con ese deseo reemprendieron la marcha aguas abajo.

Se deslizaban tumbados en el fondo de la embarcación, sin asomar apenas más que las manos y la cabeza, con el fin de que quien distinguiese en las tinieblas una mancha que se movía sobre la superficie supusiera que no se trataba más que de uno de los muchos troncos que arrastraba la corriente.

Al poco comenzó a diluviar.

Cataratas de agua se precipitaban desde nubes tan bajas que parecían rozar las copas de los más altos árboles, y gracias debían dar puesto que si tan gigantesca masa líquida se hubiera precipitado desde una altura más considerable hubieran corrido serio peligro de perecer aplastados.

Las lluvias del Benué –si es que en verdad era el Benué– no eran, ni habían sido nunca, normales.

A las lluvias del Benué –si es que en verdad era el Benué– no les faltaba más que el Arca de Noé para pasar día tras día a la historia de las grandes catástrofes, pero por suerte el drenaje de la región había sido diseñado por la naturaleza con tan absoluta perfección que de inmediato las aguas que escurrían de las hojas de los árboles se deslizaban sobre la maleza putrefacta e iban a parar al cauce del río que de ese modo crecía y se ensanchaba a ojos vista.

Ni un rayo de sol hería durante tres o cuatro días la tierra.

Ni una estrella hacía su aparición a todo lo largo de la noche.

Al rumor de la corriente tan sólo le vencía el restallar de las centellas y el retumbar del trueno.

Deslumbrantes relámpagos trazaban caprichosos dibujos sobre las oscuras nubes.

El arco iris había emigrado de la región mil años antes para dejar a las tonalidades grisáceas como indiscutibles dueñas del paisaje.

Musgo y moho trepaban mansamente por las rugosas cortezas de los árboles.

En los amaneceres tiritaban.

A la caída de la tarde despertaban con la impresión de encontrarse encerrados en la más gigantesca sauna del planeta.

Durante las largas horas de vigilia, ocultos entre el ramaje a poco más de diez metros de la orilla, hablaban en susurros de doña Celeste Heredia, de su barco, de su historia, o del lejano mundo que habían dejado atrás hacía ya tanto tiempo.

El exceso de humedad bajaba sus defensas sumiéndoles en la laxitud y la desgana.

¡Estaban cansados!

¡Tan cansados!

Noches de tensión, días de espera.

Y el peligro acechando en cada recodo del camino.

Pero al fin, una noche gloriosa, y tras dejar a la derecha una inmensa isla de espesa vegetación, se adentraron en una ancha corriente que llegaba, mansa y poderosa desde el norte.

¡El Níger!

¡Dios fuera loado!

¡El Níger!

Las lágrimas anegaron los ojos del peruano que necesitó un largo rato a la hora de deshacer el nudo que se le había formado en la garganta.

–Lo hemos conseguido –musitó al fin–. ¡Lo hemos conseguido, hermano! Reconozco estas aguas y esas orillas. Aquí empieza el país de los libertos.

León Bocanegra no replicó puesto que se encontraba de igual modo conmovido por la indiscutible realidad de que se habían adentrado en el prodigioso cauce de aquel río del que Sixto Molinero le hablara años atrás como única vía de escape posible. El río que el mítico guerrero Tombuctú desvió por venganza a base de coraje y paciencia, discurría sin prisas hacia ese mar en el que había depositado siempre todas sus esperanzas.

Pese a la seguridad de su posición, poco antes del alba se ocultaron una vez más entre la maleza, pero en esta ocasión ni siquiera pudieron pegar ojo. Permanecían al acecho, observando cada movimiento de la vegetación, cada rumor de voces, cada gesto de las bestias que habitaban las orillas, a la espera de un detalle que les indicara que en verdad se encontraban fuera de peligro.

Al fin, pasado el mediodía, una altiva falúa armada de una amplia vela triangular y adornada con multicolores gallardetes hizo su aparición llegando desde el sur.

Navegaba muy despacio, venciendo la fuerza de la corriente a base de continuas ciabogas en las que aprovechaba al máximo la breve brisa reinante, y a medida que la veían aproximarse metro a metro sus corazones latían con más fuerza, ansiosos por distinguir los rostros de quienes tan hábilmente maniobraban.

Al fin, Urco Huancay dio un salto y echó a correr hacia la orilla.

—¡Cristianos! —gritaba como un poseso—. ¡Son cristianos!

Cristianos eran, en efecto, y tripulantes de *La Dama de Plata* patrullando la frontera norte, a los que costó un enorme esfuerzo reconocer en aquel personaje peludo y vociferante al fiel compañero desaparecido meses atrás.

—¡Vaya! —exclamó sonriente el escuálido hombrecillo que parecía comandar la menguada tropa—. ¿De modo que a los salvajes no les gusta la carne de cholo andino...? ¡Ya me parecía a mí!

Saltó a tierra, abrazó con afecto al peruano, y se volvió luego a observar, perplejo, al extraño personaje que surgía en esos momentos de la espesura y que avanzaba hacia la embarcación con paso firme y elástico.

—¿Y ése? —inquirió—. ¿De dónde ha salido?

—Es una larga historia —replicó Urco Huancay—. Larga y casi inconcebible.

—Es una historia terrible –admitió Celeste Heredia–. Terrible, incluso para quienes estamos habituados a escuchar terribles historias, pero a través de ella deduzco que debéis ser el primer europeo que ha atravesado África de norte a sur.

—Por lo que he podido averiguar, ni tan siquiera he recorrido una cuarta parte... –le contradijo con naturalidad León Bocanegra–. Al este del lago Chad se extiende de otro tanto de desierto, y hacia el sur las selvas continúan hasta el cabo de Buena Esperanza. Éste es en verdad un continente inmenso y tan repleto de contrastes, que a mí mismo me asombran.

Se encontraban reunidos bajo la toldilla de popa, con Celeste Heredia rodeada por sus hombres de confianza: el capitán español Sancho Mendaña, el en apariencia siempre frío y distante Gaspar Reuter, el diminuto veneciano Arrigo Buenarrivo y el anciano y desharrapado Padre Barbas. Resultaba evidente que ninguno de ellos ocultaba su admiración ante la magnitud de las hazañas de aquel hombre flaco, fibroso, de ojos enfebrecidos y espesa cabellera, que había hecho una pormenorizada referencia a sus infinitas calamidades en el corazón del continente con la pausada serenidad de quien cuenta bucólicos paseos durante un agitado fin de semana en la campiña.

—Jamás había oído hablar de esclavos blancos —señaló al fin el impresionado Sancho Mendaña—. Pero por lo que habéis contado resulta evidente que su destino es mil veces peor que el de todos los negros que permanecen cautivos en América.

—Que no os quepa la más mínima duda —admitió convencido el recién llegado—. Nada de cuanto puedan padecer esos infelices en una hacienda de caña caribeña admite comparación con las salinas del Chad.

—¡Increíble! ¡Sinceramente increíble! —intervino a su vez el por lo general flemático Gaspar Reuter—. Obligar a seres humanos a sacar sal hasta la muerte. ¿Estáis seguro de que toda vuestra tripulación ha perecido?

—Razonablemente seguro —puntualizó el capitán español—. Nadie puede sobrevivir en condiciones tan extremas durante mucho tiempo.

—¿Cuánto estuvisteis allí?

—No lo tengo muy claro ya que los días se me antojaban todos iguales en un lugar en el que apenas se advierten los cambios de estación. Tal vez dos años; tal vez tres... ¡Cualquiera sabe!

—Demostrasteis mucho coraje.

—A la hora de conservar la vida, no es el coraje lo que importa, sino las ganas de vivir —sentenció convencido León Bocanegra—. Con demasiada frecuencia es el miedo el que más te ayuda a la hora de seguir adelante...

–¡Bien! –atajó Celeste Heredia dando por concluida la conversación–. Resulta evidente que os encontráis fatigado, y lo mejor que podemos hacer ahora es permitir que descanséis en paz y sin sobresaltos. Sobrado tiempo tendremos de ahondar en el tema.

Dos días y dos noches durmió León Bocanegra.

Dos días y dos noches en los que de tanto en tanto despertaba como si presintiera el peligro, para tranquilizarse de inmediato al escuchar el leve crujido de las cuadernas del navío, y aspirar el amado olor a brea que le retrotraía a lejanos tiempos nunca olvidados.

Descansar en la oscuridad del camarote de un enorme galeón significaba casi tanto como regresar al vientre de su madre; a la seguridad del seno en que siempre había vivido; al mundo del que jamás pretendió huir, y en el que tan a gusto se sentía.

Le faltaban, eso sí, el arrullo de las olas y el perfume de un mar aún demasiado lejano, pero tenía razones para confiar en que muy pronto ese infinito mar, tan deseado, se abriría de nuevo ante él con toda su prodigiosa magnitud.

Y en cuanto cerraba de nuevo los ojos a su mente acudía de inmediato el sereno rostro de la mujer de la que tanto había oído hablar durante aquellas últimas semanas y cuya presencia real no le había decepcionado en absoluto.

Era exactamente tal como el peruano se la había descrito: dulce, serena, tierna y etérea hasta parecer casi irreal, pero al mismo tiempo decidida, hermosa e inteligente.

Con esa imagen volvía a dormirse.

Y con esa imagen despertaba.

Pero cuando al fin regresó por completo a la realidad, le desconcertó descubrir la absurda y casi incomprensible complejidad de semejante realidad.

Lo que Urco Huancay le contara sobre la liberación de los esclavos durante el largo viaje de regreso también había resultado cierto en cada uno de sus puntos: allí a orillas del gran río, y en torno a lo que antaño fuera ciudadela del desaparecido Rey del Níger había nacido un auténtico país de hombres libres, pero la libertad, entonces, como ahora y como siempre, parecía convertirse en un concepto ideológico harto difícil de asimilar.

Dejar de ser esclavo no equivalía, en semejantes latitudes, a convertirse como por arte de encantamiento en un ser libre.

O al menos en un ser que aceptara que su propia libertad se encontraba supeditada a la libertad de cuantos le rodeaban.

Traídos por la fuerza desde los más remotos confines del continente, la mayor parte de los libertos ni siquiera hablaban el mismo dialecto, por lo que casi desde el día en que abandonaron sus oscuras mazmorras se encontraron perdidos, lo que propició que casi de inmediato las callejuelas de la vieja ciudadela se transformaran en una especie de gigantesca Torre de Babel en la que los intereses tribales e incluso personales solían anteponerse a los ideales comunes que sus salvadores preconizaban.

Pocos nativos parecían tener una clara idea de qué era lo que se pretendía de ellos, y pocos eran también los europeos que se sentían capaces de explicárselo.

Construir un país nunca ha sido empresa fácil.

Construirlo partiendo de la nada, y contando además con el *handicap* de una masa humana tan disparatadamente heterogénea, constituía en verdad una empresa imposible.

No obstante, Celeste Heredia se negaba a aceptarlo, por lo que obligaba a sus hombres a patrullar día y noche por calles y plazas en un desesperado esfuerzo por mantener la paz entre tanto enemigo irreconciliable.

La voluntariosa armadora del poderoso galeón se había propuesto demostrar al mundo que la fe y la buena voluntad mueven montañas, sin detenerse a meditar en el hecho de que demasiado a menudo el cerrilismo humano resulta mucho más inamovible que la más alta y rocosa de esas montañas.

Por mucho que lo intentara, jamás conseguiría que yorubas, fulbé, hausas, ibos, mandingos, ashantis y bamilenké dejaran de odiarse como venían haciéndolo desde miles de años atrás, ni que olvidaran de improviso las antiguas «cuentas pendientes» que cada cual guardaba en lo más recóndito de su memoria.

A ello se unía el miedo a los odiados traficantes árabes, el terror a los crueles *fenéc*, e incluso el pánico a la abominable raza de unos mal llamados cristianos que solían hacinarlos en mugrientos navíos con el fin de trasladarlos al otro lado del mundo, donde se les trataba peor que a las bestias.

Por todo ello, la mañana que el capitán León Bocanegra se detuvo al fin en el centro del ancho patio central de la maciza fortaleza y observó cuanto le rodeaba, llegó a la inmediata conclusión de que no había alcanzado el ansiado «País de los Libertos» al que con tanto ardor solía hacer referencia Urco Huancay, sino más bien al corazón de un pandemónium en el que no parecía existir forma humana de poner orden.

Agotadas tiempo atrás las escasas reservas de provisiones que se almacenaban en los sótanos, saqueados los poblados vecinos y aniquilados los rebaños en treinta leguas a la redonda, caballos y camellos comenzaban a ser sacrificados uno tras otro, sin que nadie pareciese preocuparse por el futuro, ni se molestara en plantar de nuevo unos fértiles campos que aparecían abandonados.

Los peces del río habían pasado a convertirse en la única fuente de alimentos que no corría peligro de rápido agotamiento, pero resultaba evidente que tan populosa comunidad no podría alimentarse únicamente de peces durante demasiado tiempo.

De improviso, el siempre inquieto, nervioso y casi mugriento Padre Barbas se plantó frente a él como nacido de la nada.

–¿Qué le parece todo esto? –inquirió ansiosamente como si conociera de antemano la respuesta.

–Un auténtico desastre –admitió con sinceridad el español moviendo negativamente la cabeza–. Una especie de Arca de Noé, en vísperas del diluvio. ¿Qué piensan hacer al respecto?

–¿Y qué podemos hacer? –inquirió el religioso encogiéndose de hombros–. Llevamos meses intentando imponer una cierta disciplina, pero esta gente no parece entender la disciplina a no ser que vaya acompañada de cepos y latigazos. Creo que presienten que jamás echarán raíces aquí, por lo que se limitan a disfrutar de la libertad hasta que un nuevo Rey del Níger los encadene y los embarque con rumbo desconocido.

–¿Y por qué no han intentado regresar a sus casas?

–Porque saben que allí se toparán de inmediato con los cazadores de esclavos. Aquí al menos agotan cada minuto de libertad.

–Podrían unirse y formar un poderoso ejército con el que dirigirse al norte donde encontrarían inmensos territorios muy ricos en caza y pesca. Los he visto al venir hacia aquí.

–Si les proporcionáramos armas lo primero que harían sería aniquilarse entre sí. Un ibo prefiere matar a un yoruba aunque luche a su lado que a un mandingo del bando contrario. Así ha sido desde el comienzo de los tiempos, y así seguirá siendo por mucho que nos esforcemos en hacerles comprender que su futuro está en juego.

–Triste.

–Triste, en efecto... –admitió el sacerdote–. Pero profundamente humano. El odio tribal es algo que conocen desde la cuna, y nadie les había hablado antes de amor fraterno o solidaridad.

–Luego ¿merecen ser esclavizados?

–¡No! Eso nunca. –Se escandalizó el anciano–. Nadie merece ser esclavizado. Lo único que merece es ser instruido, pero a los «civilizados» nunca nos ha interesado instruir a los «salvajes». ¿Quién cortaría caña de azúcar en ese caso? ¿Y dónde se obtendría una mano de obra tan asequible?

–Pero por lo que me han contado, ibos y yorubas se odiaban a muerte antes incluso de que se descubriera América...

—En efecto: se odiaban. Y continuarán odiándose durante los próximos mil años, pero los cristianos no estamos haciendo nada por poner remedio a tal problema. Más bien, por el contrario, contribuimos a agravarlo a base de fomentar la esclavitud.

—¿Y qué dice el Papa a eso?

—¿El Papa? —repitió incrédulo el otro—. ¿De qué demonios habla? Abolir la esclavitud es una tarea que excede las atribuciones de cualquier Papa por grande que fuera su voluntad a la hora de intentarlo, que de momento, ni siquiera lo intenta. Abolir la esclavitud es una tarea que incumbe a la práctica totalidad de cuantos se llaman a sí mismos «cristianos», y resulta evidente que la mayoría de ellos han sido convencidos de que un negro tiene más porvenir y mayores esperanzas de salvación cortando caña en una hacienda de Cuba, que cazando monos en una selva africana.

—¿Y no es así?

—¿Quién puede asegurar dónde se encuentra exactamente la salvación eterna? ¿Quién asegura que no es más lógico amar a Dios mientras se cazan monos en libertad, que mientras se corta caña encadenado? El odio a quien nos sojuzga puede conducir muy fácilmente al rechazo hacia quien tiene el poder de evitar tal vejación y sin embargo no hace nada por impedirlo.

—¿Dios?

—¿Quién si no?

—Extraño cura, a fe mía.

—Hace años que dejé de considerarme cura —puntualizó el mugriento anciano—. Ya no me siento cura, ni sacerdote, ni misionero, ni tan siquiera siervo de Cristo.

—En ese caso, ¿qué hace aquí?

—¿Y yo qué sé?

Se alejó entre la multitud para desaparecer tal como había surgido, dejando a su interlocutor más desconcertado aún de lo que lo estuviera anteriormente, puesto que la extraña conversación le había servido para reafirmarse en la idea de que su primera impresión era la correcta.

Aquél era un submundo inmerso en el caos.

—¿Acaso imagina que lo ignoro? —fue la honrada respuesta de Celeste Heredia cuando tres noches más tarde le expresó su opinión acodado en la borda de *La Dama de Plata*. —Estúpida sería si no comprendiera que la situación se me va de las manos. Yo, blanca y educada en el palacio del gobernador de la isla de Margarita, estoy más cerca de un fulbé o de un bamilenké, de lo que lo están ellos entre sí pese a que tengan el mismo color de piel y hayan nacido en selvas semejantes. A veces consigo entenderme con unos; a veces, con los otros, pero en cuanto los reúno, ya no me entiendo con nadie.

—¿Y hasta cuándo piensa continuar así?

—Hasta el último aliento.

—¿Por qué?

—No creo que valga la pena que se lo explique.

—¡Inténtelo!

—No. Mis sentimientos son únicamente míos y jamás los comparto. Seguiré luchando por la libertad de esta gente aun a sabiendas que son ellos mismos los que me condenan al fracaso.

—Correrá demasiada sangre.

–¿Cómo lo sabe?

El capitán León Bocanegra se recreó unos instantes en la serenidad de aquel rostro inimitable –el más armonioso que hubiera visto a todo lo largo de su azarosa existencia– se distrajo una décima de segundo, pero de inmediato recuperó el hilo de su pensamiento.

–He pasado la mayor parte de mi vida a bordo de una vieja «carraca» en la que docenas de pasajeros se apretujaban durante largos viajes –dijo–. Y con el tiempo aprendí a predecir cuándo un conjunto de seres se encontraba a punto de ebullición –señaló a la orilla del río en la que brillaban docenas de hogueras que iluminaban los muros de la altiva fortaleza–. Pasada la euforia por el hecho de haber alcanzado la libertad, esos salvajes necesitan volver a sus viejas prácticas de siempre. Y para la mayoría de ellos, una feroz guerra tribal acompañada de sangrientos rituales de canibalismo es una especie de perentoria necesidad.

–Que yo sepa no se ha dado un solo caso de canibalismo desde que estamos aquí –le hizo notar la muchacha.

–El que no lo sepa, no quiere decir que no se haya dado –le corrigió su interlocutor abriendo las manos en un gesto que parecía pretender explicarlo todo–. Urco Huancay asegura que vio a compañeros de cautiverio devorar a los que habían muerto de agotamiento –chasqueó la lengua como desechando un mal pensamiento–. Y durante todos mis años en la salina nunca quise probar la carne que me ofrecían convencido de que pertenecía a un ser humano.

–¡Dios sea loado!

—Estamos en África, ¿es que no se había dado cuenta?

—¿Qué cree que he hecho durante todo este tiempo? —replicó la muchacha con casi agresiva acritud—. Casi lo único que he hecho es darme cuenta de que abandoné un continente injusto y cruel para adentrarme en otro mucho más cruel y también más injusto. En América se limitan a explotar a los negros hasta la muerte. Aquí los explotan de igual modo y además a veces se los comen.

—Lo que importa es que no acaben comiéndonos a nosotros.

—¿Los cree capaces?

León Bocanegra estuvo a punto de responderle que, por lo que a él se refería, se sentiría muy feliz de devorarla allí mismo de la punta del cabello a las uñas de los pies, pero acabó por sonreír aun a sabiendas de que ella no podía advertirlo.

—¿Por qué no? —señaló—. En la mayor parte de los casos de canibalismo lo que importa no es el hecho de saciar el hambre, sino la necesidad de adueñarse del espíritu de la víctima y sus virtudes. Supongo que algunos imaginan que si se la comieran serían dueños de un barco y de todas sus riquezas.

—¿Intenta asustarme? —replicó ella con manifiesto buen humor.

—¡En absoluto! —replicó su interlocutor convencido de lo que decía—. Si ha llegado hasta aquí y aquí sigue, debe ser porque nada la asusta, ya que setenta hombres a bordo de una nave en mitad del océano pueden llegar a ser mucho más peligrosos que toda una tribu de caníbales. Y por lo que veo ha sabido mantenerlos a raya.

Ella se volvió a mirarle con extraña fijeza para inquirir con manifiesta intención:

–¿Sabrá mantenerse también a raya?

–Si he logrado sobrevivir al desierto, el lago Chad, la sabana y las selvas, es porque he aprendido a adaptarme al terreno que piso. –El español golpeó con el pie descalzo la tablazón de cubierta–. Y ahora sé que piso un navío en el que imperan normas muy estrictas. Puede estar segura de que no seré yo quien las rompa.

–Me alegra saberlo... –fue la respuesta–. ¡Buenas noches!

–¡Buenas noches!

León Bocanegra la siguió con la vista mientras se alejaba por el castillo de popa hasta desaparecer tras la gruesa puerta de su lujosa camareta, y permaneció luego largo rato muy quieto observando meditabundo el oscuro río y las lejanas fogatas de la orilla.

Por segunda vez en su vida se detuvo a meditar en lo que significaría compartir esa vida con una mujer.

Por segunda vez en su vida se detuvo a meditar en lo que significaría abandonar para siempre la soledad del mar, tener hijos, y hacerse viejo sabiendo que su paso por el mundo dejaba algún tipo de huella.

Por segunda vez en su vida sintió temor ante sus propios pensamientos.

Luego intentó hacerse una idea sobre el número de hombres que habrían tenido idénticos pensamientos acodados sobre la borda de aquel mismo barco, y comprendió que tenía que esforzarse por alejar a Celeste Heredia de su corazón y de su mente.

Celeste Heredia se encontraba tan lejos de su alcance como lo estuviera el océano cuando permanecía engrilletado en lo más profundo de la salina.

Tal vez debería marcharme, se dijo. Tal vez debería continuar a solas mi viaje río abajo hasta llegar al golfo de Guinea. Quedarme aquí a sabiendas de que esa mujer se va a ir apoderando de mí día tras día sería un error comparable a largar trapo cuando estás viendo que se aproxima un huracán.

Y es que León Bocanegra tenía muy claro que no sabía cómo enfrentarse a las mujeres.

Nunca había sabido.

La única vez que mantuvo una relación con una que no fuera barragana de taberna salió malparado, y pese al tiempo transcurrido aún conservaba un amargo recuerdo de tan triste aventura.

León Bocanegra había aprendido desde muy niño cómo enfrentarse a rudos marineros de los que más de una vez había tenido que defenderse empuñando un calabrote, pero nadie le había enseñado qué actitud debía adoptar frente a alguien que tenía una tez muy blanca, una voz firme y suave y unas manos que semejaban alas de mariposa.

A menudo observaba al resto de los tripulantes del galeón y abrigaba el convencimiento de que la mayor parte de ellos se encontraban igualmente desarmados en presencia de una mujer a la que bastaba una simple mirada para obligarles a bajar la vista como si en verdad se sintieran avergonzados.

Y es que Celeste Heredia era uno de esos seres humanos que sin necesidad de pronunciar una sola palabra o con un simple gesto marcan una distancia abismal con el resto de las personas.

Afable siempre y sumamente asequible a cuantos acudiesen a ella como a un igual, trazaba no obstante una invisible muralla a su alrededor, insalvable para quienes intentasen abordarla como a un ser perteneciente al sexo opuesto, y eso era algo que setenta hombres habían aprendido a lo largo de meses de convivencia, y que León Bocanegra se veía obligado a aprender a marchas forzadas.

Allí, a solas y contemplando la noche, se preguntó si podía ser amor lo que sentía, o se trataba únicamente de la reacción lógica de un hombre que por primera vez se enfrenta a una atractiva mujer tras años de forzada soledad.

Fuera lo que fuera, dolía.

Dolía casi tanto como el cepo que antaño le inmovilizara las piernas obligándole a arrastrarse sobre la llanura de sal, puesto que aunque fuera aquél un cepo muy distinto, tenía de igual modo la virtud de anular cualquier otro tipo de sentimiento.

—No piense más en ella.

Se volvió al pelirrojo Gaspar Reuter, que había hecho su aparición naciendo de las tinieblas.

—¿Qué le hace suponer que estoy pensando en ella?

—Porque es lo que hacemos todos a esta hora. Y a casi todas las horas, de día o de noche. Pero en ésta en especial, cuando advertimos que se retira a su camareta e imaginamos que se está desvistiendo para tumbarse en la cama, desnuda y sola, la imaginación se nos desata y nos vemos obligados a realizar un tremendo esfuerzo para no intentar derribar a patadas esa puerta.

—Siempre imaginé que los británicos eran gente fría y flemática que sabía cómo hacer frente a este tipo de problemas.

—El que nos enseñen a dominar nuestras pasiones no significa, en absoluto, que carezcamos de ellas. Comportarse como un caballero no excluye en absoluto el hecho de seguir sintiendo como un hombre.

—¿Y le ocurre a todos?

—A la inmensa mayoría de los que navegan a bordo de *La Dama de Plata.* —El pelirrojo sonrió como para sí mismo—. Lo que ocurre es que unos lo disimulan mejor, y otros peor.

—¿Y por lo que deduzco de sus palabras, yo aún no he aprendido a disimularlo?

—Me temo que no.

—¿Y eso molesta a algunos?

—Me temo que sí.

—Trataré de enmendarme.

—¡Hará muy bien! Para un gaviero analfabeto, un serviola cretino o un artillero de mente estrecha, el simple hecho de que un advenedizo recién llegado de Dios sabe dónde ponga sus ojos en lo que considera ya una especie de objeto de culto, puede llegar a constituir una sucia e inadmisible provocación.

—¿E intentarían «ponerme en mi sitio»?

—Quiero suponer que no es hombre al que resulta fácil «poner en su sitio» —fue la tranquila respuesta del inglés—. Pero conozco bien a cuantos navegan a bordo de este barco, y me consta que hay más de uno que no dudaría a la hora de asestarle una puñalada en la oscuridad a un rival con posibilidades de triunfar allí donde él ha fracasado. Tenga en cuenta que casi todos ellos fueron reclutados en Jamaica y allí no abundaban los santos.

–¿Y nadie ha intentado nunca derribar esa puerta?

–No son santos, pero tampoco idiotas –le hizo notar el otro–. Y hasta el pinche de cocina está convencido de que a los cinco minutos de dar la primera patada colgaría del palo mayor con un palmo de lengua fuera.

–¡Curiosa situación!

–Curiosa, en efecto… E interesante: todos deseamos lo mismo; todos sabemos que está fuera de nuestro alcance, y todos intentamos que se mantenga fuera del alcance de los demás. –El inglés hizo un indeterminado gesto a su alrededor–. Por ello, mi consejo es que se aleje de esa puerta. Aunque finjan dormir, la mayoría de los que están ahí abajo nos vigilan.

Más de treinta coys colgaban sobre la cubierta central, allí donde una leve brisa del noroeste hacía las bochornosas noches africanas mucho más soportables, aunque con excesiva frecuencia un brusco e inesperado chaparrón tropical obligara a sus ocupantes a ponerse a cubierto entre carreras, resbalones y denuestos.

Y desde ellos, desde cualquiera de aquellas balanceantes hamacas, se dominaba a la perfección la ancha puerta que se abría en el centro del castillete de popa.

¿Cuántos de los tripulantes de *La Dama de Plata* entrecerraban los ojos pero permanecían al acecho?

¿Cuántos de ellos estaban dispuestos, no a morir, pero sí a matar por cuanto aquella puerta significaba?

León Bocanegra llegó muy pronto a la triste conclusión de que Celeste Heredia tendría que replantearse sus objetivos, si no quería arriesgarse a perder definitivamente el control sobre los acontecimientos.

En tierra firme la decepción y el hambre comenzaban a hacer mella entre unos nativos que cada día resultaban más difíciles de controlar, mientras los encargados de mantener la paz se hastiaban de su nunca deseado papel de vigilantes.

Ellos eran hombres de mar, no policías.

En el momento de derrotar al Rey del Níger y apoderarse de su fortaleza se habían hecho a la idea de que los traficantes de esclavos de la región se apresurarían a agruparse conformando una alianza con el fin de atacar y expulsar del territorio a quienes osaban desafiar su poder creando un absurdo «País de los Libertos» en el corazón de África, pero, sorpresivamente, dichos traficantes habían optado por la mucho más sabia actitud de aprovechar la ocasión para encaminarse con sus hileras de cautivos a los viejos puertos de embarque a los que acudían de nuevo los buques negreros con el fin de abarrotar una vez más sus bodegas.

Ignorando olímpicamente al recién nacido «País de los Libertos» recuperaban los viejos hábitos con más virulencia aún que antiguamente.

Durante meses *La Dama de Plata* había establecido un férreo bloqueo a todo lo largo de la denostada Costa de los Esclavos, hundiendo barcos negreros y castigando a sus dueños, pero ahora el poderoso galeón se encontraba fondeado muy lejos, tierra adentro, con lo que esos mismos capitanes negreros se las ingeniaban para recuperar a marchas forzadas el tiempo perdido.

—Aquí no hacemos nada —mascullaba una y otra vez el malhumorado capitán Arrigo Buenarrivo entremezclando como de costumbre palabras de muy distintos idiomas—. Perseguimos una quimera mientras esos hijos de puta hacen negocios, y si la escuadra inglesa averigua que nos encontramos atrapados en un río sin salida, nos cazarán como a conejos.

Celeste Heredia dudaba, puesto que le dolía verse obligada a reconocer que una cosa era obtener la libertad, y otra muy diferente conservarla.

El amor, el éxito, la pasión, la fe o el dinero se alcanzan en algún determinado momento de la vida, pero resulta harto difícil mantenerlos eternamente, y aquél era un claro ejemplo de hasta qué punto la más brillante victoria puede acabar por transformarse en una oscura derrota.

Regalar libertad a quienes siempre tendrían espíritu de esclavos era tanto como arrojar margaritas a los cerdos.

Hablar de igualdad a quienes se dibujaban cicatrices en la cara con el fin de diferenciarse de la tribu más cercana significaba tanto como predicar en el desierto.

Inculcar amor al prójimo a quienes habían nacido y se habían criado en un ambiente dominado por la más intransigente xenofobia se convertía en una lamentable pérdida de tiempo.

Los más nobles ideales no siempre germinan entre aquellos a quienes deben beneficiar, ni los grandes cambios suelen llegar en el momento más oportuno.

Inútil resultaba intentar recoger frutos mientras no llegaran tiempos de cosecha, y Celeste Heredia se veía en la obligación de tener que admitir, contra su voluntad, que aquel rincón del mundo no estaba lo suficiente maduro como para ser dueño de su destino.

No bastaba con decir «eres libre», al igual que no hubiera bastado con decir «eres rubio». Los corazones continuaban siendo esclavos al igual que los cabellos continuaban siendo oscuros.

Los ibos comenzaron una vez más a devorar a los yoruba.

Y los yoruba a asesinar a los ibos.

Y para colmo de males, una noche volvieron una vez más las lluvias.

No una lluvia cualquiera; no un violento chaparrón tropical de los que obligaba a correr a cuantos dormían en cubierta.

No. No era esa lluvia.

Era... «la lluvia».

Las oscuras nubes bajas que llegaban desde el cercano golfo de Guinea, y desde los confines del inmenso Atlántico Sur, se adueñaron como solían hacer de tanto en tanto del bajo cauce del Níger, decididas a establecer su morada en tan salvaje región, y para que no quedase duda alguna de que aquéllos eran ahora sus dominios, los regaban día y noche como el perro que marca de forma inequívoca los límites de su indiscutible territorio.

En África la lluvia no sólo cambiaba la luz o cambiaba el paisaje.

En África, demasiado a menudo, la lluvia cambiaba los hábitos e incluso la mentalidad de los seres humanos.

La monótona lluvia de suave cadencia y murmullo constante se introducía poco a poco en el alma, la ablandaba, la enmohecía y acababa por sumirla en un profundo letargo, una apática desgana de la que cabría imaginar que incluso los sueños y las ideas se hubieran convertido en fango que resbalaba hasta el río y se perdía en sus aguas.

Horas de ver llover fatigaban.

Días de ver llover enervaban.

Semanas de ver llover enloquecían.

El capitán Sancho Mendaña lo entendió así, por lo que un triste mediodía tomó asiento frente a la mujer a la que había visto nacer en la lejana isla de Margarita para espetarle de improviso y sin mayores miramientos:

–Te arriesgas a perderlo todo. Si no regresamos a mar abierto estallará un motín.

–¿Quién lo encabezará? –quiso saber ella.

–¿Y qué importa eso? –le replicó con acritud–. Los motines, como las revoluciones, no suelen nacer por culpa de un determinado cabecilla. Es algo que va germinando en el interior de las masas y un buen día aflora creando de inmediato a sus propios cabecillas. Llevamos demasiado tiempo aquí, ¡demasiado a fe mía!, y la situación comienza a volverse insostenible.

–Lo sé.

El veterano militar observó con cierta sorpresa a la muchacha que se sentaba ante él y que parecía haber envejecido años en un par de semanas.

–En ese caso ordena soltar amarras.

–¿Y aceptar el fracaso?

–¿De qué fracaso hablas? –quiso saber Sancho Mendaña–. Nuestro objetivo era liberar esclavos, y es lo que hemos hecho. Lo que les pudiera ocurrir más tarde no entraba en nuestros planes.

–¿Y de qué nos sirve haberles librado de sus cepos, si sabemos que volverán a encadenarlos? –quiso saber ella.

–De lo mismo que sirve salvar la vida a quien se ahoga pese a que tengamos la certeza de que algún día tiene que morir –fue la respuesta–. No podemos aspirar a convertirnos en garantes de la libertad de cientos de seres humanos durante docenas de años. No somos dioses.

Celeste Heredia meditó largo rato observando por el ancho ventanal de popa el agua que caía sobre el ahora caudaloso río y sus empapadas orillas. Por último asintió con un triste ademán de cabeza:

–Tienes razón –murmuró–. No somos dioses, y es muy probable que esté cayendo en un pecado de soberbia. No puedo enfrentarme sola al mundo, ni puedo exigir a la tripulación más sacrificios. –Hizo un gesto hacia el exterior–. Avisa al capitán –rogó–. Levamos anclas.

¡Levamos anclas!

¡Levamos anclas!

¡Levamos anclas!

La voz corrió como un reguero de pólvora de proa a popa y desde la última sentina al extremo de la cofa.

¡Loado sea el Señor!

¡Levamos anclas!

Encerrada en su camareta, hundida en un amplio butacón y rodeada de los escasos recuerdos que aún conservaba de lo que había sido su vida, Celeste Heredia permanecía con la vista clavada en la oscura fortaleza que se iba desdibujando con sorprendente rapidez en la distancia, tanto por el espesor de la cortina de agua que continuaba precipitándose de los encapotados cielos, como por la velocidad que comenzaba a alcanzar la nave arrastrada por la furiosa corriente.

Días y semanas de llover torrencialmente habían quintuplicado el cauce del gran Níger, por lo que la mansa corriente que solía deslizarse entre bien delimitadas orillas se había transformado en rugiente masa oscura que arrastraba con inusitada violencia todo cuanto encontraba a su paso.

Frutos, ramas, troncos, bestias muertas y alguna que otra piragua destrozada competían en una absurda carrera a la hora de deslizarse hacia el aún lejano océano, y a ello se unía ahora la impresionante mole de un altivo navío que había sido diseñado para enfrentarse a espumosas olas que le llegaran por la popa, y no a continuas riadas que le empujaran por la popa.

Ardua tarea resultaba mantenerla en el centro del cauce intentando evitar que en cada recodo del río las aguas la embarrancaran en la fangosa orilla o la despanzurraran contra los copudos árboles, por lo que un cada vez más inquieto capitán Buenarrivo se desgañitaba gritando órdenes desde el castillete de popa a los patrones de cada una de las seis lanchas que se esforzaban por sujetar la nave desde todos los ángulos posibles.

Sudando a mares bajo la cálida lluvia tropical, los remeros se desollaban las manos entre bufidos y reniegos, aunque en el fondo de sus almas se sintieran felices al tener conciencia de que al fin habían recuperado su verdadera esencia de navegantes.

Luchar a brazo partido por salvar su embarcación de las galernas, la calma chicha, o las locas embestidas de un gigantesco río embravecido era lo suyo.

Bogar, halar de un cabo o maldecir era lo que habían aprendido de grumetes y lo que aspiraban a continuar haciendo de por vida.

La mayoría de ellos se consideraban auténticos marinos, aunque en esta ocasión fueran más bien marineros de un agua dulce que se mostraba más peligrosa que la mayor parte de las aguas saladas conocidas, por lo que se vieron obligados a llenar grandes sacos de gruesas piedras que arrojaron por la popa atados a fuertes cabos con el fin de que al arrastrarse por el fondo del río contribuyesen a frenar la desbocada velocidad que en ocasiones pretendía alcanzar un pesado galeón que demasiado a menudo se comportaba como una liviana cáscara de nuez abandonada por un niño juguetón en el centro de una acequia.

El Níger parecía empeñado en demostrar que por algo estaba considerado el río más poderoso de la costa noroccidental del continente, y demostrar de igual modo que cuando el Níger rugía el mundo temblaba.

Seguía lloviendo.

Día tras día, hora tras hora.

Lo que meses atrás eran en verdad altas copas de majestuosos árboles semejaban ahora minúsculos matojos sobresaliendo apenas sobre una superficie lodosa y espumeante, y las gruesas ramas de esos árboles ocultos bajo las aguas podían muy bien destrozar el casco de un navío.

Se hacía por ello imprescindible mantenerse en todo momento en el centro justo del cauce con el fin de evitar desagradables sorpresas, y ello traía aparejado que, en cuanto comenzaba a oscurecer, se vieran obligados a lanzar por la borda todas las anclas disponibles, detener la carrera y sujetar firmemente gruesos calabrotes a las lejanas orillas.

A partir de ese instante los hombres caían derrengados.

Más aún que el brutal esfuerzo, era la tensión del descenso por aquel enloquecido tobogán lo que les agotaba hasta el punto de que la mayoría de ellos se dejaban caer sobre sus coys sin tan siquiera probar bocado.

León Bocanegra hubiera sido partidario de inundar en parte las sentinas con el fin de aumentar el peso de la nave al tiempo que se descendía la línea de flotación, con lo que a su modo de ver se hubiera favorecido la estabilidad de una embarcación con excesiva «obra muerta», pero el capitán Buenarrivo desconfiaba del estado de conservación del casco así como de la posterior capacidad de achique de las bombas.

–Nos arriesgaríamos a continuar embarcando agua de forma incontrolable –dijo– lo que provocaría que el más mínimo incidente nos hiciera embarrancar. Y una vez embarrancados con una corriente tan violenta cogiéndonos de costado acabaríamos destrozados.

Constituían aquéllas, a todas luces, dos formas muy distintas de afrontar una singladura harto compleja y poco habitual en la vida de hombres acostumbrados a navegar en mar abierto, pero León Bocanegra tenía plena conciencia de que al fin y al cabo el veneciano estaba al mando de *La Dama de Plata*, y por lo tanto únicamente sobre él recaía la responsabilidad de mantenerla a flote.

«Buen oficial es el que opina, no el que discute», le había recordado su viejo capitán el día que le nombró su tercero a bordo, y era aquélla una lección bien aprendida que se esforzó en transmitir a todos cuantos sirvieron a sus órdenes.

Consciente por tanto de que aquél no era su barco y respetuoso al máximo con las rígidas normas del mar, se había limitado a expresar una sola vez su parecer para acatar de inmediato y sin el más mínimo reparo las órdenes recibidas.

Sabía por experiencia que con frecuencia el solo hecho de cuestionar una maniobra o realizarla a desgana podía provocar un error, y en el mundo de la navegación un pequeño error podía significar el desastre final.

Luchaba y sudaba a todas horas como el que más, desconcertado tan sólo por el hecho de que un viaje que había comenzado en una lejana playa de forma tan lenta y tan pausada estuviera alcanzando no obstante en su tramo final un ritmo tan sorprendentemente desenfrenado.

Nunca, bajo ningún viento y sobre ningún tipo de mar, ningún navío que él conociera había alcanzado con anterioridad semejantes velocidades.

Por su parte, y consciente de que llevar *La Dama de Plata* hasta el mar era en aquellos momentos un trabajo de hombres por lo que su presencia sobre cubierta tan sólo contribuiría a provocar confusión y desasosiego, su propietaria, Celeste Heredia, apenas solía hacer acto de presencia en el puente, dejando transcurrir la mayor parte de las horas del día en el interior de su camareta.

Rumiaba su derrota.

Hundida en la tristeza, rumiaba una y otra vez el fracaso de sus largamente acariciados sueños de libertad para los que siempre había considerado sus iguales, y que por primera vez se veía en la obligación de admitir que eran a buen seguro muy diferentes.

Recordaba sus largas conversaciones con los miembros más prominentes de cada etnia, y se preguntaba cómo era posible que la mayor parte de ellos pudieran continuar anteponiendo pasados rencores a nuevas esperanzas, y cómo era posible que optasen por un negro futuro cargado de cadenas cuando se les estaba ofreciendo un prometedor destino basado en la mutua comprensión y la paz duradera.

Odios ancestrales continuaban imponiendo su ley a orillas del Níger, y Celeste Heredia no podía ni siquiera imaginar que el calvario que había vivido durante aquellos terribles meses de incomprensión continuaría de igual modo vigente tres siglos más tarde, sin que ni siquiera entonces nadie supiera cómo poner fin a tamaña desgracia.

Su derrota, a la que seguiría la derrota de otros muchos, la sumía en una profunda depresión a la que no era en absoluto ajeno el hecho de que de igual modo se sabía descentrada en cuanto se refería a sus más íntimos sentimientos.

Única mujer entre demasiados hombres, alimentada espiritualmente por un quimérico deseo de cambiar el mundo a base de proclamar que nadie tenía derecho a esclavizar a otro ser humano, descubría de pronto que todo cuanto había dicho y hecho durante tanto tiempo en favor de los demás carecía de sentido.

Sin duda su puesto no estaba en el castillete de popa de un oscuro galeón erizado de cañones y rodeada de rudos marineros, sino en el jardín de una hermosa mansión rodeada de niños.

Y era cuando pensaba en ello, cuando hacía su aparición, como entre brumas, la inquietante figura de León Bocanegra.

Durante aquel peligroso viaje de regreso hacia el mar corriendo desalentados a lo largo del caudaloso Níger, Celeste Heredia llegó a la conclusión de que amaba a León Bocanegra, pero de igual modo llegó a la conclusión de que el simple hecho de pensar en él constituía una inadmisible traición a su pasado.

¿De qué servía que tantos hombres valientes, incluido su propio padre, hubieran muerto durante el asalto a la fortaleza del Rey del Níger, si bastaba con que hiciera su aparición un personaje ciertamente singular para que la difícil empresa en que se había embarcado ocupara de improviso un segundo término?

¿De qué servía el esfuerzo que se había obligado a hacer para mantener las distancias con respecto a setenta hombres, si ahora uno solo de ellos estaba en disposición de romper esa barrera debido a que se le antojaba que sus ojos brillaban de una forma extraña, o su voz sonaba de un modo diferente?

Celeste Heredia tenía plena conciencia de lo que podía ocurrir a bordo del galeón la noche en que aceptara que un hombre –fuera el que fuera– atravesara el umbral de su puerta.

Esa noche estaría quebrantando unas normas que ella misma había impuesto, y estaría despreciando de forma ignominiosa los sentimientos de toda una tripulación.

Su primera obligación era por tanto ser consecuente con sus actos, y la sola idea de aceptar que se sentía atraída por León Bocanegra constituía a su modo de ver una inadmisible inconsecuencia.

Era una auténtica mujer, de eso no cabía duda, y por el mero hecho de serlo tenía derecho a amar como tal, pero también era cierto que voluntariamente había renunciado al papel que le había sido asignado a la hora de nacer, y no se le antojaba justo aprovechar su situación predominante para cambiar a su antojo las reglas de un juego que ella misma había inventado.

Comprendía ahora, eso sí, que dicho juego se había vuelto harto complejo y peligroso.

Cuando se decidió a comprarle al temible corsario Laurent de Graff su poderoso galeón con el fin de dedicarlo a combatir el tráfico de esclavos, tenía muy claro que se vería obligada a enfrentarse a los rugientes cañones de las naves enemigas e incluso tal vez a la traición de unos hombres a los que haría muy feliz la idea de dedicar de nuevo la nave a la piratería, pero lo que no se le pasó nunca por la mente fue la posibilidad de que con el tiempo se llegara a una situación tan desconcertantemente ambigua como la que estaban viviendo en aquellos momentos.

Nunca antes había deseado pertenecer a ningún hombre y se diría que ahora pertenecía a más de medio centenar.

Nunca antes deseó dar explicación alguna sobre sus actos, y se diría que ahora tenía que estar justificando a todas horas cada gesto, cada palabra e incluso cada mirada.

Por qué se reía alegremente en un momento dado, por qué se vestía de una determinada forma, por qué hablaba con un joven gaviero durante más tiempo del previsto, por qué detenía la mirada tan sólo un segundo sobre el desnudo torso del herrero, o por qué invitaba a su mesa a unos sí y a otros no, se había convertido en obsesivo tema de conversación para una gran parte de cuantos navegaban a sus órdenes, y eran aquéllos demasiados «porqués» para alguien cuyo único punto de partida había sido la necesidad de sentirse libre y ayudar a los demás a ser libres.

Aquellos a quienes consiguió liberar pronto se encontrarían de nuevo encadenados, y a cambio lo único que había conseguido era saberse prisionera en su propio barco y de sus propias acciones.

Extraños son los caminos que conducen al ser humano al lugar del que está intentando alejarse, pero con excesiva frecuencia tales caminos se entremezclan, obligando al que huye a regresar una y otra vez sobre sus propios pasos.

Celeste Heredia era lo suficientemente inteligente como para comprender que estaba regresando a marchas forzadas sobre sus propios pasos, no por la evidencia de que *La Dama de Plata* se deslizaba por el río rumbo al mar, sino porque abrigaba el íntimo convencimiento de que su forma de encarar el problema de los africanos había cambiado desde el mismo día en que puso por primera vez el pie en África.

Ahora comprendía que la solución al problema del tráfico de esclavos no se centraba tanto en cercenar las rutas de acceso a un continente, como en evitar, en su origen, que las razones por las que dicho tráfico existía, continuaran produciéndose.

Atacar y hundir uno tras otro barcos negreros era tanto como podar las puntas de las ramas de un gigantesco árbol cuyas raíces cada día se afincaban más en la tierra.

León Bocanegra le había relatado con todo lujo de detalles los espeluznantes sufrimientos de quienes eran raptados y vendidos a unos desalmados que los condenaban a trabajar hasta la muerte en las salinas, y por lo visto aquélla era una práctica cuyos principios se remontaban a cientos de años atrás.

¿Cuánto podría tardar el concepto cristiano de que

todos los hombres eran iguales en alcanzar las orillas del Chad, cuando resultaba evidente que hasta el presente tan sólo un cristiano había conseguido regresar con vida de ese lago?

¿Cuántos siglos serían necesarios para cambiar tan sólo un ápice la mentalidad de unas gentes que arrastraban tras sí la triste tradición de cien generaciones de esclavos y esclavistas?

¿Qué importancia podía tener el hecho de convencer a un plantador de caña de Jamaica de que Dios no deseaba que continuara comprando negros, mientras el destino final de uno solo de esos negros pudieran seguir siendo las salinas?

Sentada a solas, viendo cómo iban quedando atrás unas tierras a las que llegó repleta de esperanzas, Celeste Heredia experimentaba unos casi irrefrenables deseos de llorar, y si no lo hacía era porque había agotado ya su provisión de lágrimas.

La traición de su madre y la muerte de su hermano y de su padre habían colmado su capacidad de sufrimiento, y lo que ahora sentía no era dolor, sino únicamente pesadumbre por tener que escapar casi de puntillas, abandonando a su suerte a aquellos a quienes prometió la salvación.

Sin decir nada a nadie, sus tripulantes habían trepado a un barco que soltó amarras dejándose llevar por la corriente.

Sin decir nada a nadie, se marcharon tal como habían llegado.

Sin decir nada a nadie, huyeron del incongruente «país» que ellos mismos habían creado.

Pero pensándolo bien, ¿qué podían haber dicho?

Siempre se habían sentido intrusos en un mundo y un paisaje que nunca les quiso.

Bienintencionados intrusos, pero intrusos al fin, serían recordados durante algunos años aunque tan sólo fuera por el hecho de haber intentado romper las eternas cadenas, pero para la mayoría de los nativos no pasarían de ser una curiosa anécdota condenada al olvido.

«Blancos locos» estúpidamente empeñados en cambiar una historia que había comenzado mucho antes de que el primer hombre blanco pusiera el pie sobre un enorme continente.

África era vieja, muy vieja, demasiado vieja sin duda, y debido a ello sus vicios y sus achaques se encontraban tan firmemente arraigados que ningún estúpido, por muy blanco que fuera, conseguiría remediarlos.

La accidentada travesía del océano y la larga estancia a orillas del Níger le habían servido a Celeste Heredia para comprender su tremenda pequeñez frente a la naturaleza, y lo infinitamente minúsculo de sus fuerzas frente a la tarea que se había propuesto llevar a cabo. Y cuando en muy raras ocasiones se le ofrece a un ser humano la oportunidad de verse cómo es en realidad, su reacción suele ser de insondable desánimo.

¿Qué caminos se le ofrecían a partir del momento en que se veía obligada a aceptar que su empeño era inútil?

¿Qué rumbo debía marcarle al capitán Buenarrivo?

¿Cuál era el futuro de aquel bravo navío?

Continuar persiguiendo buques negreros sería tanto como dedicar la vida a sacar agua de un pozo con un cesto de mimbre.

El agua siempre volvería al pozo y al final no quedaría más que dolor de brazos y frustración sin cuento.

Cada esclavo volvería a ser esclavo, y cada caníbal volvería a ser caníbal.

Y mientras tanto ella, Celeste Heredia, continuaría malgastando su juventud encerrada entre cuatro mamparos que apestaban a brea.

Jamás podría ponerse un vestido escotado.

Jamás podría sentirse deseada por aquel que ella quisiera sentirse deseada.

Y jamás podría entreabrir la puerta de su alcoba sin temor a que la atravesasen una oleada de rencores.

Se sentía como la abeja reina de una colmena estéril, en la que cada zángano parecía dispuesto a matar por conseguir que continuara siendo igualmente reina e igualmente estéril.

Quizá cualquier otro tipo de mujer se hubiera sentido íntimamente orgullosa al saberse tan amada de un modo tan extraño y tan profundo, pero Celeste Heredia sabía muy bien que eran las circunstancias y no ella misma lo que había provocado que la situación desembocara en aquel absurdo callejón sin salida.

Románticos muchachuelos, viejos libidinosos y soeces hombretones espiaban a todas horas cada uno de sus gestos, y el tiempo le había enseñado a adivinar qué era lo que pasaba por sus mentes en el momento de mirarla.

¿Pero qué era lo que pasaba por la mente de un hombre en cuyos profundos ojos grises se podían adivinar las cicatrices que habían dejado el dolor y la amargura de inconcebibles sufrimientos?

León Bocanegra era un hombre valiente, de eso no cabía la más mínima duda, pero el calvario por el que había pasado durante los últimos años no había quedado atrás sin dejar huella.

A menudo se le podía ver sentado sobre el tambucho de proa observando ensimismado el horizonte, y al advertir hasta qué punto se encontraba ausente, Celeste Heredia no podía evitar suponer que su espíritu había volado una vez más a aquella espantosa salina en la que perdieron la vida todos sus compañeros.

Que un capitán fuera testigo de cómo su tripulación se ahogaba en el océano debía ser sin duda una experiencia muy dura, pero que viera cómo iban cayendo uno tras otro en lo más profundo del más profundo desierto superaba todo lo imaginable.

Cuando un marino se enrolaba, al estampar su firma estaba poniendo su vida en manos del capitán y daba por sentado que a partir de aquel momento tenía la obligación de obedecer pero también tenía derecho a sentirse protegido.

Un simple marino no sabía manejar un sextante, marcar un rumbo, o interpretar una carta marina.

Sabía izar velas, afirmar calabrotes y baldear cubiertas.

Cumplía con su trabajo y confiaba en que quien le mandaba supiera cumplir con el suyo.

Y no se le antojaba justo despertarse una mañana en mitad de una salina en el confín del universo.

No podía ser culpa de una galerna; era culpa de aquel que no supo esquivarla.

Tal vez, o más bien seguramente, tal razonamiento no se ajustaba en exceso a la realidad, pero Celeste Heredia presentía que aquél era el razonamiento que León Bocanegra se hacía cada vez que se sentaba sobre el tambucho de proa a contemplar, durante horas, el lejano horizonte.

El sentimiento de culpabilidad es tal vez el más caprichoso de todos los sentimientos, puesto que con excesiva frecuencia se complace en asaltar a los inocentes al tiempo que se olvida por completo de los auténticos culpables.

Y suele ser también el más injusto, ya que le agrada tiranizar hasta la exasperación a quien tiene conciencia pero jamás se le ocurre hacer acto de presencia en la memoria de quienes no la tienen.

León Bocanegra nada pudo hacer frente a la desatada furia de los vientos, pero pese a tenerlo muy presente, la vida de cada uno de sus hombres le pesaba como las losas de las tumbas en las que nunca fueron enterrados.

A menudo rememoraba la dantesca noche de la muerte de Fermín Garabote como si aquella terrible tragedia fuera en realidad el compendio de todas las otras muertes de sus hombres, y lo que más lamentaba era saber que estaba a punto de abandonar para siempre el continente sin haber podido matar a un *fenéc* por cada miembro de su desaparecida tripulación.

Tenía plena conciencia que sus frustradas ansias de venganza le perseguirían por el resto de su vida allá donde quiera que fuese, y era ésa una amargura y una carga de la que jamás conseguiría desprenderse.

—El odio no ayuda a vivir; más bien nos va matando poco a poco —había señalado en cierta ocasión Urco Huancay al comentar el tema—. Lo sé por experiencia. Yo odié durante años a los que me enrolaron a la fuerza en aquel maldito barco, y no recuperé la alegría hasta que al fin decidí olvidar definitivamente el mal que me habían hecho.

León Bocanegra estaba convencido de que el tiempo le ayudaría a olvidar de igual modo el daño que los *fenéc* le habían causado, pero no creía que pudiera olvidar de igual manera el que le causaron a su gente.

Ahora, cuando se encontraba ya de nuevo entre cristianos y no tenía que dedicar cada minuto de su tiempo a la ardua tarea de intentar salvar el pellejo, los recuerdos volvían con más fuerza que nunca, y unido a sus recuerdos volvía siempre asociado el más sordo y profundo de los rencores.

Luego, de pronto, inesperadamente, la delicada figura de Celeste Heredia hacía su aparición, recortada contra el blanco toldo que la protegía de la pertinaz lluvia, y el mundo parecía cambiar como por arte de magia.

Hasta el último hombre sobre cubierta se quedaba muy quieto y en silencio, como si el hecho de respirar el aire que ella estaba respirando se hubiera convertido de improviso en lo único importante que pudiera ocurrirles.

Celeste Heredia había sido siempre una muchacha agraciada, de delicadas formas, enormes ojos alegres y expresivos y una larga melena que le caía como una ondulante cascada hasta media espalda, pero en los últimos tiempos, con la llegada de una incipiente madurez y la aparición de un leve tono de tristeza o nostalgia en la mirada, su atractivo había crecido de forma harto notable.

Con frecuencia parecía a punto de romperse.

Probablemente no la destrozaría una bala de cañón que estallara a tres pasos, pero daba la curiosa sensación de que «un mal aire» podía quebrarla como a una copa de cristal de Bohemia.

Levantaba pasiones, pero no era simple deseo sexual lo que despertaba en la mayoría de los hombres, sino una especie de necesidad de ser sus dueños al igual que se ansía ser dueño de una obra de arte a la que poder contemplar a cualquier hora del día.

Y es que al observarla con detenimiento se llegaba a la conclusión de que se encontraba demasiado distante, y que ni aun en la cama se conseguiría poseerla por completo, puesto que siempre quedaría algo de ella flotando en el aire; algo obsesivo e impalpable; algo que le hacía a buen seguro mucho más deseable.

Junto a ella se experimentaba por lo general una indescriptible mezcolanza de inquietud y placidez, y cuando hablaba todos guardaban silencio, tal vez por el cálido timbre de una voz que acariciaba suavemente los más duros oídos.

Cabría pensar que por aquellos tiempos Celeste Heredia era como una brillante estrella a cuyo alrededor girasen un sinfín de planetas que se alimentaban de su luz, pero que tenían conciencia de que si se aproximaban en exceso se abrasarían definitivamente.

Una tarde en la que el navío había quedado anclado y afirmado a las orillas antes de lo previsto, el ya definitivamente afónico capitán Buenarrivo y el agotado Gaspar Reuter decidieron retirarse a sus camarotes sin cenar, por lo que a la mesa de la dueña del barco tan sólo acudieron en esta ocasión, Sancho Mendaña y León Bocanegra.

A la hora del café, y tras encender con su habitual parsimonia la enorme cachimba de la que jamás se separaba, el primero observó largamente a su compatriota para inquirir con intención:

–¿Qué planes tienes para cuando lleguemos al mar?

El interrogado pareció sorprenderse, más que por la pregunta en sí, por el tono en que había sido hecha, y tras dirigir una corta mirada a Celeste Heredia, replicó encogiéndose de hombros:

–¿Cómo quieres que lo sepa, si no tengo ni idea de hacia dónde pondréis rumbo?

–¿Acaso se te ha ocurrido la loca idea de unirte a nosotros? –inquirió el otro a su vez–. Te recuerdo que ésta es una nave proscrita con la cabeza de todos sus ocupantes puesta a precio. Y tú tan sólo eres un pobre capitán con mala suerte que no tiene ninguna cuenta pendiente con la ley.

–No me había detenido a estudiarlo desde ese punto de vista –admitió Bocanegra.

–Pues es el único que existe –intervino con suavidad la armadora y propietaria de *La Dama de Plata*–. Aunque tan sólo hayamos abordado buques negreros, en los tiempos que corren eso es algo que está considerado piratería. Y la pena es la horca.

–Entiendo…

–¿Realmente entiendes que corres el peligro de haber escapado del infierno para acabar colgando de una soga a causa de unos delitos que no has cometido? –insistió la muchacha–. Si te atrapan a bordo correrás nuestra suerte.

–¿Quieres decir con eso que he saltado de la sartén para caer en el fuego?

–Quiero decir que ahí delante, a proa, se encuentra el mar, y que las leyes del mar suelen ser muy estrictas –le hizo notar ella–. Ya no estarás en el corazón de un continente inexplorado, sino a merced del primer capitán justiciero que te ponga la mano encima.

–Difícil me lo pones.

–Difícil es.

–No sé por qué… –musitó al poco con manifiesta sorna León Bocanegra– pero tengo la impresión de que me estás invitando a que me vaya.

–El que se va soy yo –puntualizó de un modo inesperado e intempestivo el capitán Sancho Mendaña que parecía especialmente interesado en no ser testigo de cuanto allí se tratara a partir de aquel momento–. Tengo guardia a las cuatro. ¡Buenas noches!

Se puso bruscamente en pie para descender a toda prisa por la corta escalerilla que conducía a la cubierta inferior, y en cuanto se repuso de la sorpresa que tan desconcertante reacción le había producido, León Bocanegra se volvió a su ahora única acompañante para comentar en tono irónico:

–¡Curioso…! Saca un tema a colación y en cuanto se empieza a discutir desaparece… –La observó con especial detenimiento en el momento de inquirir–: ¿No será que le habías pedido que lo hiciese?

Ella se limitó a asentir con un leve ademán de cabeza.

–¿Tanto interés tienes en que me vaya? –fue la nueva pregunta.

–Sería lo mejor.

–¿Lo mejor para quién?

–Para ti. No creo que en ningún caso resulte divertido el hecho de que te ahorquen, pero debe serlo mucho menos si en realidad no has hecho nada malo.

–¿Es ésa la única razón?

–¿Cuál otra podría ser?

–Que no le gusto a tu gente. Me aceptan porque tú se lo ordenas, pero resulta evidente que me consideran un intruso.

–Suele ocurrir cuando alguien nuevo se une a una tripulación ya formada.

–Eso no es cierto –le contradijo él–. Eché los dientes en un barco y siempre he vivido en el mar. Tengo por tanto experiencia con respecto al tema, y me consta que la mayor parte de las veces un buen marinero suele ser aceptado sin ningún tipo de reparos. Hay algo más.

–¿Y qué es ese «algo más», según tú?

–¿Que me ven como un rival?

–¿Rival de quién? –fingió sorprenderse ella–. ¿De Buenarrivo? ¡Qué tontería! Arrigo seguirá siendo el capitán de *La Dama de Plata* hasta que él mismo decida dejar de serlo.

León Bocanegra dudó unos instantes y pareció sentirse levemente desconcertado porque se daba cuenta de que la muchacha le estaba obligando a llevar la conversación por unos derroteros que deseaba evitar a toda costa.

Lanzó un resoplido, apuró los restos del café ya frío que quedaba en el fondo de su taza, y por último señaló:

—Jamás se me pasaría por la cabeza disputarle el puesto al capitán. No es a esa rivalidad a la que me refería.

—¿A cuál entonces? Nunca me han gustado las medias tintas ni las adivinanzas.

Su interlocutor se vio obligado a tragar saliva y pasarse la lengua por los resecos labios antes de musitar como quien se lanza de cabeza al agua:

—Sospecho que algunos de tus hombres no me ven con buenos ojos porque imaginan que puedo ser un rival con respecto a ti.

Ella le dedicó una larga y despectiva mirada con la que pareció pretender fulminarlo.

—¿Con respecto a mí? —repitió—. ¿A mí como mujer?

—Exactamente.

—¿Y qué tienes tú de especial que no hubiera podido encontrar en cualquier otro? —quiso saber la muchacha en un tono frío y casi cortante—. A mi modo de ver no eres el más alto a bordo. Ni el más guapo. Y probablemente ni siquiera el más inteligente. Tienes un aspecto horrible, no más que piel y huesos, y tengo la leve impresión de que tu salud no debe ser muy buena.

—No, en efecto… —admitió el aludido con naturalidad—. De tanto en tanto me asaltan las fiebres y deliro —sonrió con cierta amargura—. E imagino que, en efecto, mi aspecto físico deja mucho que desear.

–¿Entonces…?

–Jamás me he permitido hacerme la ilusión de que puedes sentir un interés especial por mí… –puntualizó puntilloso León Bocanegra remarcando mucho las palabras–. Lo único que señalé es que tal vez alguno de tus hombres pueda llegar a imaginárselo. Y creo que te preocupa que eso ocurra. ¿O no fue eso lo que dije?

–Sí –admitió Celeste Heredia con naturalidad–. Eso es lo que has dicho.

–El error no está por tanto en mis palabras, sino en tu interpretación. Personalmente no me importa lo que piense tu gente, pero entiendo que para ti debe ser importante. Es tu barco y son tus reglas. Ya te dije una vez que me amoldaría a ellas, pero por lo que veo con eso no basta.

–No. No basta.

–A los demás sí les ha bastado.

–Desde luego que sí.

–¿Cuál es entonces la diferencia? Soy respetuoso, me mantengo tan alejado como todos, y no subo al castillete de popa si no me invitas a tu mesa. ¿Qué más puedo hacer?

–Marcharte.

–¿Por qué?

–Porque éste es mi barco, y yo te lo pido.

León Bocanegra tardó en responder. Clavó la vista en el gajo de luna que había hecho su aparición entre una espesa masa de nubes, jugueteó unos instantes con la cucharilla de café que descansaba sobre la mesa y por último asintió con un casi imperceptible ademán de cabeza:

–Ésa es la más convincente de las razones que me han dado nunca, aunque aun así no me convence. Creo que lo que en verdad ocurre es que tienes miedo.

–¿Miedo a qué? –inquirió ella casi con agresividad.

–Miedo a todo. A la reacción de esos bestias, o al fracaso de la misión que te habías propuesto. Pero sobre todo miedo de ti misma y me consta que ése es el único miedo que nunca se vence.

–¿Lo sabes por experiencia?

–¡Naturalmente! Una tarde vi llegar una galerna y me atemorizó la idea de no saber cómo hacerle frente. Dudé de mis propias fuerzas, y el resultado fue que perdí mi barco y a más de cincuenta hombres.

–Continúa lloviendo… –puntualizó ella–. Pero no veo que se aproxime ninguna galerna.

León Bocanegra se puso en pie lentamente, sonrió apenas, y se llevó el dedo índice a la sien golpeándosela repetidas veces.

–Tu galerna no tiene que llegar. Llegó hace tiempo. La tienes aquí dentro –dio media vuelta, pero cuando ya comenzaba a descender por la escalerilla se giró apenas para añadir–: Pero si te asusta y no sabes hacerle frente, es tu problema. No el mío.

Agitó levemente la mano para desaparecer de inmediato bajo la intensa lluvia.

Fueron precisos tres fatigosos días con sus correspondientes noches para atravesar el ancho estuario del Níger sin destrozar el casco contra los incontables árboles sumergidos en lo que constituía ahora una infinita llanura empanada de la que se habían adueñado centenares de gigantescos cocodrilos que no parecían en absoluto tan inofensivos como los del lago Chad.

Aquí se disputaban con violencia la carroña que arrastraba el río desde muy lejos, y al observarlos los hombres no podían por menos que preguntarse qué podría ocurrir en caso de que se abriera una vía de agua y la nave quedara atrapada para siempre en aquel verde laberinto en el que las insistentes cortinas de agua impedían incluso hacerse una idea de lo que les aguardaba más allá del siguiente grupo de palmeras.

Las bocas del Níger podían considerarse como una sucursal del infierno, pero no un infierno de fuego, sino de humedad pegajosa y pestilente que aplastaba los ánimos.

Pero por fin... ¡el mar!

Un mar tranquilo, de un verde oscuro, tan oscuro

que casi recordaba una plancha de acero muy bruñido: un mar sin olas y sin ruido de mar, pero maravilloso e inigualable mar, al fin y al cabo, mar que olía a mar, que sabía a mar, y sobre el que se deslizaban mansamente miles de gaviotas.

¡El Paraíso!

¡Oh, Dios! Aquel gigantesco océano era el paraíso largamente anhelado; el sueño de mil noches de insomnio; la libertad más allá de la última playa del último promontorio de un empapado continente en el que un hombre había sufrido las más espantosas penalidades imaginables.

¡Oh, Señor!

¡El mar!

León Bocanegra descendió por la escala de cuerdas, introdujo el cuenco de la mano en el agua, bebió para cerciorarse de que no era aquél un inmenso lago traidor del interior del África, y ascendió de nuevo a cubierta para arrodillarse y dar gracias a la Virgen del Carmen por haberle permitido regresar con vida a lo que siempre había considerado casi como el vientre de su madre.

Celeste Heredia le observó mientras rezaba, meditó largo rato, y por último hizo un gesto a Sancho Mendaña.

—Que aparejen la mejor de las falúas —dijo—. Que carguen agua y comida para tres semanas. El capitán Bocanegra abandona el barco.

—¿Estás segura de que exactamente eso es lo que quieres?

—Lo estoy.

La observó con el gesto fruncido y concluyó por encogerse de hombros.

—Tú mandas —masculló.

Una hora más tarde, Celeste Heredia le pidió a León Bocanegra que entrara en su camareta, y sin abandonar su cómodo butacón hizo un gesto hacia el pequeño cofre que se encontraba sobre la mesa.

—Ahí tienes mapas, dinero y una carta. Si bordeas la costa, pronto o tarde encontrarás algún buque de la marina inglesa, francesa u holandesa que te devolverán a Europa. —Abrió las manos con las palmas hacia arriba en un significativo gesto de impotencia—. Es todo lo que puedo hacer por ti —concluyó.

—¿Y tú qué harás? ¿Hacia dónde piensas dirigirte?

—Aún no lo sé —fue la honrada respuesta—. Y si lo supiera no te lo diría, porque cuanto menos sepas sobre nosotros, más seguro estarás.

—Entiendo...

—Me alegra que lo entiendas. Y ahora te ruego que te vayas.

—¿Así sin más?

Ella asintió con un leve ademán de cabeza.

—Así sin más... —musitó apenas—. Te deseo mucha suerte.

—También yo. Vas a necesitarla.

León Bocanegra recogió el cofre, dio media vuelta, salió al castillete de popa, estrechó la mano de Sancho Mendaña, el capitán Buenarrivo y el inglés Gaspar Reuter, y ya en la cubierta inferior, al pie de la escalerilla, abrazó con fuerza a un Urco Huancay que tuvo que hacer notables esfuerzos para no echarse a llorar.

La tripulación en pleno asistía en silencio a la escena, y la mayor parte de los ojos se alzaron hacia ella en cuanto Celeste Heredia hizo su aparición en la puerta de su camareta.

Las miradas de la mujer y del hombre que abandonaba la nave se cruzaron y podría creerse que se estaban transmitiendo algo, pero de sus labios no surgió ni una sola palabra.

Al poco, y ante la fría impasibilidad de la muchacha que se había vuelto a observar el horizonte, León Bocanegra saltó a la falúa y soltó los cabos que la unían a la borda del navío.

De un modo casi imperceptible el enorme galeón comenzó a alejarse empujado por una leve brisa que llegaba de poniente.

Se dirigía hacia el sur; hacia el interior del dilatado Atlántico.

León Bocanegra permaneció largo rato en pie bajo la lluvia, observando con profunda amargura cómo la mujer a la que amaba se iba empequeñeciendo en la distancia.

Había sufrido tanto en el transcurso de los últimos años que estaba convencido de que toda su capacidad de padecimiento había quedado agotada, pero resultaba evidente que no era así.

No era así en absoluto.

Sufría tanto o más que durante los terribles años que pasó encadenado en una tórrida salina.

Y es que ahora no le dolían las piernas o los ojos.

Le dolía el alma.

La Dama de Plata era ya apenas un punto en el

horizonte cuando el cielo se abrió, dejó de llover, y un rayo de sol se aventuró entre las espesas nubes para ir a iluminar la quieta superficie de aquel mar que semejaba ahora un sucio espejo carcomido.

León Bocanegra tomó asiento, abrió el cofre y con mano temblorosa rompió el lacre de la carta que llevaba su nombre.

La leyó en voz alta, como si por el hecho de escuchar su propia voz se sintiera tal vez menos solo y menos desgraciado.

Amor mío:
Ésta es la primera, y probablemente la última vez, que escribo o pronuncio tan dulces palabras.

No sé si con ello aumento o mitigo tu dolor, pero al menos a mí me sirve de consuelo.

Te acompaño un mandato para mi banquero en Sevilla que te proporcionará cuanto necesites para fletar un barco. Quiero que sea el más hermoso que surque los mares, y que le pongas el nombre de mi hermano.

Tal vez algún día lo aviste en la distancia y me sentiré feliz al saber que tú eres feliz a bordo.

Te suplico que no lo rechaces. Te lo debo por lo mucho que has sufrido, o por el mero hecho de haber conseguido que haya podido considerarme una auténtica mujer aunque tan sólo fuera por muy corto espacio de tiempo.

Y quizá sea también la única forma de que algún día volvamos a encontrarnos.

Admito que todo esto se debe a que aún no sé con la suficiente exactitud cuáles son mis verdaderos sentimientos hacia ti y no considero lógico que por el simple hecho de desear que me acaricies la mano, me mires a los ojos o me digas unas dulces palabras deba poner en peligro las vidas de quienes tan fieles me han sido y tanto han arriesgado por mí.

Para bien o para mal debo seguir siendo La Dama de Plata, hasta que me convenza de que no lo soy porque lo que en verdad anhelo no es comandar un barco o liberar esclavos, sino volver a sentirme una auténtica mujer en tu presencia.

Por todo ello, si dentro de tres años continúo pensando que lo que ahora experimento es auténtico amor, pondré proa a la isla de Margarita y fondearé mi barco en el centro de la bahía de Juan Griego, justo frente a la casa en que nací.

Si por tu parte también sigues creyendo que vale la pena dedicar el resto de tu vida a cuidar de una mujer que vive a la sombra de la horca, me sentiré feliz al descubrir que el *Sebastián Heredia* se aproxima a mi borda.

Te seguiré adonde quieras ir, pero recuerda el verso:

El tiempo es al amor
lo que la vela al viento.
Si sopla con suavidad lo hará llegar muy lejos.
Si sopla con brusquedad lo acabará rompiendo.

Hasta entonces:

CELESTE.

ALBERTO VÁZQUEZ-FIGUEROA
Lanzarote, junio 1998

OTROS TITULOS
DEL AUTOR

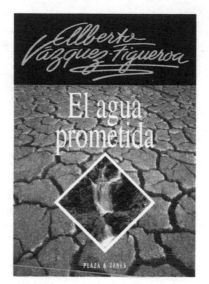

El agua ha sido siempre, para Alberto Vázquez-Figueroa, una obsesión. Las difíciles circunstancias de su infancia y adolescencia le llevaron a padecer desde pequeño la escasez de agua potable, y a identificarse siempre con los millones de seres humanos cuya subsistencia se ve en peligro a causa de la sequía. *El agua prometida* es el apasionante relato de esta obsesión, la historia de una vida rodeada de circunstancias dramáticas en la que el agua salada abunda por doquier, pero el agua potable es un bien escasísimo. Alberto Vázquez-Figueroa cuenta su vida, y la increíble ocurrencia que le condujo a encontrar un método que permite obtener cantidades ingentes de agua desalinizada a precios razonables, y solucionar de este modo el principal problema de la España seca, y de todos los países ribereños del mar que también podrán beneficiarse de este sistema.

Pero da cuenta asimismo de las encarnizadas batallas que ha tenido que librar para conseguir que su método sea puesto a prueba, de su enfrentamiento a los grandes intereses que se oponían incluso a estudiarlo.

El agua prometida es, pues, la historia de una aventura, pero de una aventura que ocurre en la vida real, y trata del esfuerzo de un hombre por ofrecer una respuesta a uno de los más graves problemas de nuestro tiempo.

Tras el gran éxito de *Piratas,* Alberto Vázquez-Figueroa continúa su nueva serie de novelas de aventuras con *Negreros.* Celeste Heredia recoge el testigo de su hermano Sebastián y fleta un galeón para luchar contra el tráfico de negros.

La historia, que empieza en el Caribe, tiene un desenlace extraordinario e inesperado en el mismísimo corazón de África, con Celeste al frente de un ejército de mujeres y dispuesta a enfrentarse a un hombre cruel que está en el origen de la trata de negros.

La imaginación desbordante y la perfecta documentación hacen de esta nueva novela de Vázquez-Figueroa un verdadero regalo para sus millones de admiradores.

Alberto
Vázquez-Figueroa

SULTANA ROJA

PLAZA JANÉS

2.15 de la madrugada. El centro de Madrid. Una mujer de unos treinta
años detiene su coche al lado de un surtidor de gasolina.
Introduce billete tras billete en el cajero automático y observa
imperturbable cómo la gasolina rebosa del depósito y se esparce
por el asfalto. Saca un mechero, lo enciende y lo acerca
al reguero que casi le roza los zapatos...
En esta impactante novela, Alberto Vázquez-Figueroa
nos introduce en el tenebroso mundo del terrorismo y sus pavorosas
posibilidades de sembrar la destrucción en la realidad cotidiana.
El padrastro de María rescató a su familia de la pobreza y le proporcionó
una vida feliz y segura. Sin embargo, un salvaje atentado siega
su vida absurdamente. Desde ese momento sólo una idea obsesionará
a María: la venganza. Y a ella dedicará metódica e implacablemente
todos sus esfuerzos.

Alberto Vázquez-Figueroa vuelve al África en que transcurrió gran parte de su vida, y sobre la que ha escrito algunos de sus mejores libros: *Tuareg, Ébano* y *Marfil*. Pero no ha vuelto por capricho, sino porque tuvo conocimiento de que un grupo de niños etíopes habían vivido una de las mayores odiseas de que se tiene memoria, y quería ser testigo y notario de tan fabulosa aventura. Por desgracia, cuando este relato estaba concluido, los atroces hechos de Ruanda han venido a corroborar que, demasiado a menudo, la realidad supera la fantasía más desbordante, y, hoy por hoy, África no sólo llora: también sufre, grita, se desangra y muy pronto morirá. *África llora* no es sólo un relato trepidante inspirado en un hecho real: es, sobre todo, un detallado estudio de las razones humanas, sociales y políticas por las que el más hermoso de los continentes agoniza.

Piratas es la novela de aventuras en estado puro, el género que ha convertido a Alberto Vázquez-Figueroa en el autor español número uno en ventas.

Piratas narra una extraordinaria historia repleta de acción, emociones e intriga, protagonizada por un viejo corsario británico y un jovencísimo buscador de perlas español al que las circunstancias conducen hasta el barco del temido Jacaré Jack.

Los combates en alta mar, los peligrosos juegos de la astucia y el destino de una familia de españoles afincada en el Caribe de la época de la trata de negros y la corrupción generalizada de las autoridades coloniales, constituyen el trasfondo de una trama trepidante, como corresponde a una de las mejores novelas de su autor. En resumen: un Alberto Vázquez-Figueroa en plena forma, a la altura de sus grandes libros de acción.